KB251673

드래곤
체이서

드래곤 체이서 2부 1
최영채 판타지 장편 소설

초판 1쇄 찍은 날 § 2005년 8월 8일
초판 1쇄 펴낸 날 § 2005년 8월 18일

지은이 § 최영채
펴낸이 § 서경석

편집장 § 문혜영
편집 § 장상수 · 서지현 · 최하나

펴낸곳 § 도서출판 청어람
등록번호 § 제1081-1-89호
등록일자 § 1999. 5. 31
어람번호 § 제1-0620호

주소 § 경기도 부천시 원미구 심곡1동 350-1 남성B/D 3F (우) 420-011
전화 § 032-656-4452 팩스 § 032-656-4453
http://www.chungeoram.com
E-mail § eoram99@chollian.net

© 최영채, 2005

ISBN 89-5831-662-4 04810
ISBN 89-5831-661-6 (SET)

드래곤 체이서

2부

1

최영재 판타지 장편 소설

영혼의 동반자

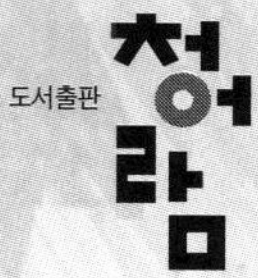
도서출판 청어람

Contents

작가의 변(辨) /6

Prologue   아직 끝나지 않은 이야기 /7

제1장 소년, 가출을 하다 /9

제2장 페인야드로 가는 길 Ⅰ /57

제3장 페인야드로 가는 길 Ⅱ /97

제4장 소년, 입학하다 /151

제5장 아카데미에서의 생활 /193

제6장 소년, 누나를 만나다 /235

제7장 용병이란 /263

■ 작가의 변(辨)

또다시 무더운 여름이 찾아왔습니다.
더위 때문에 고생하시지는 않는지 무척이나 걱정이 되는군요.

원래 드래곤 체이서 2부는 드래곤 체이서 1부가 끝나던 2002년 2월에 생각하고 있던 스토리였습니다. 하지만 실력도 없으면서 워낙 오랫동안 드래곤 체이서를 쓰느라 꽤나 지쳐 스스로 집필을 포기했던 부분입니다. 장편을 써보지 못했던 것이 가장 큰 원인이었습니다.

작년에 숙원(?)이었던 결혼을 하게 되어 마음에 여유가 생긴 탓인지 과거 끝내지 못했던 이야기를 완성시켜 보자는 생각을 하게 되었습니다.

2부는 데미안과 데보라의 아들인 카브렌시스(애칭 카렌)가 이야기를 끌어가게 됩니다. 나름대로 애정을 가지고 있는 캐릭터이긴 하지만 여러분들의 눈에 어떻게 비치게 될지 솔직히 걱정이 앞서는군요.

아버지 데미안에게 보여주셨던 애정을 그의 아들에게도 보여주시길 바라며, 더위에 고생하지 않으시길…….

 아직 *끝나지* 않은 이야기

본래의 하나를 위해
서로가 서로를 향해 달려가리라.
산과 들과 강이 그들이 흘린 피로 젖어가고
어둠이 빛을 침범하는 것을 지켜보아야만 하리라.
일곱 번 달이 기운 후
선더의 후예가 나타나
피의 길을 걸은 후에야
모든 전란은 종식되리라.

—아레네스의 신탁 중에서.

제1장

소년, 가출을 하다

소년, 가출을 하다

"카브렌시스님! 어디 계십니까?"

"아버님이 찾으십니다. 어서 나오십시오!"

"빨리 나오세요, 카브렌시스님!"

"공작 전하께서 화가 많이 나셨습니다, 카브렌시스님!"

수십 명의 완전 무장한 기사와 병사들이 일렬로 길게 늘어선 채 열심히 소리치며 계속 주위의 풀숲을 샅샅이 수색하고 있었다. 말을 탄 기사들의 지시에 따라 공작가에 소속된 병사들은 길게 늘어선 채 자신들의 허리 이상으로 자란 갈대 숲과 근처의 숲을 뒤지기에 여념이 없었다.

이미 적지 않은 시간 동안 수색을 한 듯 그들의 얼굴은 수색하는 동안 흘린 땀과 흙먼지로 범벅이 되어 지저분하기 이를 데 없었다. 또한 카브렌시스란 사람을 찾는 동안 쌓인 불만이 적지 않은 듯 연신 구시

렁거리고 있었다.

"대체 카브렌시스님은 왜 밖으로 나돌아 다니는 것을 좋아하시는 건지 도무지 이해를 못하겠어. 무엇 하나 부족한 없는 분이 왜 이렇게 가출을 자주 하시는 건지……. 휴우~ 벌써 이게 몇 번째야?"

"그러게나 말이야."

"후후후, 너희 같은 애송이들은 모르겠지만 원래 싸일렉스 가문의 전통이 바로 가출이란 말이다. 알겠냐?"

"예? 가출이 전통인 가문도 있단 말입니까?"

"그래서 내가 너희들을 애송이라고 항상 그러는 거야. 지금은 이 뮤란 대륙 전체에 모르는 사람이 없을 만큼 유명하신 공작 전하시지만 그분이 어렸을 때는 큰 주인님께서 앓아누우실 만큼 지독하게, 그리고 하루가 멀다 하고 자주 가출을 하셨었지. 우린 그때마다 지금처럼 싸일렉스 영지 전체로 흩어져 공작 전하를 찾으러 다녀야 했단 말이야. 그리고 이건 돌아가신 내 아버지께 들은 이야긴데… 큰 주인님께서도 어린 시절 자주 가출을 하셔서 전대 큰 주인님의 속을 엄청 썩이셨다고 하더군. 이제 가출이 왜 싸일렉스 가문의 전통이라고 하는지 이해가 되냐?"

잔뜩 거드름을 피우는 중년 병사의 말에 근처에 있던 젊은 병사들은 하나같이 고개를 끄덕였지만 믿지 못하겠다는 표정을 짓고 있는 병사들도 적지 않았다.

"정말로 뮤란 대륙의 영웅이라고 불리시는 공작 전하께서 비록 어리셨을 때라고는 하지만 그렇게나 자주 가출을 하셨단 말입니까?"

"아니, 이 녀석들이? 내가 너희 같은 애송이들을 속여서 뭐가 생긴다고 헛소리를 한단 말이냐? 내 말이 그렇게 의심스럽다면…… 이야기는 그만 하자."

"아, 아닙니다. 저희가 감히 아저씨의 말을 어떻게 의심하겠습니까? 다만 저희는 우리 트레디날 제국의 영웅이신 공작 전하께서 비록 어리다고 해도 그렇게 자주 가출을 하셨다는 것에 너무 놀라서 그냥 물어본 것뿐입니다."

"맞아요, 아저씨."

"누가 아저씨 말씀을 의심하겠어요? 이야기나 어서 계속해 주세요."

한 청년이 급하게 변명을 하자 다른 청년들도 일제히 합세해 질문을 던진 청년을 무섭게 노려보기 시작했고, 질문을 한 청년은 주위에서 쏟아지는 무언의 압력 때문에 고개도 들 수 없을 지경이었다. 그 모습에 화가 풀렸는지 중년 병사가 다시 입을 열었다.

"남의 말을 너무 믿는 것도 큰일이지만 네 녀석처럼 무조건 의심하는 것도 좋은 버릇은 아니란 걸 분명히 알아두거라."

"그보다 아저씨, 그럼 그때도 이렇게 많은 사람들이 공작 전하를 찾아 다녔어요?"

"그야 물론이지. 하지만 공작 전하를 찾아내신 분은 항상……."

일부러 말꼬리를 흐리자 청년들은 더욱 눈빛을 빛내며 중년 병사를 쳐다봤다. 근처에서 병사들을 지휘하던 기사들도 중년 병사의 말에 호기심이 생기는지 은근슬쩍 근처로 말을 몰아 그의 이야기에 귀를 기울였다. 곁눈질로 그 모습을 확인한 중년 병사는 약간은 으스대는 표정을 짓고는 말을 이었다.

"지금은 우리 트레디날 제국과 국경을 마주하고 있는 레토리아 왕국의 국왕이신 헥터 폰 티그리스 폐하께서 기가 막히게 찾아내셨지."

"아~ 그분이라면……."

"헥터 폰 티그리스 국왕이시라면 마신전쟁 당시 뮤란 대륙 최강의 파티라고 불렸던 그 파티의 일원이셨던 분 아닙니까?"

"이봐, 아직까지도 그렇게 강한 파티는 없다는 걸 몰라?"

"왜 아니겠나? 당시 티그리스 국왕께서는 잠시 루벤트 제국의 감시를 피해 큰 주인님께 몸을 의탁하고 계셨는데, 공작 전하께서 가출을 시도하실 때마다 정말 귀신처럼 공작 전하를 찾아내셨지. 그것도 수십 번도 넘게 말이야. 정말 감탄할 정도로 빨리 찾아내셨는데 무슨 방법을 썼기에 그렇게 빨리 찾을 수 있었는지는 지금까지도 수수께끼로 남아 있다네."

중년 병사의 말에 고개를 끄덕이던 젊은 병사 가운데 하나가 갑자기 뭐가 생각난 듯 큰 소리로 외쳤다.

"아저씨, 혹시 카브렌시스님께서 엘프들의 숲으로 가신 것은 아닐까요?"

"푸른 달 부족 말이냐?"

"예. 평소 그곳 엘프들과 친하게 지내셨으니 그곳으로 가셨을 수도 있지 않겠습니까?"

"하긴, 그럴 수도 있겠지. 하지만 슬렉슨 백작님이 어떤 분이신데 그곳을 빼놓으셨겠나? 아마 다른 사람들을 버얼써~ 그곳으로 보내셨을 거야."

"하긴 꼼꼼하기로는 감히 비교할 사람이 없는 분이 슬렉슨 백작님이시니……."

중년 병사의 말에 젊은 병사들은 고개를 끄덕이면서도 주위를 살펴보는 것을 잊지 않았다.

그런 그들의 모습을 그리 멀지 않은 나무 위에서 나뭇가지와 잎으로 몸을 가린 채 잔뜩 몸을 웅크리고 있는 작은 그림자가 지켜보고 있었다. 나뭇가지 밑으로 드리워진 그림자가 그리 크지 않은 것으로 보아 체구가 상당히 작은 사람인 듯 보였다.

은신하고 있던 작은 그림자 역시 중년 병사의 말을 듣고 있었는데 그 내용이 마음에 들지 않는지 잔뜩 심통이 난 표정을 짓고 있었다.

'젠장, 아버지도 옛날에 가출을 밥 먹듯 하셨다면서 왜 난 집 밖으로도 못 나가게 하는 거지? 게다가 실전이 무엇보다 중요하다고 평소 그렇게 강조하셨으면서 말이야. 그런데 아버지는 언제 오신 거지? 무슨 일 때문에 날 찾으시는 건지 아무리 생각을 해봐도 모르겠네. 젠장, 그동안 내가 잘못한 게 뭐가 있었나?

위태로운 자세로 나뭇가지에 턱을 고이고 제법 심각하게 고민을 해봤지만 특별하게 기억 속에 떠오르는 것이 없었고, 시간이 지날수록 골치만 아플 뿐이었다.

'휴우~ 골치만 아프네. 내 편이라고는 할머니밖에 없는데 게른 자작님의 파티에 가셨으니 최소 저녁때까지는 돌아오지 않으실 테고, 비록 집에 어머니가 계시기는 하지만 항상 아버지 편이니 결코 내 편을 들어주시지는 않을 텐데……. 휴우~ 어떻게 한다? 에라, 모르겠다. 할머니가 돌아오실 때까지 몬스터하고 놀자(?).'

결심을 굳힌 듯 작은 그림자는 조심스럽게 그 자리를 떠났지만 그 움직임이 얼마나 조용하고 은밀했는지 그의 움직임을 눈치챈 사람은 아무도 없었다. 하지만 조금 일찍 떠나는 바람에 기사가 하는 말을 듣지 못해 더욱 곤란한 지경에 처하게 될 줄은 작은 그림자로서는 생각도 못한 일이었다.

"지금 성에서 공작 전하를 비롯한 여러 손님들께서 카브렌시스님을 기다리고 계신다. 좀 더 간격을 벌려 신속하게 이 지역을 수색해라."

기사의 명령에 병사들은 더욱 간격을 벌려 숲을 수색하기 시작했다.

"제기랄, 난 언제나 되어야 마음대로 밖을 돌아다닐 수 있지? 책에서 본 대로라면 세상에는 정말 신기한 것도 많고, 또 볼 만한 것도 정말로 많다고 하던데……. 왜 난 마음대로 집 밖으로 나가지도 못하냔 말이야? 이제는 정말 짜증나."

나이에 어울리지 않게 긴 한숨을 내쉰 소년은 입술을 삐죽 내민 채 계속 투덜거리며 발걸음을 옮기고 있었다.

약 150센티미터쯤 되어 보이는 작은 키에 짧은 머릿결을 찰랑거리는 12, 3세쯤으로 보이는 소년은 모습은 그야말로 깨물어주고 싶을 정도로 앙증맞기 이를 데 없었다. 보라색에 가까운 적금발에 푸른 색의 커다란 눈, 작고 귀여운 코, 작고 붉은 입술, 하얀 피부가 환상의 조화를 이뤄 소년의 모습을 더욱 어리고 귀엽게 보이게 했다.

물론 사람들은 이런 소년의 얼굴을 볼 때마다 귀엽다, 앙증맞다, 사랑스럽다를 연발하지만 정작 당사자인 소년은 이런 자신의 외모에 심각한 콤플렉스를 느끼고 있었다. 때문에 소년에게 위에서 거론한 말을 한다는 것은 절대 금기 사항이었다.

남자의 얼굴이 이게 뭔가? 소년은 좀 더 남자다운 얼굴을 갖길 원했고, 또 좀 더 남자다운 몸매를 가지기 원했다.

사랑스럽다거나 귀엽다는 말로 대변되는 자신의 외모를 바꾸려고 소년은 나름대로 필사적으로 훈련을 하고 매 끼니마다 남들이 놀랄 정도로 폭식을 했지만 이 아담한(?) 몸매에는 조금의 변화도 없었다. 이런 상태가 몇 년 동안 계속되자 지금은 거의 포기 상태였다.

정말 이 얼굴과 몸매에서 벗어날 수만 있다면 무슨 짓이든 할 수 있을 것 같은데…….

소년이 다시 한 번 한숨을 길게 내쉬려고 할 때였다.

크르르릉~

낮은 울부짖음과 동시에 뭔가 거대한 물체가 숲에서 뛰어나와 소년의 앞을 가로막았다. 그렇지 않아도 주위가 너무나 조용해 은근히 긴장하고 있던 소년은 깜짝 놀라 자신도 모르게 앞을 가로막은 거대한 물체를 발견하자마자 뒤로 물러서는 동시에 등에 메고 있던 롱 소드를 뽑아 들었다. 그야말로 눈부시게 빠른 동작이었다.

챙!

"헉! 뭐, 뭐야? 트, 트윈 헤드 오거(Twin Head Ogre)?"

보통의 오거가 약 3.5미터에서 4미터쯤 되는 키를 가지고 있는 데 비해 이 트윈 헤드 오거란 놈은 신장이 거의 5미터에 이를 정도로 엄청나게 컸다. 그리고 이름에서도 알 수 있듯이 또 하나의 머리를 가지고 있어 사각이란 것이 존재하지 않아 상대하기가 여간 까다로운 몬스터가 아니었다. 더구나 타고난 무지막한 괴력은 같은 오거조차 간단히 찢어죽일 수 있을 정도였다.

그것뿐만이 아니었다.

온몸을 덮고 있는 기다란 털과 가죽은 천연적인 갑옷으로, 무엇이든 잘라 버린다는 소드 오러[劍氣]를 자유자재로 사용할 수 있는 소드 익스퍼트 상급이 아니면 상처를 입히기조차 힘들기에 소드 오러를 사용하지 못하는 사람이나 아예 검술을 익히지 못한 보통 사람들에겐 악몽에 비견될 정도로 흉악한 몬스터였다.

보통의 오거보다 더욱 강한 힘과 흉포성을 가진 존재인 트윈 헤드 오거는 자신의 허리에도 미치지 못하는 소년이 자신을 향해 이쑤시개로 사용하면 딱 알맞을 만한 롱 소드를 뽑아 들며 모든 몬스터의 왕이라고 할 수 있는 자신에게 덤벼들 자세를 취하자 너무나 가소로웠고, 또한 분노가 치밀었다. 하지만 소년 역시 자신을 만나기를 간절히 원했다는 사실을 트윈 헤드 오거는 몰랐다. ·

트윈 헤드 오거는 과거 마신 전쟁 이전 뮤란 대륙에는 존재하지 않았던 몬스터다.

데미안 일행과 마신 지하르트와의 전쟁. 일반 사가(史家)들이 말하는 마신전쟁 이후에 세상에 모습을 드러낸 공포스러운 몬스터 가운데 하나다. 트윈 헤드 오거뿐만이 아니라 마신전쟁 이전에는 존재하지 않았던 새로운 종류의 몬스터들이 갑자기 뮤란 대륙에 등장해 사람들을 습격했고, 또 기존의 몬스터들도 뮤란 대륙 북부에 쏟아진 엄청난 양의 마계의 기운, 즉 마기 때문에 그 흉포성과 본래의 능력이 놀랄 만큼 증폭된 상태였다.

처음 몬스터들을 우습게 여겼던 사람들은 이전과는 판이하게 달라진 몬스터들의 능력과 공격에 정신없이 당해야만 했고, 결국 마법 전투 병기인 골리앗을 포함한 군대까지 동원하고서야 몬스터들을 토벌할 수 있었고, 그런 연후에야 겨우 안도의 한숨을 내쉴 수 있었다. 하지만 그때는 이미 뮤란 대륙 전역에 엄청난 수의 몬스터들이 퍼진 후였다.

뮤란 대륙에 인간이 살기 시작하면서부터 끊이지 않고 계속 이어지던 인간들 사이의 전쟁이 멈추게 된 것은 아이러니하게도 인간들의 생존을 위협하는 몬스터 때문이었다.

각 제국과 왕국들은 자국민들을 보호하기 위해 국경이 아닌 도시와 마을에 골리앗을 투입해야만 했고, 군대를 배치해야만 했다. 덕분에 하루도 국지전이 끊이지 않았던 국경에서 과거처럼 대단위 병력들이 대치하는 모습은커녕 인간들의 모습을 전혀 찾아볼 수 없게 되었다.

사정이 이렇다 보니 제국과 왕국들은 거의 비슷한 시기에 자국과 국경을 마주 대하고 있는 나라들과 불가침 조약을 체결하지 않을 도리가 없었다. 대규모 전쟁의 위협이 사라진 것은 환영할 만한 일이었지만 대신 언제 출몰할지 모르는 몬스터들의 공격 때문에 사람들은 항상 마음을 졸이며 생활해야만 했다.

"니가 그렇게 세다며? 어디 덤벼봐, 이 자식아!"

카브렌시스, 아니, 카렌이란 애칭으로 불리는 소년의 도발에 잠시 고개를 갸웃거리던 트윈 헤드 오거는 그제야 카렌의 말을 알아들은 것처럼 으르렁거리며 한쪽 손으로 쥐고 있던 3미터쯤 되는 몽둥이처럼 생긴 나뭇가지를 치켜들었다. 그리고는 마치 회초리를 휘두르듯 가볍게 카렌의 머리를 향해 휘둘렀다. 하지만 이미 만반의 준비를 하고 있던 카렌은 지체없이 지면을 박차며 뒤로 물러섰다.

쾅!

몽둥이가 떨어진 곳에선 요란스러운 소리와 함께 자욱한 흙먼지가 치솟아올라 주위를 온통 흙먼지 천지로 만들어 버렸다. 이건 카렌도 미처 예상하지 못했던 일이었다.

지금까지의 다른 몬스터와 싸워본 경험으로 트윈 헤드 오거 역시 충분히 상대할 자신이 있었고, 또 그럴 실력도 가지고 있다고 생각했었다. 또 그런 생각으로 트윈 헤드 오거의 움직임을 가만히 지켜본 결과 생각만큼 빠른 것 같지 않아 안심을 하고 있었는데 예상하지도 못했던 흙먼지 때문에 그만 트윈 헤드 오거의 모습을 놓쳐 버리고 만 것이다.

카렌은 갑자기 불안한 마음이 들어 황급히 그 자리를 벗어나려고 했다. 하지만 트윈 헤드 오거는 그의 생각처럼 단지 힘만 강한 몬스터가 아니었다. 그 힘과 덩치에 믿어지지 않는 스피드마저 가지고 있었던 것이다.

부웅!

뭔가 크고 무거운 것이 흙먼지를 가르며 자신을 향해 날아오는 것을 직감적으로 알아차린 카렌은 자신도 모르게 롱 소드를 들어 머리를 보호하려고 치켜들었다.

쾅!

"크윽!"

분명히 검을 들어 방어했음에도 불구하고 상체 전체에 전해지는 충격은 도저히 체격이 작은 카렌이 견뎌낼 수 있을 만한 충격이 아니었다. 작고 가녀린 카렌의 몸은 몇 미터 밖으로 사정없이 내동댕이쳐졌다. 하지만 신음을 흘리면서도 카렌은 재빨리 일어나 부들부들 떨리는 팔로 롱 소드를 쳐들어 자신을 공격한 트윈 헤드 오거를 노려봤다.

이를 앙다문 카렌의 얼굴에는 또래의 소년에게서는 발견하기 힘든 승부사 특유의 고집스러움과 호승심이 가득했다.

"칫! 이 무식하게 힘만 센 놈아! 또 덤벼봐! 어서 덤벼보란 말이야!"

크아앙~

자신의 공격에 맥없이 날아갔던 카렌이 다시 일어난 것만 해도 트윈 헤드 오거의 입장에서는 성질이 날 만한 일인데, 더구나 자신에게 반항하는 태도마저 취하니 분노가 치밀지 않을 리 만무했다.

5미터 밖에 있던 트윈 헤드 오거의 머리가 갑자기 앞으로 숙여졌다고 느끼는 순간 카렌의 시야에서 트윈 헤드 오거의 거대한 몸이 감쪽같이 사라졌다.

놀란 표정을 감추지 못한 카렌이 황급히 주위를 두리번거리고 있을 때 그의 머리 위에서 몬스터 특유의 지독한 누린내가 확 풍겨왔다. 황급히 고개를 들어보니 커다란 몽둥이를 양손으로 힘껏 움켜잡은 채 사정없이 내려치고 있는 트윈 헤드 오거의 거대한 모습이 눈에 들어왔다.

롱 소드를 들어 방어할 시간이 없을뿐더러 막아낼 힘도 없었다. 하는 수 없이 카렌은 그대로 전방을 향해 몸을 날려 재빨리 그 자리에서 벗어났다.

쾅!

조금 전과는 비교할 수도 없을 만큼 커다란 소리가 울려 퍼짐과 동시에 다시 한 번 눈도 뜨기 힘든 엄청난 양의 흙먼지가 피어오르며 주위를 삽시간에 암흑 천지로 만들어 버렸다. 카렌은 또다시 반복된 상황에 어이가 없었지만 그의 능력으로는 어쩔 도리가 없었다.

자욱한 흙먼지 때문에 시각이 도움은커녕 오히려 방해가 되는 상황임을 깨닫고는 카렌은 즉시 눈을 감고 청각에 모든 신경을 집중했지만 트윈 헤드 오거의 움직이는 소리는 전혀 들을 수가 없었다.

흥분한 마음을 억지로 진정시키며 다시 한 번 청각에 모든 신경을 집중시켰을 때 카렌의 귀에 들리는 것은 움직이는 소리가 아니라 트윈 헤드 오거가 휘두른 커다란 몽둥이가 공기를 가르며 내는 살벌하고 둔탁한 소리뿐이었다. 몽둥이가 어디서, 또 어떤 방향으로 날아드는지도 모르는 채 카렌은 무조건 소리가 들리는 반대 방향으로 계속해서 몸을 날릴 수밖에 없었다.

부웅~

몽둥이가 공기를 가르며 내는 살벌한 소리나 몽둥이가 머리 근처를 스치고 지나갈 때 생기는 공기의 파동 때문에 머리카락이 흩날릴 때는 정말 소름이 오싹 돋을 정도였다. 정말 끔찍했다. 게다가 피부로 느껴지는 공기의 파동을 생각하면 그동안 자신이 무엇 때문에 그토록 트윈 헤드 오거를 만나고 싶어 했는지 스스로의 안일함과 멍청함에 욕하고 싶을 정도였다.

아마도 가문에 소속된 기사와 병사들이 영지에 출몰하는 몬스터를 토벌할 때 잠시 참가했던 일천한 경험 때문이 아닐까 생각되었지만 지금 상황에서는 전혀 도움이 되지 않는 생각이었다. 정신없이 몸을 날리며 트윈 헤드 오거의 공격을 피하다 주위를 가득 메웠던 흙먼지가 어느 정도 가라앉자 카렌은 먼저 트윈 헤드 오거부터 찾았다.

크르르르~ 크앙~

흙먼지 때문에 냄새에 의존해 카렌을 공격하던 트윈 헤드 오거는 여전히 자신을 향해 롱 소드를 겨누고 있는 카렌의 모습에 치미는 분노를 참지 못하고 하늘을 향해 크게 울부짖고는 카렌을 향해 그대로 달려들었다.

무서운 속도로 접근하는 트윈 헤드 오거를 발견한 카렌은 도저히 정면 대결로는 승산이 없다고 판단하고는 치고 빠지는 공격 방식을 선택했다. 하지만 그것도 문제가 없는 것은 아니었다.

상대적으로 팔과 롱 소드를 합친 길이가 트윈 헤드 오거의 팔 길이보다 짧은 카렌으로서는 공격하기 위해 트윈 헤드 오거의 품으로 파고들지 않으면 안 되었기 때문이다.

재빨리 오른쪽으로 잔뜩 몸을 낮춰 공격을 피한 카렌은 들고 있던 롱 소드에 자신의 마나 홀에 있는 마나의 대부분을 밀어 넣었다. 검의 표면에 엷지만 뚜렷하게 모습을 드러낸 소드 오러를 발견한 카렌은 자신의 승리를 의심하지 않았다. 하지만 그것이 카렌의 오판이라는 것은 금세 밝혀졌다.

"차앗!"

힘찬 기합과 함께 트윈 헤드 오거를 향해 달려가는 카렌의 작은 몸은 그가 밟은 댄싱 스텝으로 인해 갑자기 10여 개로 나뉘어졌다.

갑작스런 상황에 깜짝 놀란 트윈 헤드 오거는 본능적으로 몽둥이를 휘두르며 카렌의 분신들을 공격했지만 이미 카렌은 트윈 헤드 오거의 품 안으로 파고든 후였다.

숨을 쉴 수 없을 만큼 지독한 노린내가 풍겼지만 카렌은 개의치 않고 트윈 헤드 오거의 가슴을 향해 마나에 싸인 롱 소드를 힘껏 찔러 넣었다.

하지만 단숨에 트윈 헤드 오거의 가슴을 꿰뚫을 것 같았던 롱 소드는 트윈 헤드 오거의 가죽만을 살짝 뚫은 채 강철 같은 근육에 막혀 허무하게 멈춰야만 했다.

뜻하지 않은 상황에 카렌은 깜짝 놀랐지만 더 이상 머뭇거릴 시간적인 여유가 없었다. 한껏 움켜쥔 트윈 헤드 오거의 주먹이 날아들었기 때문이다.

쾅!

카렌은 황급히 상체를 숙이며 가슴을 마나로 보호하며 빠져나오려고 했지만 이미 트윈 헤드 오거의 두 주먹이 카렌의 작은 가슴에 작렬하며 북처럼 커다란 소리를 냈다. 마나를 끌어올려 가슴을 보호하는 것이 좀만 더 늦었다면 카렌은 그를 낳은 부모조차도 그를 알아보기 힘들 정도로 엉망이 된 시체가 될 뻔한 순간이었다.

하지만 카렌은 그런 사실을 아는지 모르는지 위험에서 벗어나자마자 지체없이 트윈 헤드 오거의 등 뒤로 돌아가 널찍한 등짝을 향해 다시 한 번 롱 소드를 힘껏 휘둘렀다.

픽!

그러나 이번에도 카렌의 롱 소드는 둔탁한 소리를 낼 뿐 트윈 헤드 오거의 털에 가로막혀 손톱만한 상처도 입힐 수 없었다. 카렌으로서는 정말 절망적인 상황이 아닐 수 없었다.

부웅~

망연자실하고 있는 카렌을 향해 재차 다시 몽둥이가 날아들었다. 생각하고 자시고 할 것도 없이 카렌은 지면을 박차고 뒤로 물러섰지만 트윈 헤드 오거와의 거리를 잘못 계산했는지 완전히 공격권에서 벗어나질 못했다.

쨍강!

날카로운 금속음과 함께 몽둥이와 부딪친 롱 소드는 맥없이 부러졌고, 설상가상으로 부러진 파편이 왼쪽 팔을 스치고 지나가며 적지 않은 상처를 내버렸다.

“큭! 이 빌어먹을 털 뭉치(?)가…….”

상처가 제법 벌어졌지만 계속된 트윈 헤드 오거의 공격 때문에 카렌은 상처를 감쌀 시간조차 가질 수 없었다. 더구나 카렌의 피 냄새를 맡았기 때문일까? 트윈 헤드 오거는 마치 미친 듯 흥분하며 더욱 날뛰기 시작했다.

부러진 롱 소드를 움켜잡은 채 정신없이 뒤로 밀리던 카렌은 시간이 지날수록 계속된 출혈과 누적되는 피로에 시야가 점점 흐릿해지기 시작했다. 하지만 이대로 정신을 잃는다면 끝이라는 생각에 정신을 차리기 위해 필사적으로 안간힘을 썼지만 열다섯 살의 어린 소년인 그에게는 너무나 벅찬 일이었다.

쾅!

"컥!"

현기증으로 잠시 비틀거리던 카렌은 기어이 트윈 헤드 오거의 공격을 피하지 못하고 당하고 말았다. 트윈 헤드 오거가 휘두른 거대한 몽둥이는 카렌의 작은 몸을 단번에 7, 8미터 밖으로 날려 버렸고, 상처의 출혈과 신체의 한계를 넘어선 싸움 탓에 녹초가 된 카렌은 기절하기 일보 직전이었다. 몇 번이나 일어나려고 노력했지만 힘이 빠진 카렌에게는 결코 쉬운 일이 아니었다.

쿵! 쿵! 쿵!

자신의 사냥감이 쓰러져 일어나지 못하는 것을 발견한 트윈 헤드 오거는 그제야 만족스러운 듯 카렌을 향해 걸음을 떼었다.

육중한 체격 탓인지 트윈 헤드 오거가 걸음을 옮길 때마다 희미하게 지면이 울렸다. 지축을 흔들며 다가서는 트윈 헤드 오거를 무기력하게 바라보는 기분이란 정말 다시는 경험하고 싶지 않은 끔찍한 경험이었다. 이윽고 축 늘어져 있던 카렌의 뒷덜미를 움켜쥐고 번쩍 치켜든 트윈 헤드 오거는 마치 자신이 만들어놓은 작품을 감상이라도 하듯 카렌의 전신을 살피기 시작했다.

왼팔에 난 상처에서 흘러내린 피로 카렌의 전신은 피투성이로 변한 지 오래였다. 그러나 이미 정신을 잃은 듯 축 늘어진 카렌이지만 평소 훈련 탓인지 부러진 롱 소드의 손잡이를 여전히 움켜쥐고 있었다.

크르르르~

얼굴 높이로 카렌을 쳐들고 잠시 이리저리 감상하던 트윈 헤드 오거는 낮은 울음소리를 한 번 내고는 카렌의 작은 몸뚱이를 단숨에 삼켜 버리기라도 할 듯 크게 입을 벌렸다.

그때… 축 늘어져 있던 카렌의 눈이 떠졌다.

"차앗!"

팍!

크아앙~

카렌의 기합 소리와 트윈 헤드 오거의 처절하기 이를 데 없는 울부짖음이 주위로 울려 퍼진 것은 거의 동시였다.

트윈 헤드 오거의 왼쪽 머리의 눈 부분에는 부러진 카렌의 롱 소드가 틀어박혔고, 그곳에서는 엄청난 양의 선혈이 분수처럼 솟구쳐 주위로 뿌려지고 있었다. 순간 트윈 헤드 오거의 손에 잡혀 있던 카렌은 통증을 참지 못하고 휘두른 트윈 헤드 오거 때문에 속수무책으로 10여 미터 밖으로 날아가야만 했다.

쿵!

"크윽!"

지면과 부딪치는 순간 충격을 완화시키기 위해 발로 지면을 박찼지만, 카렌은 전신에서 전해지는 지독한 통증에 자신도 모르게 신음을 흘리고야 말았다. 그리고 누군가의 음성이 들린 것은 바로 그때였다.

"앗! 트윈 헤드 오거다!"

"사람이 있다! 어서 구해라."

"카브렌시스님 같습니다."

"어서 트윈 헤드 오거를 쫓아라!"

수십 명의 음성이 거의 동시에 터져 나왔지만 의식을 잃어가고 있던 카렌으로서는 무슨 말인지 전혀 알아들을 수 없었다. 다만 누군지 알 수는 없지만 인간이 나타났다는 것과 그 가운데 누군가가 자신의 이름을 부르는 것으로 보아 자신을 알고 있는 사람이 있다는 사실을 차례로 떠올리며 안심하고(?) 기절할 수 있었다.

하프 플레이트 메일로 중무장하고 있던 중년 기사는 우선 자신의 부하들과 병사들에게 명령을 내려 조심해서 트윈 헤드 오거 앞을 가로막도록 한 채 카렌에게서 떨어지게 만들었다.

갑작스러운 불청객들 때문에 흥성이 터진 트윈 헤드 오거는 무섭게 으르렁댔지만 노련한 병사들과 소드 익스퍼트 중급과 상급에 달하는 기사들을 당할 수는 없었다.

특히 이들은 수십 년간 계속된 몬스터 토벌로 상당한 경험을 쌓은 무척이나 노련한 베테랑들이었다. 물론 트윈 헤드 오거가 일반 오거보다 몇 배나 뛰어난 힘과 믿을 수 없는 신체적 능력이 있다고 하지만 이렇게 많은 기사들과 병사들을 당할 수는 없는 일이었다.

시간이 지날수록 트윈 헤드 오거의 몸에 하나둘씩 상처가 늘어났고, 퇴로마저 봉쇄당해 도망도 가지 못한 채 자신의 목숨을 노리는 인간들에게 속수무책으로 당할 수밖에 없었다.

그때 트윈 헤드 오거의 등 뒤에서 빈틈을 노리던 기사 가운데 두 명의 눈빛이 반짝였다. 머리가 두 개라 빈틈이 없을 것 같지만 이미 카렌에게 부상을 당한 하나의 머리는 적을 노려보기보다는 통증을 참기 위해서인지 계속 흔들고 있었다. 그리고 또 하나의 머리가 전면을 경계하는 순간 틈을 노리던 기사들이 동시에 몸을 날렸다.

"죽어라!"

"야압!"

롱 소드의 궤적이 허공에서 교차하는 순간, 트윈 헤드 오거의 두 개의 머리는 동시에 허공으로 솟구쳤고, 거대한 몸은 마치 썩은 나무가 쓰러지듯 그대로 앞으로 쓰러졌다. 하지만 세상에 대한 미련을 버리지 못한 것인지 계속 꿈틀거리고 있었다. 병사들 가운데 일부는 혹시나 하는 마음에 쓰러진 오거의 심장을 향해 힘껏 창을 쑤셔 박고 있었다.

기사들의 공격이 성공했음을 직감한 중년 기사는 서둘러 카렌에게 다가가 그의 상처를 살피기에 여념이 없었다. 만약 카렌의 몸이 이상이라도 생긴다면 아들이 돌아오기만을 기다리는 공작 부부에게는 그야말로 몸서리쳐지는 비극이 아닐 수 없었기에 중년 기사의 가슴은 새까맣게 타 들어가고 있었다. 카렌의 전신을 살펴본 결과 다행히도 외상은 왼쪽 팔에 생긴 것뿐이었다. 하지만 전신을 살펴본 결과 왼쪽 무릎뼈의 탈구, 그리고 오른쪽 갈비뼈 세 개에 금이 간 것을 확인할 수 있었다. 아마도 트윈 헤드 오거와 싸우다 입은 부상 같았다.

비록 여기저기 부상을 입긴 했지만 어지간한 기사들은 당해낼 수 없는 존재인 트윈 헤드 오거를 만나고도 이 정도밖에 다치지 않았다는 것은 그야말로 선더버드의 가호라고 하지 않을 수 없었다. 외상을 입은 곳에 즉시 가지고 있던 힐링 포션의 절반을 뿌리고, 나머지 절반은 조심스럽게 복용시켰다.

기사인 그가 할 수 있는 응급조치는 이것이 전부였다. 남은 일은 한시라도 빨리 공작가로 카렌을 옮겨 치료를 받도록 하는 일뿐이었다.

"칼, 이곳은 자네가 남아서 병사들과 함께 주변을 정리하도록 하게. 그리고 나머지는 지금 즉시 나와 함께 본성으로 복귀한다."

조심스럽게 카렌을 품에 안은 중년 기사는 조심스럽게 말에 올랐고, 나머지 기사들도 재빨리 중년 기사를 호위한 형태를 갖춘 채 말을 몰기 시작했다. 달리는 속도를 높인 기사들은 순식간에 병사들의 시야에서 사라졌다.

"휴~ 도련님께서 부디 무사하셔야 할 텐데……."

누군가의 한숨 소리가 들려왔다.

콰당!

"공작 전하, 카브렌시스님을 찾았다는 연락이 방금 들어왔습니다!"

문을 부술 듯 급하게 열고 들어온 기사는 먼저 자신이 전해야 할 소식부터 큰 소리로 외쳤다. 실내에 있던 사람들은 기사가 전한 소식에 안도의 한숨부터 쉬었지만 일부, 특히 데미안은 분노를 참지 못해 싸늘하게 인상을 굳힌 채 입을 열었다.

"그 녀석을 어디에서 발견했다는 것인가?"

"푸른 달 부족의 숲 입구에서 발견했다고 합니다."

"공작 전하, 하지만 카브렌시스님께서는 트윈 헤드 오거와 싸우시다 부상을 당하셨다고 합니다."

곧이어 들어온 듬직한 체격의 40대 후반으로 보이는 중년인, 공작가 소속인 화이트 라이온 기사단의 단장 파이야 디 슬렉슨 백작의 말에 자리에 앉아 있던 사람들 대부분이 깜짝 놀라 자리에서 벌떡 일어났다.

"트윈 헤드 오거라니? 게다가 다쳤다니? 얼마나 다쳤다고 하던가요?"

가장 먼저 입을 연 사람은 50대 후반으로 보이는 귀부인이었다. 그녀의 얼굴은 손자에 대한 걱정으로 금방이라도 기절할 듯 보였다. 그녀의 곁에 있던 장년인은 손자에 대한 걱정보다는 금방이라도 정신을 잃을 듯 보이는 아내를 달래기에 여념이 없었다.

"마리안느, 그 아이가 어떤 아인데 크게 다쳤겠소? 비록 나이가 열다섯에 불과하지만 벌써 소드 익스퍼트 상급의 실력을 가진 아이가 아니오? 트윈 헤드 오거가 비록 최강의 몬스터라 불리는 것은 사실이지만 그 아이의 실력도 만만치 않으니 크게 다치지는 않았을 것이오. 그러니 너무 걱정하지 마시오."

"당신은 걱정이 되지도 않나요? 그리고 데미안, 넌 네 아들이 다쳤다는데도 어쩌면 그렇게 태연할 수 있을 거냐? 너무 무정하다고 생각하지 않느냐?"

자신을 위로하는 자렌토와 너무나 태연하게 있는 아들 데미안의 태도를 마리안느는 도저히 이해할 수가 없었다. 마리안느의 꾸중에도 데미안은 물론 곁에 있던 데보라의 얼굴 역시 조금의 변화도 보이지 않았다. 하지만 테이블 밑에서 손수건을 움켜쥐고 있던 데보라의 손은 카렌의 부상 소식을 들었을 때부터 가볍게 떨리고 있었다.

지하르트와의 목숨을 건 싸움이 있은 지도 벌써 20년이 지났다.

여자라고 착각할 만큼 아름다웠던 데미안의 얼굴에도 세월은 어김없이 흔적을 남겼다.

지금도 보는 순간 정신이 멍해지고, 황홀함을 느끼지 않을 수 없을 정도로 아름다운 얼굴이었지만 눈가에는 몇 가닥 주름이 잡혀 40대의 중후함이 느껴졌다. 그렇기는 데보라 역시 마찬가지였다.

비록 예전과는 달리 드레스를 입었고, 과거 중성적인 매력을 풍기던 얼굴이 지금은 상당히 여성스럽고 부드럽게 변했기는 했지만 그녀 역시 과거와 마찬가지로 여전히 아름다운 모습이었다.

"슬렉슨 단장, 좀 더 자세히 말해 주겠나?"

"카이 경이 먼저 소식을 전해왔는데 자세한 것은 카브렌시스님을 구한 프록 자작이 도착을 해봐야 알 수 있을 것 같습니다."

“이번에도 프록 부단장이 카렌을 구했단 말인가?”

데미안의 말에 파이야는 고개를 끄덕이며 대답했다.

“현재까지 보고된 바로는 그렇게 알고 있습니다, 공작 전하.”

“프록 부단장에게 또 신세를 졌군.”

“공작 전하, 프록 경은 그렇게 생각하지 않을 겁니다.”

“그건 그렇고, 언제까지 그렇게 딱딱하게 나를 부를 셈인가?”

데미안의 담담한 말에 파이야는 잠시 어색한 웃음을 짓다가 무엇이 생각났는지 곧 입을 열었다.

“귀빈실에 계시는 황태자 전하와 공주마마, 두 분이나 다른 손님들께서도 걱정을 많이 하고 계실 텐데…… 우선 소식부터 알려 드리는 것이 어떻겠습니까, 데미안님?”

“참, 그리고 보니 두 분과 다른 손님들께 결례를 저질렀군. 먼저 자네가 직접 이 사실을 알려 드리도록 하게. 연락이 늦어 죄송하다고 말씀을 꼭 드리도록 하고, 내 카렌의 상태를 확인하는 대로 곧 찾아뵙겠다는 말도 꼭 전해 드리게.”

“알겠습니다, 데미안님.”

파이야가 내실을 빠져나가고서야 응접실에 있던 사람들은 겨우 자리에 앉을 수가 있었다.

마리안느는 여전히 울상을 짓고 있었고, 자렌토는 그런 마리안느를 달래기에 여념이 없었다. 그런 두 사람을 바라보는 데미안과 데보라의 표정은 적어도 겉으로는 여전히 변화가 없었다.

“그런데 어디서 갑자기 트윈 헤드 오거가 나타난 거지? 몇 번의 몬스터 토벌 때도 보이지 않았던 거잖아.”

“글쎄? 깊은 산맥 속에 숨어 있었거나 그게 아니라면 다른 지역에 있던 녀석이 싸일렉스 지방으로 이동해 온 것은 아닐까?"

데미안의 대답을 듣고 있는 데보라의 얼굴에는 시간이 지날수록 점점 걱정스러움이 진하게 어리고 있었다.

"걱정하지 마, 데보라. 누구보다 강한 녀석이 카렌이잖아. 그리고 지옥이도류도 익히고 있으니 설사 다쳤다고 하더라도 그렇게 크게 다치지는 않았을 거야."

"카렌이 다쳤다는 것도 걱정스러운 일이지만… 그게 중요한 게 아니야. 왜 평소에 좀 더 다정하게 그 아이를 돌봐주지 못했는지… 이제 와서 생각하니 카렌에게 너무너무 미안해."

여느 어머니와 다를 바 없는 데보라의 모습에 데미안은 그녀의 어깨를 감싸주면서 그녀를 위로했다.

"그 아이가 누구야? 대륙 최강의 전사인 나 데미안 싸일렉스와 대륙 최강의 여전사인 데보라 싸일렉스의 자식이잖아. 더구나 선더버드의 가호마저 받고 태어난 그 아이에게 무슨 일이 생길 리 있겠어?"

"알아, 나도 안다고. 그렇긴 한데 왜 이렇게 마음이 안정이 안 되고 불편한 것인지 모르겠어. 별일없을 거란 것을 알면서도… 왜 이렇게 마음이 놓이지 않고 초조한 것인지 나도 잘 모르겠단 말이야."

금방이라도 울음을 터뜨릴 듯 보이는 데보라의 모습에 데미안은 그녀를 껴안아 가볍게 두드려 주면서 위로할 수밖에 없었다. 그리고는 그녀의 뺨에 가볍게 키스를 해주었다.

그때 문밖에서 하인의 음성이 들렸다.

"공작 전하, 황태자 전하와 공주님께서 오셨습니다. 그리고 다른 분들께서도 지금 오셔서 기다리고 계십니다."

"이런! 어서 안으로 모셔라."

조금은 당황한 얼굴로 데미안이 재빨리 대답했다.

소리도 없이 문이 열리고 내실로 먼저 들어선 이는 찰랑거리는 금발을 길게 늘어뜨린 20대 중반의 청년과 20대 초반으로 보이는 젊은 레이디였다. 두 사람 모두 보는 사람의 눈을 의심하게 만들 만큼 아름다운 미모를 가지고 있었다.

"실렉턴 전하, 도르네인 공주마마. 어서 오십시오."

"할아버지, 조금 전 이야기를 들으니 카렌이 부상을 입은 채 돌아오고 있다는데, 대체 얼마나 다친 겁니까?"

"할아버지, 카렌이 많이 다쳤나요?"

두 사람 모두 걱정스러운 표정으로 자렌토에게 물었지만 자렌토 역시 카렌을 보지 못했으니 얼마나 다쳤는지 알 도리가 없었다. 하지만 걱정스러움이 가득한 외손자, 외손녀의 태도에 별일 아니라는 듯 대답을 할 수밖에 없었다.

"그 아이가 벌써 소드 익스퍼트 상급의 검술 실력을 가지고 있다는 것을 두 분께서도 잘 알고 있지 않으십니까? 아마도 조금 다친 것 같은데… 아마도 별일없을 겁니다. 그러니 그리 걱정하지 않으셔도 될 겁니다."

"실렉턴 전하, 도르네인 공주마마, 카렌은 그리 약한 아이가 아닙니다. 그러니 걱정하지 않으셔도 됩니다."

"외삼촌, 그렇지만……."

뭔가를 이야기하려던 실렉턴은 자신들 뒤를 따라 들어온 사람들의 모습을 발견하고는 입을 다물어야 했다.

노인이 다 된 제로미스의 모습도 보였고, 20년 전과 별반 달라 보이지 않는 에이라 폰 샤드 대공과 단테스 폰 체로크 공작의 모습도 보였다. 또 여러 후작들의 모습도 보였다. 그들 역시 카렌의 일을 들은 것인지 한결같이 걱정스러운 표정을 짓고 있었다.

그들이 막 카렌에 대해 물어보려고 할 때였다.

"공작 전하, 지금 막 카브렌시스님과 프록 부단장이 도착했습니다!"

문밖에서 들려온 기사의 외침에 가장 먼저 반응을 보인 사람은 방금까지 태연한 표정을 짓고 있던 데미안이었다. 데미안은 기사의 외침을 듣는 순간 눈 깜짝할 사이에 내실을 빠져나갔고, 갑작스러운 데미안의 행동에 사람들은 눈을 휘둥그렇게 떴지만 곧 그의 뒤를 따라 방을 빠져나갔다.

데미안의 발걸음이 향한 곳은 카렌의 방이었다.

그곳에는 이미 여러 사람이 있었는데, 그 가운데에는 제국 전쟁 전 데미안에게 충성을 맹세한 슈벨만도 끼어 있었다. 20여 년이 지난 지금 공작가의 전속 마법사로 활동하고 있는 슈벨만도 어느덧 중년의 중후함을 물씬 풍기고 있었다. 마법을 이용해 치료를 하던 중이었는지 그의 주위에는 마나가 심하게 요동치고 있었다.

"공작 전하, 오셨습니까."

"수고하는군. 얼마나 다쳤나?"

"직접 살펴보시겠습니까?"

말과 함께 슈벨만이 한 걸음 뒤로 물러나자 침대로 다가간 데미안은 정신을 잃고 있는 카렌을 바라보았다. 카렌의 전신이 피투성이인 것을 보고도 데미안은 침착함을 유지한 채 천천히 부상 정도를 알아보기 위해 치료 마법의 스펠을 나직하게 중얼거렸다.

"바디 스캔."

탈구되었던 다리뼈와 어깨뼈, 또 금이 갔던 갈비뼈는 이미 슈벨만의 마법 치료에 의해 이미 치료가 진행되는 중이었기에 데미안은 카렌의 전신에 흩어져 있는 마나의 분포를 신경 쓰면서 전신을 살펴보았다.

카렌의 마나 홀에 있던 마나는 이미 전신으로 대부분 흩어져 마나 홀은 거의 텅 빈 상태였고, 또 전신에 퍼져 있는 마나 역시 극히 엷은 것이 아마도 트윈 헤드 오거와 싸우면서 대부분의 마나를 모두 써버린 모양이었다. 그리고 복부 군데군데가 검은색으로 보이는 것이 엄청난 타격으로 인해 괴사가 시작된 것으로 보아 꽤나 심한 내상을 입은 모양이었다.

역시 외부의 상처보다는 내부의 상처가 더욱 심해 보였다.

데미안은 지체없이 천천히 지옥이도류의 마나 운용법인 지옥심공(地獄心功)의 구결대로 마나를 움직이며 카렌의 마나 홀이 위치한 곳에 손을 올려놓았다. 그리고는 자신의 마나로 카렌의 마나를 감싼 채 움직이기 시작했다.

처음엔 계속 흩어지려고만 했던 미약한 카렌의 마나도 데미안이 지속적으로 마나를 보내며 유도하자 곧 데미안의 마나에 합류한 채 느리게 움직이기 시작했다.

과거 이스턴 대륙에 갔을 때 이무결이라는 노인을 만나 배웠던 마나요상법(療傷法)의 이동 방법대로 마나를 움직이니 마나가 부족한 곳은 급속하게 보충되었고, 흐트러진 곳은 다시 모여들었다. 군데군데 보이던 검은 부분이 급속도로 푸르게 변하고 있다는 것을 데미안은 자신이 보낸 마나를 통해 즉각적으로 깨달을 수 있었다.

데미안이 카렌을 치료하는 동안 손님들도 카렌의 방에 도착해 아들을 치료하고 있는 데미안의 모습을 묵묵히 지켜보고 있었다.

잠시 후 치료를 끝낸 데미안이 손을 떼자 그때까지 걱정스러운 표정을 감추지 못하고 있던 마리안느가 급하게 입을 열었다.

"어찌 되었는가, 공작. 카렌은 무사한 것인가?"

"큰 부상은 입지는 않았습니다. 상처는 이미 슈벨만이 치료를 마쳤고 제가 내상까지 치료했으니, 이제 깨어나기만을 기다리면 됩니다."

"치료를 마쳤다면서 카렌은 왜 안 깨어나는 것인가?"

"아마 아직 어린 나이라 트윈 헤드 오거와 싸우느라 정신적으로나 육체적으로 굉장히 피곤한 상태일 겁니다. 이대로 쉬면서 육체의 피로를 풀어준다면 내일 아침에는 평소처럼 멀쩡하게 일어날 겁니다. 그러니까 어머니, 너무 걱정하지 않으셔도 돼요."

데미안의 설명에도 안심이 되지 않는지 마리안느는 카렌이 누워 있는 침대로 다가가 침대 옆에 앉아 그의 얼굴을 덮고 있는 머리카락을 쓸어 올리며 안쓰러운 표정을 감추지 못했다.

"불쌍한 녀석……. 오늘이 제 생일인지도 모르고 무엇 때문에 몬스터와 싸웠단 말이냐? 대체 이 할미를 얼마나 놀라게 하려고 이렇게 말썽을 부리는 것이냐? 흑흑흑, 휴우~ 참, 뭣들 하고 있는 것이냐? 어서 이 아이의 옷을 갈아입히고 온몸에 묻은 피부터 닦아주어야 할 것 아니냐."

마리안느의 나직한 호통에 중년의 시녀장은 황급히 시녀들을 시켜 물수건과 새 옷을 준비해 오도록 지시를 내렸다. 주위에서 어색한 표정을 짓고 있던 사람들은 시녀장의 무언의 압력을 견디지 못하고 다시 방에서 나와야만 했다.

응접실에 다시 모인 사람들이 조금 난처한 표정을 짓는 것을 보고 자렌토가 손님들에게 정중하게 사과를 했다.

"손자 녀석의 생일을 축하해 주시기 위해 이렇게 어려운 걸음을 해

주셨는데 기대에 따르지 못하게 되어 정말 뭐라 사과를 드려야 좋을지 모르겠습니다. 다행히 별다른 상처를 입지는 않았다고는 하지만 여러 분들께 걱정을 끼쳐 드리게 되어 아이의 할아버지로서 진심으로 사과를 드리겠습니다.”

“아닙니다, 할아버지. 그리고 카렌이 무사하다니 무엇보다 다행입니다.”

“할아버지, 정말 다행이에요. 전 카렌이 크게 다치지나 않았을까 걱정을 많이 했는데 무사히 돌아와 마음이 놓여요.”

“걱정을 끼쳐 드려 정말 죄송합니다, 황태자 전하, 공주마마.”

“아니에요, 할아버지.”

자렌토가 다시 한 번 사과하자 도르네인, 아니, 도린은 황급히 손사래를 쳤다.

“허어~ 이제 겨우 열다섯밖에 안 된 소년이 트윈 헤드 오거와 싸웠다면 아마 아무도 안 믿을 거요. 그렇지 않겠소?”

“제로미스 대공의 말씀이 옳습니다. 그 나이에 벌써 소드 익스퍼트 상급이라는 사실만으로도 놀랄 만한 일인데, 트윈 헤드 오거를 만나고도 도망치지 않았다는 것을 보면 더욱 놀랄 만한 일이 아닐 수 없군요.”

제로미스의 말을 에이라가 거들고 나섰다.

“하긴… 아버지는 뮤란 대륙의 영웅에다 최초로 등장한 소드 그렌저이고, 소드 마스터인 어머니 사이에서 태어난 아이입니다. 평범한 아이일 리 없지 않겠습니까?”

“그건 체로크 공작의 말이 맞소. 뮤란 대륙을 구한 영웅 부부 사이에서 태어난 아이이니 당연히 특별할 수밖에 없다고 생각하오이다.”

"그나저나 그렇게 어린 아이가 트윈 헤드 오거를 만나 피할 생각을 하지 않고 싸울 생각을 했다니… 정말 범상한 아이가 아닙니다."

사람들의 이어진 칭찬에 자렌토나 데미안은 연신 겸양의 미덕을 보였지만 그들 두 사람은 얼굴에 떠오른 만족스러운 미소를 좀처럼 감출 수가 없었다.

잠시 에이라와 상의를 한 제로미스가 자리에서 일어났다.

"주인공이 다쳤는데 생일 파티를 할 수는 없을 테고… 환자가 푹 쉴 수 있도록 우리는 이만 돌아가는 것이 좋을 것 같소이다."

"제로미스 대공 전하, 하지만 이렇게 그냥 돌아가시게 하는 것은 너무나 미안해서……."

"아니오, 싸일렉스 후작. 제로미스 대공의 말씀대로 오늘은 이만 돌아가는 것이 좋겠소이다. 비록 생일 파티를 열지는 못했지만 트윈 헤드 오거와 싸운 소년이 있다는 것을 알게 된 것만 해도 이곳에 정말 잘 왔다는 생각이 드는구려. 그러니 오늘은 이만 돌아가고 다음에 다시 기회를 봐서 오는 것이 좋을 것 같소."

에이라마저 제로미스의 말에 찬성을 하고 나서자 자렌토는 어쩔 수 없이 수긍을 해야만 했다.

"여러분께 뭐라 사과를 드려야 할지 모르겠습니다. 그럼… 다음엔 여러분께 오늘 저지른 무례를 보답하는 의미에서 후일 다시 초청장을 보내드릴 테니 꼭 오시기 바랍니다."

"할아버지, 죄송하지만 저희도 이만 황궁으로 돌아가야 할 것 같습니다. 대신 카렌이 자리에서 일어나면 황궁으로 놀러 오라고 꼭 전해 주십시오."

"오빠 말대로 꼭 놀러 오라고 전해주세요. 오빠는 여러 가지를 배우느라 여전히 바쁘지만 저는 요즘 할 일이 없어 무척이나 심심해요. 그러니까 카렌보고 누나가 보고 싶어 하더라고 꼭 전해주세요. 참, 아바마마와 어마마마께서도 카렌을 보고 싶어 하시니까 할아버님께서는 카렌을 꼭 보내주셔야 해요.”

“황태자 전하, 공주마마, 명심하겠습니다.”

“외삼촌, 또… 여행을 떠나셔야 하나요?”

도린의 말에 데미안은 잠시 어색한 표정을 짓다가 곧 대답했다.

“워렌시아 공작이라고 바이샤르 제국의 공작이 있는데 이번에 바이샤르 제국에 변형 몬스터인 키메라들이 출몰한다는 연락이 왔습니다.”

“키메라라고 하셨나요?”

“예, 공주마마. 과거 마신 지하르트의 휘하에 있던 부하가 거느리고 있던 이상하게 생긴 몬스터와 흡사하게 생긴 키메라들이라고 했습니다. 일반 무기로는 상처조차 입힐 수 없다는데 섣불리 건드렸다가는 도주의 우려가 있기에 저에게 도움을 청한다는 연락이 와서 아무래도 바이샤르 제국에 가봐야 할 것 같습니다.”

“휴우~ 외삼촌은 잠시도 쉴 새가 없군요. 참, 네로브 언니는 잘 지내고 있는지 궁금한데 연락할 방법은 없나요?”

“글쎄요, 그 아이가 아마존에서 나오기 전까지는 별다른 방법이 없는 터라……. 만약 집에 들르게 되면 공주마마를 꼭 찾아뵙도록 하겠습니다.”

“그렇게 해주시면 감사하겠어요. 언니를 못 본 지도 벌써 5년이나 지났네요. 어떻게 지내고 있는지 너무나 궁금해요. 그럼 다음에 뵐 때까지 몸조심하세요.”

“도린 공주마마께서도 무사히 환궁하시길 빌겠습니다. 파이야!”

“부르셨습니까, 공작 전하.”

“황태자 전하와 공주마마를 워프 게이트가 있는 곳까지 호위해 드리도록 하게.”

“맡겨주십시오. 목숨을 걸고 두 분을 모시겠습니다.”

파이야는 곧 앞장을 섰고, 그 뒤를 실렉턴과 도린, 두 사람의 대공들과 귀족들이 따라 응접실을 빠져나갔다. 북적이던 응접실에서 사람들이 빠져나가자 응접실은 금세 적막감에 휩싸였다.

“휴우~”

자리에 앉은 자렌토는 깊게 한숨을 내쉬고는 데미안에게 질문을 던졌다.

“이보게, 공작.”

“예. 말씀하십시오, 아버님.”

“카렌은 정말 괜찮은 건가?”

“물론입니다, 아버님. 약간 다치기는 했지만 프록 자작이 적절하게 응급조치를 했고, 또 슈벨만이 신속하게 치료를 했습니다. 또 제가 내상마저 치료했으니 곧 예전의 씩씩한 모습을 되찾을 수 있을 겁니다.”

“그렇다면 다행이지만 앞으로가 큰일이군 그래.”

“예? 그게 무슨 말씀이신지……?”

“공작도 알겠지만 카렌, 그 아이가 소드 익스퍼트 상급에 들어서면서부터 부쩍 가출이 심해지지 않았는가? 물론 이곳에 사귈 만한 또래의 아이가 없다는 것도 큰 이유겠지만 그 아이를 가르칠 만한 사람이 없다는 것이 무엇보다 큰 문제라네. 공작에게서 지옥이도류를 배웠기 때문에 일반적인 검술은 가르칠 수도 없고, 더구나 검술을 가르칠 공작은 여러 가지 일 때문에 바빠서 이곳엔 거의 없는 실정이다 보니 카렌이 점점 더 이곳에 정을 붙이지 못하는 것 같네. 휴우~ 이 일을 어떻게 처리하는 것이 좋겠나?"

자렌토의 말에 데미안의 얼굴이 심각하게 굳어졌다.

그렇지 않아도 조금 전 데보라가 한 말도 있었고, 자신도 얼마 전부터 그 문제에 대해 심각하게 고민하고 있었지만 지금으로서는 솔직히 별다른 해결책이 없었다. 자신이 알고 있는 지옥이도류의 검술은 이미 카렌에게 모두 가르친 후였다. 남은 것은 카렌이 얼마나 지옥이도류의 정심한 오의를 깨닫는가 하는 문제였다. 그렇다고 자신이 지금 하고 있는 일이 너무나 위험해 카렌을 데리고 다닐 수도 없는 실정이었다.

"아버님, 이건 제 생각입니다만… 조금 이르기는 하지만 카렌을 제국 아카데미에 입학시키는 것은 어떻겠습니까?"

"제국 아카데미에? 벌써 말인가?"

데미안의 의견에 자렌토의 눈이 커졌다.

"물론 열일곱이나 열여덟에 입학하는 것이 일반적이긴 하지만 열다섯에 입학하는 경우가 전혀 없는 것도 아니지 않습니까? 지금까지 비슷한 나이 또래를 만나본 적이 없을 테니 친구들도 사귀게 될 것이고, 또 새로운 것을 배우다 보면 아마 느끼는 것도 많을 것이니 지금과 같은 행동도 많이 줄어들 것으로 생각됩니다."

"으음~"

"가문에 소속된 기사들이 언제까지 카렌의 뒤만 쫓아다닐 수는 없는 일 아닙니까? 물론 제가 그 녀석 곁에 있었으면 엄하게 가르쳤겠지만 지금은 그럴 수 있는 상황이 아니기에 항상 아버님께 죄송스럽다는 생각을 갖고 있습니다."

데미안의 말에 자렌토는 빙그레 미소를 지었다.

데미안의 지긋지긋한 가출 때문에 골치를 썩었던 과거의 기억이 문득 떠올랐기 때문이다. 그랬던 데미안이 지금은 자식인 카렌 때문에 과거 자신이 겪었던 상황과 똑같은 상황을 맞이하게 되니 안쓰러운 마음이 들면서도 마음 한구석에는 고소하다는 생각이 드는 것을 지울 수 없었다.

당시 자신이 가출한 데미안 때문에 아내인 마리안느에게 얼마나 수모(?)를 당했던가?

제국 아카데미는 트렌실바니아 왕국이 트레디날 제국으로 과거의 영광을 되찾으면서 예전 왕립 아카데미의 규모를 더욱 확장한 것으로, 제국 내에 존재하는 모든 교육 기관 가운데에서 단연 최대 규모였고, 또한 최고의 실력을 인정받는 곳이었다.

물론 귀족들이 다니는 노블 칼리지와 평민들이 다니는 매직 칼리지로 나뉘어 있는 것은 과거와 다를 것이 없었지만, 각 분야의 최고 베터랑들을 초빙해 교육을 시키기 때문에 그 교육 수준은 당연히 최고일 수밖에 없었다. 더구나 과거처럼 검술 실력이 뛰어나다고 무조건 졸업을 시키는 관례가 지금은 완전히 사라졌다.

그뿐만이 아니었다. 소드 그렌저인 데미안이 왕립 아카데미에서 기연(?)을 만나 엄청난 검술을 익히게 되었다는 소문이 퍼지면서 왕립 아카데미는 넘쳐 나는 지원자들 때문에 몸살을 앓아야 할 정도였다. 때문에 왕립 아카데미는 우수한 학생들을 선발하기 위해 지원자들을 무조건 받아들이던 이전과는 달리 입학 시험이라는 새로운 절차까지 생겨났다.

황제가 된 알렉스는 제국의 틀을 공고히 유지하기 위해 왕립 아카데미를 제국 아카데미로 이름을 개칭하면서 졸업생의 자격 시험을 상당히 까다롭게 만들어 학생들의 원성을 사기도 했다. 하지만 제국 아카데미를 졸업하기만 하면 탄탄한 장래를 보장받는다고 해도 과언이 아닐 정도로 졸업생들에게 갖가지 혜택이 주어졌다.

그런 사정은 귀족들뿐만이 아니라 평민들 역시 마찬가지였다.

제국 아카데미를 졸업하게 되면 관료가 될 수 있는 길이 열려 상당히 고위직에 진출한 평민들도 많았고, 상계로 나선 사람들도 예전처럼 주먹구구식의 상술이 아닌 고도의 상술로 무장해 커다란 상단의 주인이 된 사람들도 적지 않았다. 또한 문화계에 진출해 제국 전체에 명성을 날리고 있는 문학가나 학계의 저명한 학자들도 상당수 있었다.

제국 아카데미는 한마디로 장미빛 장래를 보장받을 수 있는 곳이었다.

"공작, 그래, 부인과 상의는 해본 것인가?"

"일전에 간단히 의견을 나눠보기는 했습니다."

"그래? 반대는 하지 않던가?"

"물론 몇 년 후에 제국 아카데미에 보내자는 이야기를 하기는 했지만… 아마 제가 이야기를 하면 힘들긴 하겠지만 받아들일 겁니다."

"휴우~ 마리안느를 어떻게 설득시켜야 할지 벌써부터 걱정이군."

"어머니께는 제가 말씀드리겠습니다."

"오~ 공작, 정말 그래 주겠나?"

자렌토의 얼굴에 정말 다행이라는 표정이 떠오르는 것을 보고 데미안은 쓴웃음을 짓지 않을 수 없었다. 과거 전장의 라이온이라고까지 불렀던 그가 유독 마리안느와 관련된 일에 대해서만큼은 전전긍긍하는 모습을 어렸을 때부터 자주 보아왔다.

물론 다른 사람에게는 그 모습이 남자답지 못한 모습으로 비칠 수도 있겠지만 데미안에게는 오히려 금슬 좋은 부부의 모습으로만 여겨졌다.

"그만 쉬도록 하게. 어제 겨우 집으로 돌아왔는데 카렌 녀석 때문에 제대로 쉬지도 못하지 않았나? 공작이 별일없을 거라 했으니 카렌에게 무슨 일이야 생기겠나? 나도 이만 쉬어야겠군. 카렌 녀석 때문에 신경을 썼더니 꽤나 피곤해. 이젠 나도 늙었나 보네."

"먼저 쉬십시오, 아버님."

데미안의 배웅을 받으며 자렌토는 자신의 침실로 향했다.

넓은 응접실에 홀로 남은 데미안은 털썩 의자에 주저앉아서는 관자놀이를 어루만졌다. 카렌에게 미안한 감정을 가지고 있는 것은 데보라만이 아니라 데미안 역시 마찬가지였다.

아레네스의 권능에 의해 부활의 기적을 경험한 후 데미안과 데보라는 봉인된 지하르트가 남겨놓은 마물과 몬스터 퇴치에 남은 인생을 다 바치기로 결심했다. 비록 지하르트가 데미안에 의해 마계로 봉인되었다고는 하지만 당시의 봉인은 완전한 것이 아니었다. 하지만 봉인이 완전하지 못한 것은 데미안으로서도 어쩔 수 없는 일이었다.

당시 지하르트를 봉인할 때 신기루의 반지 쿠로얀이 가진 권능으로 다섯 개로 몸을 나누어 신의 무기가 가진 가장 강한 공격을 퍼부어 지하르트를 봉인한 것까지는 성공적이었지만 봉인하는 데 신의 무기 가운데 하나인 쿠로얀이 빠졌기 때문에 마계로 통하는 틈새가 완벽하게 메워질 수 없었다.

결국 마계의 봉인에는 어쩔 수 없이 틈이 생길 수밖에 없었고, 지금도 그 틈을 통해 끊임없이 마계의 기운이 지상으로 쏟아지고 있었기에 뮤란 대륙의 북쪽은 점점 인간이 살 수 없는 곳으로 빠르게 변해가고 있는 중이었다.

그곳은 원래부터 인간이 살던 곳이 아니었기에 세상 사람들은 대륙의 북쪽이 어떻게 변해가고 있는지 전혀 깨닫지 못하고 있었지만 각 제국의 고위 귀족, 데미안 부부와 함께 지하르트와 전투를 치렀던 각국의 소드 마스터들과 하이 프리스트들은 그런 사실을 오래전부터 알고 있었다. 지금까지는 최대한 군 병력을 북쪽 국경으로 배치해 마물들의 남하를 막고 있었지만, 그런 방법은 미봉책에 불과하다는 것을 그들도 잘 알고 있었다.

자국의 영토 내 곳곳에서 출몰하는 몬스터들을 토벌하는 것만 해도 힘에 겨운 것이 현실이기에 좀 더 근원작인 대책을 마련하는 일은 요원하기만 했다.

그래도 그동안 쏟아 부은 각국의 노력이 헛되지 않았는지 시간이 지날수록 각 제국은 차차 안정을 찾을 수 있었고, 얼마 후에 있을 바이샤르 제국에서의 대대적인 토벌부터 시작해 다른 제국도 곧 본격적인 토벌을 시작할 예정이었다. 그렇기에 워렌시아 공작의 초청을 받아 데미안과 데보라도 키메라 토벌대에 참가하기로 한 것이었다.

물론 그동안 데미안과 데보라는 마물 퇴치에 가지고 있는 모든 힘을 쏟았지만 폭발적으로 늘어나는 마물들에 비해 마물들을 처치할 수 있는 능력을 가진 사람들은 데미안 부부를 제외하면 상당히 적었다. 물론 다른 제국의 소드 마스터들 역시 힘을 보탰지만, 기하급수적으로 늘어나는 마물을 감당하기에는 역부족이 아닐 수 없었다.

소드 마스터들이 각 교단이 보유하고 있던 신성력을 지닌 신성검(神性劍)으로 마물을 상대했을 때 소드 마스터들의 생명을 위협할 수 있는 마물은 아직까지는 등장하지 않았지만 그 이외의 사람들에게는 아니었다. 설사 마물이 아니더라도 마물에 비해 능력이 크게 떨어지지 않은 몬스터들도 상당수 존재했기 때문에 일반인들의 피해는 더욱 커질 수밖에 없었다. 최소 소드 익스퍼트 최상급이 아니면 상대조차 할 수 없는 마물과 몬스터의 수가 급격하게 늘어나는 바람에 각 제국은 고심하지 않을 수 없었다.

그런 마물과 몬스터를 토벌하기 위해 노심초사하며 뮤란 대륙이 좁다고 돌아다닌 탓에 대륙 내에서 데미안, 데보라 부부의 명성은 더할 나위 없이 높아졌지만 아이러니하게도 정작 두 사람의 자식인 카렌은 두 사람의 사랑을 거의 받지 못한 채 할아버지와 할머니, 그리고 누나의 손에서 자라야만 했다. 물론 두 사람이라고 카렌을 할아버지, 할머니 손에 키우고 싶었던 것은 아니지만 마물과의 싸움이 너무나 위험하기에 카렌을 데리고 다닐 수 없었고, 또 사방에서 도움을 원하는 것을 거부할 수 없었다.

한 번이 두 번 되고, 두 번이 세 번이 되어 지금은 1년의 대부분을 밖에서 보내는 실정이었다. 그랬기에 카렌에 대한 미안함을 버릴 수가 없었다.

과연 이런 자신의 행동이 과거 무참히 자신을 버렸던 카르메이안이나 마브렌시아의 행동과 무엇이 다른가 하고 한동안 자괴감에 빠졌던 적도 있었다.

자신의 곁을 항시 떠나지 않는 데보라의 위로 때문에 자괴감에서는 겨우 벗어날 수 있었지만 그렇다고 카렌에 대한 죄책감까지 없어진 것은 아니었다. 더더구나 오늘처럼 카렌이 가출을 했다는 소식을 들을 때마다 자신 때문에 카렌이 이런 행동을 했을 거란 생각이 들어 아들에 대한 죄책감과 자신이 하고 있는 일에 대한 회의감을 느끼는 데미안이었다. 그러면서 과거 자신의 가출 때문에 자신의 부모인 자렌토나 마리안느가 얼마나 괴로워하며 속을 썩였을지 충분히 짐작할 수 있어 부모님에게도 항상 미안하고 죄송한 마음뿐이었다.

비록 자신이 먼저 말을 꺼내기는 했지만 정말 카렌을 제국 아카데미에 보내는 것이 최선의 선택이며 결정일지는 스스로도 쉽게 결정을 내릴 수 없었다.

"휴우~"

마음이 답답한 탓일까? 데미안의 한숨 소리는 그의 심정을 대변하는 듯 무겁게 들렸다.

딱딱딱!

목검끼리 부딪치는 소리가 커다란 연무장에 가득 울려 퍼졌다.

평소였다면 기사들의 훈련 소리가 울려 퍼졌을 연무장은 많은 기사들이 지켜보는 가운데 두 사람의 대결이 거의 한 시간 가까이 진행되고 있었다. 대결을 벌이고 있는 사람은 데미안과 카렌, 바로 그들 부자였다.

길이가 비슷한 두 자루의 목검을 든 카렌에 비해 데미안은 왼손에만 짧은 목검을 들고 있었다. 이미 여러 차례 보아왔던 광경이지만 싸일렉스 공작가 소속 화이트 라이온 기사단의 기사들은 두 사람의 대결을 볼 때마다 경탄과 부러움을 금할 수 없었다.

대결을 구경하고 있는 기사들 가운데 7클래스의 마법까지 완전히 익힌 것은 고사하고 대륙 유일의 소드 그렌저인 데미안의 경지를 감히 짐작할 수 있는 능력이 있는 사람은 한 사람도 없었다. 하지만 그의 아들인 카렌조차도 그들이 볼 때는 한 사람의 검사로 상당히 뛰어난 능력을 가졌기에 볼 때마다 감탄하지 않을 도리가 없었다.

불과 열다섯이라는 나이임에도 불구하고 보는 이의 눈을 의심케 할 정도로 현란한 움직임도 깜짝 놀랄 일이지만, 벌써 소드 익스퍼트 상급에 달하는 실력을 가지고 있다는 것, 소드 오러의 활용법이 기상천외하다는 것, 약간 어설픈 면이 보이긴 하지만 왼손마저 어느 정도 자유자재로 사용한다는 것 역시 기사들로서는 놀랄 만한 일이었다.

기사단에 소속된 기사들 가운데에는 양손을 모두 사용하는 것이 싸일렉스 공작 가문에서만 전해지는 가문 비전의 독특한 비법이라고 생각하고는 비밀리에 연습을 하는 기사들도 상당수에 이르고 있었다. 비록 화이트 라이온 기사단이 싸일렉스 공작 가문에 소속된 기사단이라고는 하지만 소드 그렌저인 데미안을 존경하고 흠모해 전국에서 모여든 젊은 기사들은 데미안에게서 뭔가 작은 것 하나라도 배울 수 있기를 간절히 원했다. 그렇지만 그런 그들의 기대와는 달리 그들이 데미안의 모습을 직접 볼 수 있는 것은 겨우 1년에 하루 이틀에 불과했다. 하지만 데미안의 가르침에 목마른 그들에게는 1년에 한두 번에 불과한 그들 부자의 대결을 지켜보는 보는 것만으로도 충분한 보상이 되었다.

작은 어깨를 연신 들썩이며 숨을 몰아쉬는 카렌과는 달리 데미안은 깊이를 알 수 없는 심연처럼 가라앉은 눈으로 카렌을 바라보고 있었다.

어렸을 때부터 카렌에게 지옥이도류를 가르친 사람은 다름 아닌 데미안이었다.

자신이 익힌 지옥이도류가 현존하는 어떤 검법보다 뛰어나다는 것을 과거 수많은 전투를 통해 직접 경험한 데미안이기에 그런 결정을 내렸다. 카렌이 아직까지 제대로 된 마나의 효과적 활용이나 효율적인 공격이 뭔지 깨달은 것은 아니지만 1년에 한두 번 대결을 할 때마다 자신을 깜짝깜짝 놀라게 만들 정도로 카렌은 착실하게, 그리고 하루가 다르게 부쩍부쩍 성장하고 있다는 것을 직접 확인하며 흐뭇한 생각이 든 적이 한두 번이 아니었다.

자신의 자식이라서 하는 말이 아니라 정말 상상을 초월할 정도로 놀라운 이해력과 학습 능력을 가진 아이였다. 더구나 자신의 지시 때문이긴 하지만 지속적인 명상 수련—데미안은 아직 운공(運功)을 명상이라고 알고 있다—을 해왔기 때문에 마나 홀에 쌓여 있는 마나는 어린 나이에도 불구하고 소드 마스터에 육박할 정도로 엄청난 양이었다.

카렌이 좀 더 나이를 먹고 또 경험이 쌓이게 된다면 나름대로 효과적인 마나 활용법을 깨닫게 될 것이고, 그렇게 되면 오히려 자신보다 훨씬 빨리 소드 마스터가 될 것은 틀림없는 일이었다. 자신보다 훨씬 성취 속도가 빠른 카렌의 성취에 아버지로서 기쁜 마음이 드는 것은 말할 필요도 없는 당연한 일이지만 혹시 카렌이 자만심을 가지게 될까 걱정이 되었기 때문에 그동안 애써 눌러 참고 있었다.

그렇기 때문일까? 데미안의 음성이 희미하게 떨리고 있었지만 그것을 눈치챈 사람은 아무도 없었다.

"스텝과 왼손의 움직임이 아직도 부정확하고 산만하다. 앞으로 좀 더 신경을 써서 훈련을 하도록 해라."

"헉헉헉!"

데미안의 지적을 들은 것인지, 듣지 못한 것인지 카렌은 금방이라도 터질 것 같은 가슴을 진정시키기 위해 안간힘을 쓰고 있을 뿐이었다.

비록 1년에 한두 번밖에 없는 대결이지만 대결을 할 때마다 데미안은 그야말로 난공불락의 철벽, 그 자체라는 것을 매번 느껴야만 했다.

카렌이 어떤 공격을 하던, 또 언제 공격을 하던 데미안은 그 자리에 우뚝 선 채, 또 단 한 걸음도 물러서지 않은 채 모조리 막아낼 뿐이었다, 그것도 단지 왼손만으로 말이다. 그러다 무심하게 내뻗은 단 한 차례의 공격에 언제나 무릎을 꿇어야만 했다.

물론 데미안으로서는 카렌이 시급하게 고쳐야만 할 약점과 빈틈을 가르친다는 의미에서 공격을 한 것이다. 하지만 바로 그 점이 카렌으로 하여금 스스로의 능력에 회의를 갖고 좌절감을 느끼게 한다는 것을 데미안은 미처 깨닫지 못하고 있었다.

놀라움을 감추지 못한 눈으로 두 부자를 바라보고 있던 기사들은 조금 전 벌인 두 사람의 대결에 벌린 입을 미처 다물지 못하고 있었다. 물론 그들 가운데에는 카렌보다 높은 경지에 도달한 기사도 꽤 여러 명 있었다. 하지만 그들이라고 하더라도 예상을 철저하게 벗어난 불규칙한 패턴을 가진 카렌과 대결을 한다면 반드시 승리를 거둔다고 장담할 수 없었다.

조금 떨어진 곳에서 부자의 대결을 지켜보던 파이야는 두 사람의 대결이 끝나자 한 걸음 앞으로 나섰다.

"공작 전하, 아침 식사가 준비되었답니다. 훈련은 이만 끝내시는 것이 어떻겠습니까?"

"벌써 그렇게 되었나? 그럼 아침 훈련은 이것으로 끝내지."

"기사단 일동 기립!"

파이야의 음성에 데미안 부자를 둥글게 둘러싸고 있던 기사들이 자리에서 벌떡 일어났다.

"공작 전하를 향해 검례!"

챙!

"충!"

파이야의 선창에 기사들은 일사불란한 동장으로 검을 뽑아 가슴 앞에 세웠다. 그리고는 하늘을 향해 높이 쳐들었다. 일사불란한 기사들의 모습은 보는 사람으로 하여금 혈관 속의 피가 일제히 끓어오를 만큼 장엄했다. 담담한 표정으로 그 자리를 떠난 데미안과는 달리 카렌은 그때까지도 고개를 숙인 채 거칠어진 호흡을 제대로 가다듬지 못하고 있었다.

고개를 숙인 카렌의 귀여운 얼굴은 온통 땀투성이였지만 흘러내린 그 땀 속에는 그가 흘린 두 줄기 눈물도 섞여 있었다. 분했다. 제아무리 데미안이 대륙 유일의 그렌저라고 하더라도, 또 마법마저 익히고 있다고 하더라도 그를 선 자리에서 한 발자국도 움직이게 하지 못한 자신의 무능함이 너무나 한심해 카렌은 이제는 참담함마저 느낄 지경이었다.

평소 두 자루의 검을 사용하는 데미안을 한 손, 그 왼손의 공격마저도 제대로 막아내지 못하는 자신의 실력에 대해 카렌은 좌절감을 느끼지 않을 도리가 없었다.

파이야의 해산 명령에 기사들이 흩어진 후에도 카렌은 한참 동안 그 자리에서 고개를 숙인 채 앉아 있었다.

"카렌님, 분하십니까?"

"무, 무슨 말씀이시죠?"

"싸일렉스 공작 전하를 뛰어넘고 싶으십니까?"

뜻하지 않은 파이야의 질문에 카렌은 황급히 땀을 닦는 척 눈물을 닦고는 고개를 들어 그를 바라봤다.

데미안이 집에 없을 때 카렌의 훈련이나 고민 상대가 되어준 사람은 대부분 파이야였다. 제국 전쟁 때 세운 전공으로 백작의 작위를 받은 파이야는 황제에게 슬렉슨이란 성과 영지를 하사받았지만 파이야는 그 영지를 싸일렉스 가문에 복속시킨 채 데미안의 부관으로 지내오고 있었다. 그런 파이야를 데미안은 공작 가문에만 허용된 사병 집단인 화이트 라이온 기사단의 단장에 임명했다. 또 언제나 카렌 곁에 있었던 파이야였기 때문에 카렌의 심정을 누구보다 잘 알고 있었다.

"카렌님께서 알고 계시는지 모르겠지만 공작 전하께서는 소드 그렌저가 되시기 전까지 목숨을 걸어야만 할 정도의 혈전을 수없이 많이 치르셨습니다. 단 한 번의 실수가 자신이나 동료들을 위험에 빠뜨릴 수 있는 경험 역시 수없이 많이 해보셨기에 소드 그렌저가 될 수 있으셨습니다. 카렌님의 성취가 놀라운 것은 사실이지만 공작 전하께서 경험하신 목숨을 걸어야 할 만한 상황을 경험하지 못하신다면 공작 전하를 뛰어넘는 것은 단지 희망 사항에 불과할 뿐입니다. 카렌님께서 얼마나 노력을 하시는지 저도 잘 알고 있습니다만, 지금까지 익히신 검술은 쉽게 말해 죽은 검술입니다."

"죽은… 검술이라고요?"

파이야의 말이 전혀 이해되지 않는지 카렌은 고개를 갸웃거렸다.

검술이면 다 같은 검술이지 죽은 검술이란 말은 또 뭐란 말인가?

카렌은 아무리 생각을 해봐도 이해가 되지 않았다. 카렌이 지금까지 누구보다 열심히 검술을 익힌 것은 영웅이라고 불리는 아버지처럼 되고 싶은 마음도 있었지만, 그보다는 어렸을 적 싸일렉스로 몰려든 몬스터를 토벌할 당시 아버지가 보여준 모습 때문이었다.

오크, 고블린, 놀은 말할 것도 없고 트롤, 오거, 라이미어, 싸이클롭스, 미노타우로스 같은 중, 대형 몬스터들이 대규모로 싸일렉스를 침공

한 적이 있었다. 당시 카렌은 어머니인 데보라의 품에 안겨 소드 그렌저라고 불리는 아버지의 엄청난 신위를 직접 목격했다.

데미안의 몸이 하늘 높이 치솟는 순간 인간들을 공격을 하던 수백 마리의 몬스터들이 얼어붙은 듯 그 자리에서 꼼짝을 하지 못했고, 롱소드에서 쏟아져 나온 수백, 수천 줄기의 붉은 소드 오러가 방원 백여 미터를 무자비하게 난자하는 광경은 어린 카렌이 보기에 공포스럽다기보다는 환상과 전율, 그리고 감동 바로 그 자체였다. 또 놀랍도록 아름다운 광경이라고 생각했기에 카렌은 그때부터 반드시 검술을 익히겠다고 결심했던 것이었다.

"그렇습니다, 카렌님. 지금 카렌님께서 공작 전하께 배우신 것은 검술에서 가장 기본이 되는 동작들뿐입니다. 그런 단순한 동작들이 살아 있는 하나의 검술로 다시 태어나려면 어떤 상황에도 냉정하게 대처할 수 있는 마음가짐, 부단한 훈련과 노력, 헤아릴 수 없이 많은 대전 경험이 있어야만 합니다. 결코 쉬운 일이 아닙니다."

중년이 된 탓인지는 모르지만 파이야의 음성은 묵직한 중후함과 무게감이 실려 있었다.

물론 파이야의 말이 맞다는 것을 비록 어린 나이지만 카렌 역시 너무나 잘 알고 있었다. 하지만 지금 카렌이 원하는 것은 아버지를 뛰어넘는 것이 아니었다. 단 한 번이라도 아버지와 대등한 입장에서 대결을 해보는 것이 현재 카렌이 가진 유일한 바람이었다.

이미 오래전 집을 떠난 누나지만 5년 전에 집에 왔을 때 자신에게 선더버드의 가호를 받고 태어났음을 가르쳐 주면서 다른 사람보다 훨씬 뛰어난 능력을 가진 대신 오직 그만이 할 수 있고, 또 반드시 해야만 할 중대한 사명이 있음을 알려주었다. 네로브가 말해 준 대로 타고

난 재능 탓인지 자신이 생각해도 자신은 남들보다는 훨씬 빠르게 검술을 익히는 것 같았다.

그럼에도 불구하고 아버지와 대련을 할 때는 단 한 번도 자신의 생각대로 진행되었던 적이 없었다. 물론 자신의 현재 실력이 감히 아버지와 비교가 되지 않는다는 것을 모르지는 않는다. 그래도 한 번 정도는 아버지를 곤란하게 하거나, 오직 한 번뿐인 아버지의 공격을 막지 못한다 해도 피할 수는 있을 것 같았는데 결과는 언제나 카렌의 참패로 끝을 맺었다. 카렌은 그런 상황에서 이제는 벗어나고 싶었다. 그것도 아주 절실하게 말이다.

카렌의 표정이 조금 굳어 있는 것을 보고 자신이 한 말 때문이라고 오해한 파이야가 부드러운 음성으로 카렌을 달랬다.

"카렌님, 공작 전하께서도 카렌님만한 나이 때에는 카렌님만큼 강하지 못하셨습니다. 카렌님의 앞날에는 아직도 무수히 많은 날이 남아 있지 않습니까? 꾸준히 노력한다면 언젠가는 아버님이신 공작 전하를 뛰어넘을 날이 오실 겁니다. 그리고 한 가지 좋은 소식을 전해 드리지요."

"좋은 소식? 뭔가요?"

"공작 전하께서 곧 카렌님께 말씀을 하시겠지만…… 아마 얼마 후에 카렌님을 제국 아카데미에 입학시킬 생각을 하고 계신 것 같습니다."

"저, 정말인가요, 슬렉슨 백작님?"

"그렇습니다. 큰 주인님이신 후작님께서 저에게 제국 아카데미의 입학 자격에 대해 상세히 알아보라고 지시하셨습니다. 또 교육 기간이나 교육 내용 등에 대해서도 자세히 알아보라고 지시하셨습니다."

부드러운 미소를 짓고 있는 파이야를 보던 카렌은 갑자기 가슴이 두근거리기 시작했다. 자신이 그토록 원했던 것이 설마 이렇게 갑작스럽게 이루어질 줄은 상상도 못했던 것이다.

"제국 아카데미에는 언제 입학을 하나요?"

"4월 5일에 입학식이 있는 것으로 알고 있습니다."

"4월 5일? 지금이 3월 8일이니까, 그럼 4월 5일까지는 한 달도 안 남았군요."

좀 전과는 달리 눈빛을 반짝이는 카렌의 모습에도 파이야는 그저 담담한 표정을 짓고 있을 뿐이었다.

"방금 말씀드렸다시피 제국 아카데미의 입학일이 얼마 남지 않았기 때문에 공작 전하께서 곧 무슨 말씀이 있으실 겁니다. 수도인 페인야드까지는 영지에 있는 이동 마법진을 이용하면 금세 도착할 수 있으니 미리 마음의 준비를 해두시는 것이 좋을 듯합니다. 그리고……."

파이야가 말꼬리를 흐리자 카렌은 의아한 얼굴로 그를 바라봤다.

"카렌님께서 어떻게 생각하고 계실지는 모르지만 공작 전하께서는 카렌님을 굉장히 사랑하시고 또 자랑스러워하고 계십니다. 그리고 카렌님 곁에 계시지 못한 것을 항상 미안해하고 계신다는 것을 알아주셨으면 합니다."

뭐라 대꾸를 하려는 듯 작은 입술을 달싹이던 카렌은 결국 아무 말도 하지 못했다.

"식사 시간에 늦겠습니다. 어서 땀을 씻고 오십시오."

생각에 빠진 듯 고개를 숙인 채 걸음을 옮기는 카렌의 뒷모습을 바라보던 파이야의 얼굴에는 희미하지만 연민의 빛이 떠올라 있었다.

"뮤란 대륙의 영웅을 아버님으로 둔 당신의 괴로움이나 아픔을 누가 알겠습니까? 하지만 저는 당신이 그 아픔을 딛고 우뚝 일어설 것을 믿어 의심치 않습니다. 누가 뭐라 해도 당신은 뮤란 대륙의 영웅 데미안 싸일렉스의 아드님이시니까요."

제2장
페인야드로 가는 길 1

"뭐라? 지금 뭐라고 했는가?"

"카렌님이… 또 사라지셨습니다."

잔뜩 주눅이 든 젊은 기사의 대답에 자렌토는 갑작스럽게 두통이 치미는 것을 느끼며 소파에 그대로 털썩 주저앉았다. 근처에 앉아 있던 데미안 역시 골치가 아프기는 마찬가지였다.

카렌에게 제국 아카데미에 입학해야 한다고 알린 것이 어제저녁의 일이었다. 그런데 불과 하루도 안 되어 또 가출을 해버릴 줄이야……

"또 어디로 사라졌단 말인가?"

"아마도… 혼자서 페인야드로 간 것이 아닌가 생각됩니다."

"혼자?"

데미안의 대답에 반문하던 자렌토는 곧 눈이 휘둥그레졌다.

"여기서 페인야드까지 거리가 얼만데 그 먼 거리를 그 아이 혼자 간단 말인가? 공작은 그게 가능한 일이라고 생각하나? 더구나 마신전쟁 이후 사방에서 수시로 몬스터들이 출몰하는데, 그런 곳을 어떻게 혼자서 갈 생각을 한단 말인가? 무모해도 정도가 있어야지……. 휴우~”

자렌토의 말을 묵묵히 듣고 있던 데미안은 그때까지 서 있던 젊은 기사에게 말했다.

“그대는 지금 즉시 프록 부단장을 호출하게.”

“알겠습니다, 공작 전하.”

기사가 즉시 서재를 빠져나가고 얼마 지나지 않아 40대 초반으로 보이는 날카로운 인상의 중년인 한 사람이 서재로 들어와 데미안을 향해 허리를 숙였다.

“카자크 프록이 공작 전하의 부름을 받아 대령했습니다.”

“그대는 지금 즉시 추적술에 능한 기사들을 뽑아 페인야드로 향하는 길을 샅샅이 수색해 카렌은 찾도록 해라.”

“카브렌시스님… 을 찾으란 말씀이십니까?”

황급히 말꼬리를 돌린 카자크의 말에 데미안이 고개를 끄덕였다.

“그렇다.”

“찾아서 이곳으로 모서 와야 합니까?”

“아니다. 그 아이를 보호해 페인야드에 있는 제국 아카데미에 데려다 주고 자네가 직접 접수를 하도록 해라.”

“알겠습니다, 공작 전하. 그럼 저는 즉시 출발하도록 하겠습니다.”

대답을 한 카자크는 서둘러 서재를 빠져나갔다.

“휴우~ 공작, 설마 하니 카렌이 이렇게도 집에 있길 싫어하는 줄은 미처 몰랐네.”

“죄송합니다, 아버님. 이 모든 것이 제가 카렌을 잘못 가르쳤기 때문입니다. 제가 평소 좀 더 엄하게 그 아이를 가르쳤다면 이렇게 말썽을 부리지는 않았을 텐데…… 죄송합니다.”

“그나저나…… 마리안느에게는 또 뭐라고 핑계를 댄다? 휴우~ 정말 난감하군.”

“아버님, 어머님께는 제가 말씀을 드리겠습니다.”

“공작, 이번 일만큼은 쉽게 지나가기 힘들 거야. 그 사람이 평소 카렌을 좀 예뻐했어야 말이지.”

“알고 있습니다, 아버님.”

대화를 나누는 두 사람의 굳은 표정은 좀처럼 풀릴 줄 몰랐다.

*　　　*　　　*

. 아버지와 할아버지에게 두통과 골치를 한 뭉텅이 선물한 카렌은 여유만만한 표정으로 말을 몰아 페인야드로 향하고 있었다.

비록 아침저녁으로 찬바람이 불기는 했지만 그래도 낮에는 봄의 기운을 완연하게 느낄 수 있었다. 더구나 감옥처럼 여겨졌던 집을 빠져나온 길이기에 카렌은 극도의 자유로움을 느끼고 있었다.

페인야드까지 가는 길은 두 가지 방법이 있다.

약 10여 곳에 이르는 단거리 이동 마법진을 이용하는 방법과 국도를 이용하는 방법이 있는데, 전자는 빠른 시간에 페인야드에 도착할 수 있지만 상당한 액수의 이동 마법진 사용료를 부담해야 했고, 후자는 여행비를 상당히 절약할 수 있지만 시간이 오래 걸린다는 단점이 있었다. 더구나 요즘처럼 수시로 몬스터들이 출몰해 여행객 스스로 자신의 안전을 책임질 수 없는 경우에는 실로 위험하기 짝이 없는 여행이 된다.

용병을 고용한다고 해도 위험하기는 마찬가지였다.

싸일렉스 지방이 대부분 평야인 까닭에 다른 지역에 비해 몬스터의 출몰이 그리 많지는 않지만 간혹 얼마 전 트윈 헤드 오거처럼 강한 녀석이 돌아다니기도 했던 것이다.

카렌도 아버지에게 제국 아카데미에 입학해야 한다는 말을 들었을 때는 별 생각 없이 고개를 끄덕였다. 하지만 그런 생각은 잠들기 전 잠깐의 생각으로 완전히 바뀌고 말았다.

보나마나 아버지는 자신을 보호하기 위해 다수의 기사들을 딸려 보낼 것이 분명했다. 그렇게 된다면 야영이나 여행의 참맛을 보지 못할 것은 말할 필요도 없는 일이다. 그래서 카렌이 내린 결론은 다시 한 번 가출을 하는 것이었다. 그러나 문제가 없는 것도 아니었다.

여행을 한 번도 해본 적이 없는 카렌이 무엇을 준비해야 할지 어떻게 알겠는가?

소설책에서 본 대로 여행 준비를 해오긴 했지만 제대로 준비를 한 것인지 처음엔 신경이 쓰였지만 몰래 마구간에서 말을 타고 나올 때부터 그런 걱정은 머리 속에서 하얗게 사라져 버렸다. 산뜻한 봄바람을 말 위에서 느끼자 그동안 쌓였던 불만과 걱정, 근심은 하나도 생각나지 않았다.

새파랗게 자란 보리가 끝없이 펼쳐진 평야와 끝없이 이어진 비포장 도로.

높고 푸른 하늘과 천천히 흘러가는 구름.

여행자의 고달픔을 달래주려는 듯 부드럽게 불어오는 싱그러운 바람.

말 위에서 지그시 눈을 감은 채 카렌은 그 모든 것을 만끽하고 있었다.

그렇게 천천히 이동을 한 지 얼마나 되었을까?

한껏 자유를 만끽하고 있던 카렌의 평정을 방해하는 음성이 있었다.

"흥! 멍청한 녀석, 누가 따라오는지도 모르면서 여유 부리기는."

챙～

갑자기 들려온 누군가의 목소리에 깜짝 놀란 카렌은 황급히 롱 소드를 뽑아 들었는데, 그 행동이 물 흐르듯 자연스러워 보는 이로 하여금 감탄을 금할 수 없게 만들었다. 빠르게 주위를 훑어보던 카렌은 뜻밖에 아무도 발견할 수 없자 당황하지 않을 수 없었다. 하지만 곧 무엇을 깨달았는지 주변을 향해 큰 소리로 외쳤다.

"카르주나? 카르주나, 너지?"

"쳇! 바보 같은 녀석이 눈치만 빨라서……."

카렌의 말이 끝나자 근처의 잡목 숲에서 작은 그림자가 모습을 드러냈다.

찰랑거리는 연녹색의 긴 머리카락.

보는 사람의 눈을 의심케 할 정도로 아름다운 얼굴.

그리고 머리카락 사이로 보이는 뾰족하고 커다란 귀. 다름 아닌 엘프였다.

뭔가 못마땅한지 카렌과 비슷한 나이로 보이는 여성 엘프는 잔뜩 심통난 표정을 짓고 있었는데 그 모습조차 아름답게 보였다.

"방금 뭐라고 했어?"

"이 멍청한 녀석아! 너, 또 집에 말도 안 하고 나왔지? 지금 프록 자작이 기사들과 함께 널 쫓아오고 있단 말이야. 이렇게 여유 부리다가는… 흥! 다른 때처럼 또 싸일렉스의 성으로 끌려가게 될 거다.”

“프록 자작님이 쫓아온다고? 제길, 왜 날 그냥 가만히 두지 않는 거지? 어차피 페인야드로 갈 거라는 걸 모두 알고 있잖아?”

카렌의 귀여운 얼굴은 당장 찌푸려졌다. 그 모습을 지켜보던 카르주나는 찡그린 표정을 풀지는 않았지만 그 표정 속에는 희미하게 연민의 빛이 배어 있었다. 누구보다 카렌의 사정을 잘 아는 카르주나였지만 그렇다고 섣불리 카렌을 위로할 수는 없었다.

그와 자신은 종족도 다르지만 무엇보다 처해 있는 상황이나 사회적인 위치도 달랐다. 카르주나로서는 자신의 섣부른 위로가 카렌의 고민이나 괴로움을 더 자극할까 봐 아무런 말도 할 수 없었다.

카렌의 아버지인 데미안의 전설적인 명성은 어렸을 때부터 부족의 장로 엘프들에게 들어 잘 알고 있었다. 그래서 겪어야만 하는 카렌의 괴로움을 어렸을 때부터 함께 지내왔기에 누구보다 잘 알고 있었다.

흔히들 엘프를 진실의 종족이라고 한다.

상대의 말이 진실인지 거짓인지를 한눈에 알아보는 능력을 선천적으로 타고나기 때문에 상대 엘프에게 거짓말을 하지 않다 보니 그것이 아예 종족의 특성이 되어버렸다. 상대의 기분이나 느낌을 단번에 느껴 그것의 진위를 가릴 수 있지만, 또한 상대를 위로할 선의의 거짓말은 할 수도, 할 필요성도 느끼지 못한다. 당연히 엘프들에게 있어서 위로란 상당히 어려운 일이 아닐 수 없었다. 여느 때처럼 묵묵히 지켜봐 주는 수밖에 없는 상황이었지만 그렇다고 언제까지 기다릴 수 있는 상황이 아니었다.

“카렌, 어떻게 할 거야?”

잠시 상념에 빠져 있던 카렌은 카르주나의 음성에 정신을 차렸다. 그리고는 지체없이 말에서 내려서는 뽑아 든 롱 소드의 옆면으로 말의 엉덩이를 힘껏 내려쳤다.

철썩!

히히히힝!

갑작스러운 고통에 크게 울음을 터뜨린 말은 그대로 달려가 버렸다.

그 모습을 지켜보던 카르주나는 순간 어이없다는 표정을 짓지 않을 수 없었다.

"지금 말을 저렇게 달려가게 한 것이 설마 널 추적하고 있는 프록 자작을 따돌리기 위해서 그런 것은 아니겠지?"

"왜? 뭐가 잘못됐어?"

"당연하지. 프록 자작이 누군데 그런 하찮은 속임수에 속을 것 같냐?"

'하찮은 속임수라니? 이게 아직도 날 무시하고 있잖아.'

그런 카렌의 속마음을 읽기라도 하듯 카르주나의 음성 역시 한없이 올라갔다.

"뭐야, 그 표정은? 프록 자작이 누군데 어설픈 네 속임수에 속을 거라고 생각하는 거야? 멍청한 녀석, 사람이 탄 것과 타지 않은 말은 발자국의 깊이도 다르지만 보폭 자체가 다르단 걸 아직 몰랐단 말이야? 프록 자작은 기사단의 부단장을 지낼 정도로 경험과 실력이 뛰어난 사람이야. 설사 이곳을 그냥 지나친다고 하더라도 금세 네가 이곳에서 내렸다는 것을 깨닫게 될 거야. 이제 어떻게 할 거야?"

"어쩌긴 뭘 어째? 도망가야지."

"도망? 어디로?"

카르주나가 어리둥절한 표정을 짓자 카렌은 갑자기 개구진 미소를 지었다.

"너희 마을로."

"우리 마을? 그게 무슨 소리야? 어떻게 하려고?"

"너희 마을에 워프 게이트가 있잖아. 그리고 그게 다른 엘프 마을하고 연결되어 있고 말이야. 그래서 그걸 이용해 다른 엘프 마을로 이동해서 그곳에서 페인야드로 갈 거야."

"우리 마을의 나이트로인 장로님께서 그걸 허락하실 거라고 생각하는 거야?"

"당연하지. 나이트 할아버지가 날 얼마나 귀여워하시는데."

"장로님을 그렇게 부르지 말라고 했잖아. 비록 장로님이… 이크! 숙여!"

카르주나는 깜짝 놀라더니 황급히 카렌의 머리를 누르며 재빨리 잡목 뒤로 몸을 숙였다.

얼마 지나지 않아 10여 마리의 말이 무서운 속도로 달려와 카르주나와 카렌의 곁을 스치고는 순식간에 지평선 너머로 사라졌다.

가장 앞쪽에 프록 자작의 모습과 그를 호위하는 듯 나란히 달리는 화이트 라이온 기사단 소속 기사들의 모습 역시 확인할 수 있었다. 자욱하게 일어난 흙먼지 때문에 그들의 모습이 가려져 보이지 않게 되었을 때 카렌은 조금의 망설임도 없이 몸을 돌렸다.

"어디 가는 거야?"

"몇 번이나 말해, 너희 마을로 간다니까."

기가 막혀 카르주나가 멍한 모습으로 서 있든 말든 카렌은 눈부시게 빠른 몸놀림으로 그 자리를 떠났다.

그 모습을 지켜보던 카르주나는 조금 전 상황을 떠올렸다.

카렌이 트윈 헤드 오거를 만나 심한 부상을 당했다는 소식에 걱정이 돼서 싸일렉스 공작의 성을 방문했던 카르주나는 카렌이 성을 몰래 떠나는 모습과 잠시 후 카렌의 뒤를 쫓는 프록 자작과 기사들의 모습을 발견할 수 있었다.

일단 카렌을 먼저 만나봐야겠다고 생각한 카르주나는 가지고 있던 단거리 텔레포트 반지를 이용해 이곳으로 먼저 와서 카렌을 기다리고 있었던 것이다. 그런 자신의 걱정과는 달리 카렌은 자신을 기다렸다는 듯이 오히려 탈출의 기회로 삼으려는 것이 너무나 기가 막혔다.

순식간에 멀어지는 카렌의 모습을 바라보던 카르주나는 그의 몸놀림이 예전에 비해 월등하게 빨라진 것을 깨닫고는 놀라움을 감추지 못했다.

"세상에! 저렇게 빠르게 움직일 수 있으면서 왜 더 강해지지 못해서 안달이지? 하여간 저 녀석은 도무지 이해가 안 돼."

"게르도프 아저씨, 안녕하세요? 뭐시렌 아줌마, 안녕하셨지요?"

빽빽하게 자란 나무들이 천연의 방벽을 만들어 외부와 완전히 차단되어 평온이 유지되던 곳은 한 사람, 아니, 한 소년의 방문으로 순식간에 엉망으로 변했다. 소년의 인사를 받은 엘프들은 한결같이 어색한 웃음을 지으며 손을 들었다가는 쏜살같이 모습을 감추었다. 때문에 소년의 시야가 미치는 범위 내에 있던 엘프들이 순식간에 사라져 이상한 상황을 연출하고 있었다. 하지만 소년, 카렌은 그런 사실을 아는지 모르는지 자신이 목표로 했던 작은 오두막을 향해 부지런히 걸음을 옮겼다.

"할아버지, 저 왔어요!"

"허허허! 어서 오너라."

마치 카렌이 찾아오기를 기다렸다는 것처럼 오두막 문이 활짝 열리며 머리나 수염이 온통 하얀 늙은 엘프, 나이트로인이 나와 카렌을 반갑게 맞아주었다. 자신의 품에 뛰어든 카렌의 머리를 쓰다듬어 주던 나이트로인이 궁금한 얼굴로 입을 열었다.

"얼마 전 트윈 헤드 오거와 싸우다 크게 다쳤다고 하던데… 그래, 다친 상처는 다 나았느냐?"

"물론이에요. 이것 보세요."

대답을 한 카렌은 양쪽 팔을 들어올려 알통을 드러내려고 힘을 썼다. 그 모습이 얼마나 앙증맞았는지 나이트로인으로서는 웃음을 터뜨리지 않을 도리가 없었다.

"허허허! 그래, 다 나았구나. 하지만 공작 전하께서 그냥 용서하지는 않으셨을 텐데… 공작 전하께 혼나지는 않았느냐?"

"아버지가 그냥 지나갈 리 없잖아요. 다음날 아침에 대련했고 역시나 또 졌죠, 뭐."

조금은 시무룩해진 카렌의 머리를 쓰다듬어주던 나이트라인이 궁금한 듯 질문을 했다.

"그래, 이번엔 무슨 일로 이렇게 나를 찾아온 것이냐?"

"실은 아버지께서 제국 아카데미에 입학하라고 말씀하셨거든요. 하지만 페인야드로 가는 길이 너무 위험하다고 할아버지께 부탁해 이동 마법진을 이용해 페인야드 근처까지 갈 수 있도록 도움을 청하라고 하셔서 이렇게 찾아왔어요."

카렌의 말에 나이트라인은 어이가 없었다. 카렌이 말한 내용이 사실

일 리 없다는 것을 누구보다도 잘 알고 있었지만 그런 거짓말을 눈 하나 깜짝 안 하고 하는 카렌의 태도가 더욱 기가 막혔기 때문이었다.

우선 7클래스 마스터인 데미안이 자신에게 그런 부탁을 할 리도 없고, 둘째로 트레디날 제국의 큰 도시나 영지에는 빠짐없이 전쟁 전에 설치했던 이동 마법진이 설치되어 있기 때문에 굳이 엘프들의 이동 마법진을 이용할 이유가 없었다. 그리고 마지막으로 페인야드까지 가야 하는 아들에게 호위 하나 붙이지 않고 보낼 부모가 어디 있겠느냐 하는 것이다. 그것도 제국에 단둘뿐인 공작이 말이다. 더구나 평소 카렌이 엘프 마을에서 저지른 갖가지 행패(?)와 만행(?) 덕분에 데미안이 직접 찾아와 사과를 한 적이 한두 번이 아닌 것을 미루어 짐작해 보면 아마도 이번 역시 가출(?)한 것이 아닐까 짐작되었다.

더욱 괘씸한 것은 감히 진실의 종족인 엘프를 속이려 했다는 점이었다. 요 깜찍한 녀석을 어떻게 혼내줄까 생각하던 나이트라인은 곧 환하게 웃으며 고개를 끄덕였다.

"공작 전하께서 부탁을 하셨다면 들어줘야지. 카르주나야, 어서 가서 네 아버지를 불러오거라."

"예, 할아버지."

카렌의 뒤를 따라와 여전히 심통난 표정을 짓고 있던 카르주나는 어디론가 사라졌다 곧 나타났다. 그런 그녀 곁에는 활로 무장한 중년 엘프 한 명이 서 있었다.

"아버님, 부르셨습니까?"

"그래, 갔던 일은 잘 처리했는가?"

"예, 오크들은 물러갔고, 무너진 결계를 지금 다시 설치하고 있습니다."

“다친 사람은?”

“조엘이 약간 다쳤고, 다른 사람은 모두 무사합니다.”

“다행이군. 내가 부른 것은 다름이 아니라……”

갑자기 나이트로인의 음성이 사라진 것을 보면 아마도 메시지 마법을 사용하는 것 같은데 무슨 이유로 갑자기 메시지 마법을 사용하는 것인지 카렌은 그 이유를 전혀 알 수 없었다. 하지만 대화를 나누는 동안 자신의 얼굴을 연신 힐끔거리는 빌리스턴의 태도로 봐서는 결코 반가운 일만은 아닐 것이란 생각이 갑자기 뇌리를 스치고 지나갔다. 불안해하는 카렌을 보면서 빌리스턴은 크게 고개를 끄덕였다.

“알겠습니다, 아버님. 말씀하신 대로 처리하겠습니다.”

“그럼 수고해 주게. 그분께는 내가 말씀을 드리도록 하지.”

나이트로인의 말에 빌리스턴은 즉시 시동어를 외쳤다.

“홀드!”

순간 카렌은 눈에 보이지 않는 무엇인가가 자신의 몸을 옭아매는 것을 느꼈다.

“비, 빌리 아저씨, 왜 이러시는 거예요. 서, 설마……”

“후후후, 이 녀석, 또 가출을 한 모양인데 그러면 쓰나? 내가 집에 데려다 주마.”

“아, 안 돼요! 빌리 아저씨, 제발 그러지 마세요! 지금 집에 가면 아버지한테……”

“푹 쉬거라. 슬립!”

빌리스턴이 시동어를 외치자마자 카렌은 즉시 잠들어 버렸다. 곁에서 그 모습을 지켜보던 카르주나가 조금은 걱정스러운 표정을 지었다.

"아버지, 정말 카렌은 공작님께 데려다 주실 거예요?"

"그래야 하지 않겠니?"

"그러면 공작님께 정말 혼이 많이 날 텐데……."

"후후후, 왜, 걱정이 되니?"

"당연하죠. 그렇지 않아도 맨날 말썽을 부려 공작님한테 야단을 맞았는데 이번에 또 야단을 맞게 된다면 아마 반년 동안은 외출도 못하고 그 이상한 검술 훈련만 해야 할 거란 말이에요. 아휴~ 속상해."

카르주나의 그런 모습에 빌리스턴은 빙그레 미소를 지었다.

그러고 보니 카르주나가 카렌과 처음 만났던 당시의 모습이 생각났다. 카렌이 한 살 되던 해 데미안은 나이트라인의 푸른 숲 부족을 카렌의 생일 파티에 초청했고, 당시 열여섯 살이던 카르주나는 아버지와 함께 부족을 대표해 처음으로 부족의 거주지를 떠나 인간들이 사는 곳으로 가게 되었다.

자신이 사는 곳과는 달리 온갖 석재와 목재를 이용해 지은 웅장한 싸일렉스 성은 카르주나로서는 처음 보는 것이었고, 거리를 가득 메운 수많은 사람들 역시 난생처음 보는 것이었다. 어안이 벙벙해하는 카르주나는 할아버지와 아버지의 손에 이끌려 엄청나게 웅장한 성의 주인이라는 사람을 처음 만나게 되었다.

데미안을 처음 본 카르주나는 엘프보다 훨씬 아름답게 생긴 데미안의 모습에 벌린 입을 다물지 못했다. 물론 엘프들이 아름다움과 추함을 따지지는 않지만 데미안의 아름다운 모습만큼은 그녀를 놀라게 하기 충분했다. 또 데미안 곁에 있는 데보라의 모습이나 아름다움은 둘째치고라도 성스러운 신성력의 기운을 사정없이 뿌리고 있어 보는 사람의 눈을 떼지 못하게 만드는 네로브의 모습은 카르주나의 눈을 휘둥

그렇게 만들기 충분했다.

그렇지만 무엇보다 카르주나의 눈길을 사로잡은 사람은 데보라의 품에 안겨 있던 카브렌시스, 바로 카렌의 모습이었다. 엄청나게 많은 사람들이 자신을 축하하기 위해 온 것을 아는지 모르는지 데보라의 품에 안겨 잠이 들어 있는 카렌의 모습은 너무나 귀엽고, 또 너무나 사랑스러웠다.

결국 그날 생일 축하 파티가 끝날 때까지 카르주나는 카렌의 곁을 떠나지 못했고, 이후에도 싸일렉스 성을 수시로 찾아 카렌을 만나곤 했다. 카렌의 할아버지 내외도 카르주나가 카렌을 마치 친동생처럼 여기며 아껴주는 것을 알고는 기꺼이 그녀를 환영했다. 물론 나이트로인이나 빌리스턴도 그런 사실을 알고 있었지만 데미안이 엘프들의 친구이자 은인이었기에 그녀가 카렌을 만나러 가는 것을 막지 않았다.

그랬던 것이 벌써 10여 년이 흐른 것이었다. 인간에 비하면 영원하다고 할 정도로 오랜 삶을 사는 엘프지만 그 순간의 기억만큼은 지금도 또렷했다.

"카나야, 너도 같이 갈래?"

빌리스턴의 말에 잠시 고민하던 카르주나는 곧 고개를 끄덕였다.

"아버님, 그러면 잠시 다녀오겠습니다."

"그렇게 하게나. 참! 일전에 내가 했던 말을 기억하는가?"

"물론 기억하고 있습니다."

"그럼 그에게 그 이야기를 하도록 하고, 그의 생각이 어떤지 물어보게. 쉽게 결정지을 일도 아니지만, 그렇다고 성급하게 판단할 수도 없는 일이니까 말이야."

"명심하겠습니다, 아버님. 대장로님께 꼭 말씀드리도록 하겠습니다."

“조심해서 다녀오게.”

“알겠습니다.”

카렌을 어깨에 둘러맨 채 대답을 한 빌리스턴은 나무 밑동에 만든 나이트로인의 집에서 나와 마을 중심의 통제 지역에 있는 이동 마법진으로 갔다. 그리고는 이동 마법진을 관리하고 있던 늙은 엘프에게 목적지를 말했다. 환한 미소를 짓던 늙은 엘프는 빌리스턴과 카르주나가 마법진의 중심에 선 것을 확인하고는 마법진 곳곳에 박혀 있던 마정석에 마나를 주입하고는 나직하게 시동어를 외쳤다.

“워프!”

순간 어지러움을 느낀 카르주나는 곧 정신을 차리고 주위를 둘러보다 뭔가 이상하다는 것을 깨달았다. 이곳은 자신에게 익숙한 싸일렉스 성이 아니었다.

“아버지, 여기가 어디에요?”

“어딘지 모르겠니? 예전에, 그러니까 10년 전쯤 할아버지와 함께 한 번 와본 적이 있을 텐데 기억나지 않아?”

“10년 전?”

반문을 하던 카르주나는 다시 한 번 주위를 둘러보았다.

빽빽하게 자란 나무들, 하늘을 뒤덮을 정도로 자란 나뭇가지와 나뭇잎들, 나무 사이로 불어오는 싱그러운 바람. 분명히 언젠가 와본 적이 있는 곳이었지만 얼른 기억이 나지 않았다. 골몰히 생각에 빠졌던 카르주나는 뭔가 생각난 듯 곧 고개를 쳐들었다.

“아~ 맞아, 여기는 작은 연못 부족이 사는 곳이잖아요.”

“이제야 기억이 나는 모양이구나.”

“그런데 여긴 왜 온 거죠?”

“우선은 마을로 가자꾸나. 왜 이곳으로 온 것인지는 곧 알게 될 테니 말이다.”

말을 마친 빌리스턴은 곧 숲을 향해 걸음을 옮겼고, 숲의 종족인 엘프답게 금세 나무 사이로 모습을 감췄다. 카르주나도 황급히 빌리스턴의 뒤를 따라갔다.

두 엘프가 빠른 속도로 숲을 헤치며 나간 지도 거의 30분 정도가 지났을 때 그들은 엘프들의 마을을 발견할 수 있었다. 마을 가운데에는 맑은 물이 솟아나는 작은 샘이 있었고, 주위에 늘어서 있는 거목들에는 엘프들이 거주지로 사용하는 듯 보이는 자연스럽게 생긴 커다란 구멍들이 여러 게 보였다.

“멈추시오!”

두 엘프가 막 마을로 들어서려는 순간 나무 위에서 싸늘한 음성이 들려왔다.

휙! 휙!

곧이어 날카로운 파공성을 내며 두 명의 엘프가 나무 위에서 뛰어내렸다. 빌리스턴은 미리 알고 있었는지 전혀 놀란 표정이 아니었지만 카르주나는 아버지와 대화를 나누다가 갑자기 나타난 엘프들의 모습에 깜짝 놀라 얼른 빌리스턴의 등 뒤로 숨었다.

“이곳은 작은 연못 부족의 영역이오. 무슨 일로 이곳을 찾았는지 말씀해 주시겠소?”

빌리스턴은 나무 위에서 자신들을 향해 활을 겨누고 있는 엘프들이 잔뜩 긴장해 있는 것을 알고는 빙그레 미소를 지었다.

“난 푸른 숲 부족의 빌리스턴이라고 하오. 작은 연못 부족의 장로이신 아나시스님을 만나뵈러 왔소.”

나무 위에서 뛰어내린 두 엘프 가운데 좀 더 나이가 들어 보이는 엘프가 빌리스턴이 어깨에 메고 있는 카렌을 가리켰다.

"푸른 숲 부족이라면 싸일렉스 지역에 사는 동족인데…… 그보다 어깨에 메고 있는 그 인간 아이는 뭐요?"

"우리와 가까이 지내는 인간의 아들이오."

"그런데 왜 그런 모습으로……."

"워낙 말썽쟁이라 잠시 재워둔 것뿐이오."

자신과 카르주나가 엘프인 것을 잘 알면서도 꼬치꼬치 캐묻는 상대의 태도에 빌리스턴의 기분도 슬슬 불쾌해지기 시작했다. 그들의 앞을 가로막고 있던 중년 엘프는 잠시 고심하더니 곧 고개를 쳐들었다.

"미안하지만 아나시스님께서 귀하의 신분을 확인해 주실 때까지 잠시 우리와 동행을 해주서야겠소."

중년 엘프의 말이 끝나자마자 다시 나무 위에서 대여섯 명의 엘프들이 나무에서 뛰어내려서는 빌리스턴 부녀를 향해 활을 겨누었다. 불쾌한 심사를 억지로 참으며 걸음을 옮기던 빌리스턴은 이들이 왜 이렇게 자신을 적대시하는지 그 이유를 전혀 짐작할 수 없었다.

마을에 들어선 빌리스턴은 엘프들의 감시를 받으며 가장 큰 나무가 서 있는 곳에서 걸음을 멈춰야만 했다.

"아나시스 장로님, 외부에서 아나시스님을 찾아온 이가 있습니다."

중년 엘프의 말이 끝나고 조금 지나 나이트로인만큼이나 나이가 들어 보이는 늙은 엘프 하나가 통나무 집에서 나왔다.

"푸른 달 부족의 빌리스턴과 카르주나가 아나시스님께 인사드립니다."

"오~ 이게 누군가?"

빌리스턴의 인사에 아나시스는 두 엘프를 반갑게 맞이했다.

"아시는 분입니까?"

"내가 왜 일전에 말하지 않았던가? 인간들의 지명으로 싸일렉스라 부르는 곳에 사는 우리 동족이 사는 마을이 있다고 말이야. 아마 우리 엘프들 가운데에서는 유일하게 인간들과 가까이 지내는 곳이라고 말했던 적이 있었는데… 기억나지 않나?"

"기억이야 물론 납니다만 시기가 시기인지라……."

말꼬리를 흐리던 중년 엘프는 곧 빌리스턴을 향해 정중히 사과했다.

"불쾌하셨다면 용서하시기 바랍니다. 얼마 전 저희 마을에 불미스러운 일이 있었던지라 큰 결례를 범했습니다. 다시 한 번 사과를 드리겠습니다. 장로님, 전 이만 돌아가서 주위를 다시 둘러봐야겠습니다."

미처 빌리스턴이 대꾸할 사이도 없이 중년 엘프는 청년 엘프들을 데리고 다시 마을 외곽으로 향했다. 그 모습을 지켜보고 있던 빌리스턴은 왠지 마을에 심각한 일이 발생한 것 같아 걱정이 되기 시작했다.

"아나시스님, 혹시 마을에 무슨 일이 있었던 겁니까?"

"휴우~ 일단 들어가서 이야기를 나누도록 하세."

아나시스의 안내를 받아 들어간 나무 속은 보기와는 달리 의외로 넓었고, 또 아늑했다. 또 벽을 대신하고 있는 나무에 난 작은 구멍을 통해 들어오는 햇빛이 실내를 부드럽게 밝히고 있었다. 두 엘프에게 허브 차를 내놓은 아나시스는 자신을 유심히 바라보고 있는 카르주나의 시선을 발견하고는 빙그레 미소를 지었다.

"후후후, 꼬마 아가씨는 왜 날 그렇게 쳐다보는 거지?"

"예? 아, 아니에요."

깜짝 놀란 카르주나는 얼굴을 빨갛게 물들이고는 고개를 푹 숙였다.

"쯧쯧쯧, 카나야. 어르신께 그 무슨 버릇없는 행동이냐? 어서 사과를 드리도록 해라."

"죄, 죄송합니다, 아나시스 대장로님."

"호오~ 내가 대장로라는 것은 어떻게 알고 있지?"

"저희 할아버지께 들었어요. 그리고 조금 전에 대장로님을 쳐다본 것은… 모든 엘프들을 대변하시는 여덟 분의 대장로님 가운데 한 분이시라는 것을 알고 존경스러운 마음 때문에 쳐다본 거예요."

여전히 얼굴을 붉히고 있었지만 자신이 할 말은 또박또박 다 하는 카르주나의 태도에 아나시스는 놀랐다는 표정을 지었다.

"허어~ 이렇게 어린 아가씨가 날 알고 있다니 이거 정말 영광인데. 날 알아봤으니 뭔가 답례를 해주어야 할 텐데… 뭐가 좋을까?"

잠시 고개를 갸웃거리던 아나시스는 곧 품에서 작은 상자 하나를 꺼내 카르주나에게 내밀었다. 의아한 얼굴을 하고 있는 카르주나를 보며 아나시스는 기분이 좋은 듯 푸근한 웃음을 지으며 말했다.

"이건 내가 아름답고 똑똑한 아가씨를 만난 기념으로 주는 것이니 어서 열어보거라."

조심스럽게 상자를 열어보니 새끼 손톱만한 푸른 보석이 박힌 단순한 모양의 반지 하나가 들어 있었다. 하지만 보석의 색도 탁했고, 무엇보다 투박해 보이는 모양이 카르주나는 마음에 들지 않았다.

조금 실망한 표정을 짓던 카르주나는 곧 무엇을 생각했는지 금세 환한 표정을 지었다.

"저어, 대장로님."

"말을 해보거라."

"이 반지 저에게 주셨으니 제가 마음대로 해도 될까요?"

“어떻게 하려고?”

“이 반지를 카렌에게 주고 싶어요.”

“카렌? 카렌이 누구지?”

“이 아이가 카렌이에요.”

아나시스의 질문에 카르주나는 빌리스턴의 품에서 입맛을 다시며 잠들어 있는 카렌을 가리켰다. 잠시 카렌을 바라보던 아나시스는 대답을 요구하듯 빌리스턴을 바라봤다.

“제가 이곳을 찾은 이유 가운데 하나가 이 아이와 관련이 있습니다.”

빌리스턴은 카렌이 데미안 싸일렉스의 아들이며, 지금 트레슈나 제국의 수도인 페인야드에 있는 제국 아카데미로 가야 한다는 것을 자세히 설명해 주었다. 그리고 엘프 부족 가운데 일부 부족과 연락이 두절되어 조사가 필요하다는 나이트로인의 생각을 전달했다.

고개를 끄덕이며 빌리스턴의 말을 듣던 아나시스의 얼굴도 심각하게 변했다.

“그렇지 않아도 요즘 몬스터들이 극성을 부려 걱정하던 터였는데 그런 일까지 벌어졌다니……. 서둘러 대장로 회의를 열어 조사를 위한 선발대부터 선출해야겠군.”

“그보다… 마을에 무슨 일이 생긴 겁니까?”

“휴우~ 그렇지 않아도 몬스터 때문에 고민이 많은데 이젠 인간들까지 속을 썩이니…… 정말 골치가 아프군.”

“예? 인간들이라니… 그게 무슨 말씀이십니까? 혹시 엘프 밀렵꾼이라도 나타난 겁니까?”

“그렇다네. 게다가 이번엔 상당히 뛰어난 실력을 가진 용병들까지 동원해 쳐들어왔다네. 다행히 그들에게 사로잡히거나 목숨을 잃은 동족은 아직 없지만 부상자가 상당하다네.”

아나시스의 말을 들은 빌리스턴은 분노를 참을 수 없었다.

“트레슈나 제국에서 이종족 노예 금지법을 발효한 것이 언젠데 아직까지 노예 밀렵꾼이 설친단 말입니까? 그자들은 국법이 두렵지도 않답니까?”

“휴우~ 자네는 황금에 대한 인간들의 탐욕이 얼마나 무서운지 모른단 말인가? 하지만 이번처럼 조직적이고 대대적으로 마을을 습격한 것은 처음이라네. 다행히도 이번은 막아낼 수 있었지만 다음번엔 어떻게 될지……. 휴우~”

“그렇다고 함부로 거주지를 옮길 수도 없지 않습니까?”

아나시스의 긴 한숨 소리에 빌리스턴은 가슴이 답답해졌다.

트렌실바니아 왕국이 트레슈나 제국으로 과거의 영광된 이름을 되찾으면서 황제는 국법으로 이종족을 노예를 소유하는 것을 철저히 금지시켰다. 당연히 일부 귀족들과 상인들의 엄청난 반발이 있었다. 그렇지만 제국의 영웅인 데미안이 황제를 지지하고 나서자 상황은 급반전해 지금의 이종족 노예 금지법이 발효되었다. 하지만 음성적으로는 여전히 노예들이 밀거래되고 있는 실정이었다.

잠시 무거운 침묵의 시간이 지나고 빌리스턴은 잠들어 있던 카렌을 깨웠다. 잠시 멍한 표정을 짓던 카렌은 주위를 둘러보다 카르주나를 발견하고는 궁금함부터 물었다.

“여긴 어디야?”

“작은 연못 부족 마을이야. 그리고 이분은 대장로 가운데 한 분이신 아나시스님이시고.”

“대장로님?”

카르주나의 대답에 깜짝 놀란 카렌은 그 자리에서 벌떡 일어나 아나시스에게 정중하게 인사를 했다.

“싸일렉스 가문의 장자 카브렌시스가 엘프들의 대장로이신 아나시스님께 인사드립니다. 숲의 숨결 안에서 언제나 평안하시길.”

“호오~ 인간 아이가 엘프들의 인사를 알고 있다니 놀라운 일이군. 페트리앙스의 축복이 그대와 함께하기를. 반갑네. 난 아나시스라고 하네.”

“아닙니다. 오히려 제가 영광입니다.”

아나시스의 답례에 점잖게 대꾸를 한 카렌은 놀랐다는 표정으로 자신을 바라보는 카르주나의 태도에 기분이 나빠졌다.

“뭘 그렇게 놀라는 거야?”

“네가 누군가에게 그렇게 깍듯하게 예의를 차리며 인사하는 모습을 처음 봐서 말이야.”

“그럼 여태껏 내가 예의도 모르는 놈이라고 생각했단 말이야?”

잔뜩 심통이 난 표정을 짓고 있는 카렌을 바라보던 카르주나는 피식 웃음을 터뜨리고 말았다. 하여튼 화내는 모습마저 귀여운 녀석이었다.

“내가 선물을 줄 테니까 그만 화를 풀어.”

“선물?”

“그래, 이거야.”

말과 함께 카르주나가 내민 것은 투박한 모양의 반지였다.

“이게 뭐야?”

“뭐라니? 반지잖아.”

“누가 반지인 걸 몰라? 무슨 반지냐는 거지?”

“그건…….”

“그 반지는 번개의 정령 라이오너가 봉인되어 있는 전설의 반지라네.”

카르주나가 곤란한 표정을 짓는 것을 보고 아나시스가 대신 대답을 했다.

“번개의 정령? 라이오너? 그런 정령도 있었습니까?”

“그렇다네. 지금은 거의 사라져 그 존재를 아는 이조차 없지만 과거 뮤란 대륙에 인간이 살기 전부터 존재했던 자연계 정령 가운데 하나이지. 과거 어떤 드래곤이 봉인을 했다고 하는 사연이 있는 반지라네.”

드래곤이 정령을 봉인했다는 대목에서 카렌은 눈빛을 반짝였다.

“그럼 이 반지에 봉인된 라이오너는 어떻게 소환합니까?”

“글쎄? 그게 너무나 오래전의 일이라……. 소환하는 방법을 아는 이가 지금은 아무도 없다네.”

“예?”

뜻하지 않은 아나시스의 대답에 카렌은 멍한 표정을 짓지 않을 수 없었다.

“비록 라이오너를 소환할 수 있는 방법이 지금은 전해지지 않는다는 것이 안타까운 일이긴 하지만… 만약 소환하는 방법만 알 수 있다면 라이오너와 맹약을 맺는 것은 그리 어려운 일이 아닐 것이네. 특히 자네처럼 정령 친화력이라고는 손톱만큼도 없는 사람이 만약 라이오너와 맹약을 맺을 수만 있다면 그보다 더 좋을 수는 없겠지.”

“그럼 라이오너라는 정령은 번개의 정령 가운데 하급 정령입니까? 아니면 중급?”

“라이오너는 특이하게도 등급이 없는 정령이라네. 전해지기로는 맹약을 맺은 주인과 함께 성장한다고 알려지는데 중급 정령 이상 성장한 경우가 거의 없다고 하더군. 아마도 주인의 능력이 상당히 뛰어나야 라이오너를 성장시킬 수 있지 않을까 그저 짐작을 할 뿐이라네.”

“정령이 성장을 한다는 말입니까? 그것도 맹약자의 능력에 따라서?”

“일반적으로 4대 정령이라고 알려져 있는 물, 불, 바람, 대지의 정령들과는 달리 번개의 정령인 라이오너는 스스로 성장하는 정령이라네. 만약 자네가 라이오너와 맹약을 맺을 수만 있다면 아마 뮤란 대륙 최초로 라이오너와 맹약을 맺은 사람이 될 것이네. 그렇게 되면 라이오너가 어떤 능력을 가지고 있는지도 자세히 알게 되겠지.”

“그러니까 라이오너의 능력에 대해 정확하게 알고 있는 이가 아무도 없다는 말입니까?”

카렌은 반문을 하면서 왼손에 끼고 있던 반지를 쳐다봤다.

“그렇다네. 다만 번개의 정령이라니 전격계 공격을 하지 않을까 생각할 뿐 나도 정확하게 어떤 능력을 가지고 있는지는 모르겠네.”

“그렇다면 라이오너와 인연이 닿는 행운이 있기만을 바라야 하겠군요.”

“이것도 받거라.”

“이건 뭐죠?”

빌리스턴이 내민 활을 받아 든 카렌은 고개를 갸웃거렸다.

“이건 우리 푸른 달 부족이 너에게 주는 생일 선물이다.”

“생일 선물이라고요?”

반문을 하는 카렌의 초롱초롱한 눈망울을 바라보던 빌리스턴은 속으로 쓴웃음을 짓지 않을 수 없었다.

사실 잔뜩 신경을 써서 만든 활인 것은 사실이지만 그 의미는 절대 생일 축하 같은 것이 아니었다. 카렌이 교육을 받기 위해 싸일렉스를 떠난다는 것을 알고 기뻐 환호성을 터뜨리면서 이 활을 만들었다는 사실은 절대 말할 수는 없는 일이었다.

'저 녀석이 앞으로 마을에 들르지 않게 돼서 엘프들이 무척 기뻐하며 만든 것이라면… 과연 어떻게 생각할까?'

"네 생일과 제국 아카데미에 입학하는 기념으로 주는 것이니 받아라."

빌리스턴의 말에 카렌은 아무런 의심 없이 활을 받아 들었다.

1미터가 조금 넘는 활은 재질을 알 수 없는 나무와 동물의 뼈로 손잡이와 활대의 끝을 장식해 조금은 고색창연해 보였다. 몇 번인가 활줄을 당겨보던 카렌이 아나시스에게 질문했다.

"그건 그렇고, 여긴 어디죠? 페인야드에서 얼마나 떨어져 있나요?"

"이곳은 페인야드에서 서쪽으로 약 150킬로미터쯤 떨어진 곳인 펙스턴이란 도시 근처에 있는 숲이라네."

아나시스의 대답에 곰곰이 뭔가를 생각하던 카렌은 갑자기 입꼬리를 비틀며 빙그레 미소를 지었는데, 근처에 있던 카르주나가 보기엔 금방이라도 뭔가 사고를 칠 것만 같았다. 아나시스 역시 카렌의 미소를 발견하기는 했지만 그저 담담한 미소를 지을 뿐이었다.

"빌리 아저씨, 그럼 페인야드로 언제 출발을 할 거예요?"

"오늘은 이곳에서 쉬고 내일 아침 일찍 출발할 거다. 이곳에서 페인야드까지 거리는 조금 멀지만 도로가 잘 포장되어 있고, 또 말로 이동을 한다면 오후에는 페인야드에 도착할 수 있지 않겠느냐?"

"그럼 아저씨도 저와 함께 가실 건가요?"

"당연히 함께 가야지. 그럼 내가 널 혼자 보낼 거라고 생각했느냐?"

카렌의 얼굴에 살짝 실망의 빛이 스치고 지나갔지만 그 빛은 나타날 때보다 더 빨리 사라졌다.

"하지만 빌리 아저씨는 모르는 사람들이 모여 있는 곳에는 가는 것을 싫어하시잖아요?"

"싸일렉스 영지에 사는 인간들 외에 다른 인간들과는 접촉하기 싫은 것이 사실이다. 하지만 널 혼자 보낼 수는 없는 일이니 어쩔 수 없는 일 아니냐? 페인야드의 제국 아카데미에 널 데려다 준 후 곧바로 싸일렉스로 돌아갈 생각이다. 이미 아버님이 싸일렉스 공작 전하께 그렇게 연락하셨을 거다."

"나이트 할아버지가요?"

빌리스턴의 말에 잠시 얼굴을 찌푸리던 카렌은 곧 고개를 푹 숙였다.

아버지에게 혼날 것을 걱정하던 카렌은 자신이 곧 제국 아카데미에 입학해야 한다는 사실을 떠올리고는 회심의 미소를 지으며 고개를 들었다.

"내일 아침 일찍 출발하려면 일찍 자야겠군요. 대장로 할아버지, 저는 어디서 자면 되죠?"

인간에 비하면 영원하다고 할 정도로 오래 산 아나시스였지만 카렌의 눈부시게 빠른 심경 변화에는 그저 혀를 내두를 수밖에 없었다.

"위, 위층 오른쪽 방이 비었단다. 오늘 저녁은 그곳에서 쉬거라."

"감사합니다, 대장로 할아버지. 빌리 아저씨, 편히 주무세요. 카나야, 너도 잘 자."

아직 저녁 식사 시간도 되지 않았건만 카렌은 엘프들의 대답을 들을 사이도 없이 위층으로 올라가 버렸다. 잠시 멍해 있던 아나시스는 미소와 함께 고개를 흔들었다.

"정말 재미있는 아이로군."

"그리고 대단한 말썽꾸러기이기도 하지요."

"말썽꾸러기?"

"예, 대장로님께서는 어떻게 보셨는지 모르겠지만 저 아이가 저렇게 어려 보여도 벌써 소드 익스퍼트 상급에 해당되는 실력을 가지고 있답니다. 덕분에 저희 마을에서 검술을 익힌 청년들에게 시도 때도 없이 도전을 하는 통에 마을이 한시도 조용할 때가 없었답니다."

"소드 익스퍼트 상급? 저렇게 어린아이가? 놀라운 일이군."

"저 아이 아버지가 인간들 세상에 최초로 등장한 소드 그렌저인 데미안 폰 싸일렉스 공작인 것을 보면 그리 놀랄 일만도 아니지요. 더구나 요즘은 마법에 심취해 벌써 7클래스의 마스터인 점을 생각하면 저 아이의 빠른 성취도 이해가 가는 일입니다."

"흐음~ 소드 그랜드 마스터도 아닌 소드 그렌저라……. 나도 그런 말을 들어본 적이 있네. 마신 지하르트를 신의 무기를 이용해 마계로 완전히 봉인했다면서?"

"그렇습니다, 대장로님. 저도 20년 전쯤 싸일렉스 지방에 있는 히그리안 성에서 싸일렉스 공작과 함께 마신의 지배를 받고 있던 몬스터들과 싸웠던 적이 있었는데, 그때 보여준 싸일렉스 공작의 무시무시했던 모습이 아직도 잊혀지지 않는군요. 그때가 아마 20대 중반쯤이었으니 지금은 얼마나 높은 경지에 도달했는지 짐작도 되지 않는군요."

"인간이란 참으로 놀라운 종족이야. 드래곤이나 우리 엘프들도 불가능하다고 생각한 소드 그렌저가 설마 인간들 사이에서 나타나다니, 정말 놀랄 일이 아닐 수 없단 말이야. 결국 언젠가는 불가능하다는 9클래스의 마법을 익힌 마법사도 나오지 않겠나?"

아나시스의 말에 빌리스턴의 얼굴이 딱딱하게 변했다.

물론 자신들은 인간에 비해 거의 열 배 이상의 수명을 가지고 있다. 또 인간들과 비교해 월등히 뛰어난 정령 친화력과 마법적인 능력을 가지고 있다. 하지만 인간들보다 더 강하고, 더 뛰어난 실력을 가진 엘프는 지금껏 나타나지 않았다.

그렇다면 그 이유는 무엇 때문일까?

물론 가장 큰 이유는 인간에 비해 엘프들이 평화를 사랑하는 종족이기 때문이기도 하지만 엘프들의 삶이란 것이 인간들만큼 복잡하고 욕망에 충실한 것이 아니기 때문이었다. 좋게 말하자면 평온한 삶이지만 반대로 말하자면 변화가 없는 삶이라고 할 수 있는 것이 바로 엘프의 일생이라 할 수 있다.

"이제는 저희 엘프들도 조금은 변해야만 할 시기인 것 같습니다."

"정말로 그렇게 생각하나?"

"그렇습니다, 대장로님. 저희가 변화보다는 평화를 사랑하는 것이 사실입니다. 하지만 그 평화라는 것도 스스로를 지킬 힘이 없으면 한낱 말장난에 불과할 뿐 아닙니까? 그렇다고 인간들처럼 무분별하고 무책임하게 힘만 추구해서는 안 되겠지만 최소한 저희들의 삶을 위협하는 엘프 밀렵꾼 같은 존재들에게서 스스로를 지킬 수 있는 힘만은 반드시 가져야만 한다고 생각합니다."

"흐음~"

아나시스에게서 신음 같은 무거운 숨소리가 흘러나왔다.

"물론 저의 아버님도 참석을 하시겠지만 이번 대장로 회의에서 이 문제에 대한 대책을 강구해야만 합니다. 이건 우리 엘프 부족 전체에 닥친 심각한 문젭니다."

강경한 빌리스턴의 말에 아나시스는 그저 한숨을 쉴 뿐이었다.

어슴푸레한 새벽, 아직 짙은 어둠에 싸여 있는 숲을 마치 유령처럼 소리없이 움직이는 작은 그림자가 있었다.

잔뜩 몸을 숙인 채 작은 덤불에 은신한 카렌은 연신 주위를 두리번거리며 근처에 있을지도 모르는 엘프들의 동정을 살피기에 여념이 없었다. 청각을 최대한으로 활성화시켜 주위의 소리를 들으려 했지만 들리는 것은 바람에 흔들리는 나뭇가지가 부딪치며 내는 소리뿐이었다.

카렌은 가늘고 길게 심호흡을 하고는 그대로 지면을 박차면서 숲으로 뛰어들었다. 나무의 그림자를 은신처 삼아 소리도 없이 이동하는 카렌은 몸놀림은 한마디로 유령 그 자체였다. 최대한 소리를 줄이기 위해 지면 위로 드러난 나무뿌리나 돌만을 밟으며 지그재그로 움직이던 카렌이 숲을 빠져나온 것은 거의 한 시간이 지나서였다.

몇 번의 심호흡으로 숨을 고른 카렌은 페인야드가 있는 동쪽을 향해 빠르게 걸음을 옮겼다. 그러는 동안 태양은 떠오르기 시작해 세상을 밝히고 있었다.

"휴우~ 드디어 빠져나왔군. 혹시 모르니 이 자리를 어서 떠나야겠군."

카렌은 서둘러 그 자리를 떠나면서도 왜 사람들이 자신 혼자 여행을 하겠다는 것을 그냥 두고 보지 못하는 것인지 도저히 이해할 수 없었다. 그런 생각을 하다 보니 정말 우울한 생각이 들었다.

애써 그런 기분을 떨쳐 버리며 다시 한 시간 정도가 지났을 때 카렌은 야영을 하고 있는 일단의 무리를 발견할 수 있었다.

한 대의 여행용 마차와 두 대의 짐마차를 한쪽에 나란히 세워둔 채 상인들과 그들을 호위하는 용병들이 모닥불을 중심으로 수면을 취하고 있었다. 인원이 열 명 정도 되는 소규모 상단이었다. 카렌이 다가가자 불침번으로 보이는 젊은 용병은 황급히 동료들을 깨우며 잔뜩 경계하는 모습이었다.

"누구냐? 꼼짝 마라!"

자신이 어린 소년임을 확인하고도 보이는 상대의 지나친 반응에 카렌은 그 자리에서 멈출 수밖에 없었다. 깜짝 놀라 일어난 용병들은 어색한 표정을 짓고 있는 카렌의 모습을 발견하고는 어이없다는 표정을 지으며 불침번을 서고 있던 용병의 뒤통수를 사정없이 후려쳤다.

퍽!

"에라, 이 멍청한 자식아! 그래, 네가 보기엔 저 꼬마가 우리를 습격할 몬스터로 보이냐?"

"아무리 초짜라고 해도 그렇지, 이렇게 멍청할 수가 있나?"

"누가 이 자식을 데리고 오자고 했어?"

"제길! 잠이 깨버렸으니 어쩔 수 없군. 식사 당번은 빨리 아침 식사 준비를 하고, 나머지는 잠자리를 정리하고 이동할 준비를 해라."

가장 먼저 일어났던 중년 용병이 지시를 내리자 나머지 용병들은 툴툴거리며 주위로 흩어져 각자 자신이 맡은 일을 하기 시작했다. 용병들이 제각기 흩어져 버리자 젊은 용병은 당황한 나머지 어쩔 줄 몰라 했다. 당황스럽기는 카렌 역시 마찬가지였다.

카렌이 그 자리에 엉거주춤한 자세로 멈춘 채 서 있는 동안 용병들은 카렌은 신경도 쓰지 않은 채 아침 준비를 마치고 식사를 하기 시작했다. 아침이라고 해봐야 간단한 스튜와 어제 잡아서 먹다 남은 토끼고기, 그리고 딱딱하게 굳어진 빵뿐이었지만 새벽에 엘프 마을을 빠져

나오느라 아무것도 먹지 못한 카렌에게는 충분히 식욕을 자극하는 식사였다. 더구나 비상 식량마저 준비하지 못한 카렌으로서는 그 자리를 떠나지 못하고 있었다.

잠시 중년의 상인과 대화를 나누던 중년 용병이 갑자기 카렌을 불렀다.

"어이! 소년, 아침 식사를 하지 않았으면 같이 하지 않겠나?"

잠시 망설이기는 했지만 카렌은 곧 용병들 쪽으로 걸음을 옮겼다.

"그렇지 않아도 아침 식사를 하지 못했는데 이렇게 초대를 해주셔서 감사합니다."

카렌은 상인들 가운데 우두머리로 보이는 중년 사내를 향해 꾸벅 인사를 했다.

다시 한 번 말하지만 카렌의 얼굴은 사내아이치고는 상당히, 아니, 무지하게 귀엽게 생겼다. 그런 카렌이 감사의 인사를 하는데 싫은 표정을 지을 사람은 아마도 거의 없을 것이다. 중년 사내 역시 마찬가지였다. 깍듯하게 예의를 차리는 카렌의 태도에 상인 우두머리는 고개를 끄덕이며 음식을 권했다.

"귀한 음식은 아니지만 그래도 제법 맛은 있으니 같이 식사를 하도록 하자꾸나."

"감사합니다."

용병과 상인들 사이에 앉은 카렌은 한 용병이 내민 빵과 스튜 접시를 들고는 서둘러 식사를 하기 시작했다. 며칠은 굶은 듯 정신없이 식사를 하는 카렌의 모습에 잠시 멍하니 쳐다보던 사람들은 곧 서둘러 식사를 하기 시작했다.

가장 늦게 시작했지만 가장 먼저 식사를 마친 카렌은 사람들이 식사를 마치기 기다리다가 그들이 식사를 마치자마자 그들의 식기를 들고 씻기 위해 냇물로 달려갔다. 그런 카렌의 모습에 상인과 용병들은 빙그레 미소를 지었다. 그들이 생각하기에 카렌은 참으로 눈치 빠르고 싹싹한 아이가 아닐 수 없었다.

그 순간 빠른 속도로 그들 곁을 스치고 지나가는 두 필의 말이 있었다. 워낙 빠른 속도로 스쳐 지난 탓에 말에 탄 사람이 누구인지 확인할 도리도 없이 그대로 그들이 일으킨 흙먼지를 그대로 뒤집어쓰는 수밖에 없었다.

"에이! 퉤! 퉤! 어떤 빌어먹을 놈이 아침부터 이렇게 험하게 말을 모는 거야?"

"그러게나 말이야. 에이! 퉤! 퉤!"

용병들은 하나같이 바닥에 침을 뱉으며 불만을 터뜨렸다.

잠시 후 식기를 씻으러 갔던 카렌과 물을 뜨러간 용병이 돌아오자 일행들은 즉시 떠날 준비를 했다. 출발을 명령하려던 중년 용병은 뻘쭘하게 선 채 자신들을 바라보는 카렌의 모습을 발견하고는 질문을 했다.

"어디까지 가느냐?"

"페인야드까지요."

"수도에? 무슨 일로 페인야드로 가는 거지?"

잠시 중년 용병의 얼굴을 빤히 쳐다보던 카렌은 순순히 대답을 했다.

"제국 아카데미에 입학하기 위해 가요."

"뭐? 제국 아카데미에 입학?"

카렌의 대답에 중년 용병은 깜짝 놀라며 카렌의 얼굴을 쳐다보았다.

확실히 귀여운 얼굴이기는 했지만 자신이 보기에 귀하게 자란 귀족가의 자식같이 보이지는 않았다. 만약 카렌이 귀족가의 자제였다면 이렇게 이른 시간에 혼자 있을 리도 없고, 또한 부유한 상인의 자제라고 하더라도 마찬가지였다. 더구나 X자로 교차해 메고 있는 롱 소드나 쇼트 보우도 낡아 보이는 것이 그리 비싸 보이는 물건은 아니었다.

중년 용병이 미심쩍은 표정으로 자신을 계속 쳐다보자 카렌은 변명이라도 하듯 서둘러 말을 이었다.

"매직 칼리지에 입학하려고요. 전 앞으로 용병이 될 거거든요."

"용병이 될 거라고? 대체 몇 살인데 벌써 매직 칼리지에 입학한다는 거냐?"

"저요? 얼마 전에 열다섯 살이 지났어요. 입학할 자격은 충분하죠."

"열다섯이라고? 내가 보기엔 열두 살도 안 된 것처럼 보이는데?"

"열다섯 살이 맞아요. 제가 아저씨를 왜 속이겠어요?"

카렌의 대답에 잠시 뭔가를 생각하던 중년 용병은 곧 마차로 다가가 상인의 우두머리와 대화를 나누기 시작했다. 그리고는 곧 카렌을 쳐다봤다.

"제국 아카데미의 매직 칼리지에 입학하기 위해 페인야드로 간다고 했느냐?"

50대 초반의 중후해 보이는 인상을 가진 중년 사내의 말에 카렌은 얼른 고개를 끄덕였다.

"맞아요. 용병이 될 거예요."

"부모님은 뭘 하시는 분이지?"

갑작스런 상인의 질문에 카렌은 잠시 당황하기는 했지만 곧 태연한 얼굴로 깜찍하게(?) 거짓말을 늘어놓았다.

"어머니는 제가 어렸을 때 집을 나가셨고요, 아버지는 용병이세요."

"아버지가 용병이라 용병이 되고 싶은 건가? 용병인 아버지를 존경하기 때문이냐?"

상인의 말에 어색한 표정을 짓던 카렌은 곧 고개를 흔들었다.

"아닙니다. 아버님을 좋아하기는 하지만 전 용병이었던 신분으로 백작의 자리까지 오른 파이야 드 슬렉슨님을 존경합니다."

카렌의 대답에 상인은 고개를 끄덕였다.

파이야 드 슬렉슨이라면 직접 만난 적은 없지만 상인도 이름은 들어 잘 알고 있는 사람이었다.

놀라운 검술 솜씨와 용맹함으로 제국 전쟁 당시에 무수한 전공을 세웠고, 무엇보다 끊임없이 노력해 소드 마스터에 도달한 사람으로 더욱 유명한 사람이 바로 그였다. 때문에 용병이 되려는 사람들에게는 그야말로 살아 있는 우상이라고 할 수 있는 존재였다. 하지만 저렇게 어린 아이까지 용병이 되려고 페인야드로 가리라고는 생각도 못했다.

"우리도 페인야드까지 간단다. 우리와 함께 가겠느냐?"

"전 가진 것도 없는데……."

"예끼, 이 녀석, 설마 내가 너에게 여행 경비라도 내라고 할까 봐 그러느냐?"

"그래도 미안해서……."

"그냥 오늘처럼 용병들의 식사 준비를 도와주면 된단다. 그렇게 할 수 있겠느냐?"

"물론이에요. 그리고 만약 몬스터들이 나타난다면 제가 도울 수도 있을 거예요."

"허허허, 녀석, 흉악한 몬스터가 나타났을 때 너처럼 어린 녀석이 뭘 돕는다는 것이냐?"

"틀림없이 도움이 될 테니까 두고 보세요."

"그래, 알았다. 두고 보도록 하자. 일단 용병들과 함께 뒤의 짐마차에 타도록 하거라."

"예, 감사합니다."

대답을 한 카렌은 마차 뒤에 서 있는 짐마차에 올라탔다. 이동 준비를 마친 마차와 짐마차를 다시 한 번 꼼꼼하게 점검한 중년 용병은 일행들에게 손짓을 했다.

"출발!"

이동하는 짐마차의 뒤칸에 올라탄 카렌은 먼저 짐마차의 구조부터 살폈다.

물건을 실어 나르는 짐마차와 유사하게 생긴 마차 뒤칸에는 안쪽에 두꺼운 천에 감싸인 물건이 놓여 있었고, 나머지 공간에는 세 사람의 용병들이 몸을 누이고 있었다. 그 가운데에는 자신을 보고 놀라 일행들을 깨운 젊은 용병도 같이 있었다.

간밤에 엘프 마을에서 탈출(?)을 하느라 잠을 별로 자지 못한 카렌은 짐마차에 등을 기댄 채 조금은 편한 자세를 취하며 눈을 감았다. 하지만 돌발 사태에 대비해 언제라도 등에 맨 롱 소드를 뽑을 수 있도록 손은 배 위에 교차해 두었다.

카렌이 잠은 청하려고 하는 순간 누군가가 그에게 질문을 했다.

"이름이 뭐냐?"

"카렌이에요. 카렌 에스지."

"카렌 에스지?"

뒤꼬리가 올라가는 것으로 보아 아마도 자신이 성으로 정한 에스지라는 단어를 한 번도 들어본 적이 없다는 뜻인 것 같았다.

"미안하지만 에스지라는 성은 한 번도 들어본 적이 없는데 말이
야……."

"에스지라는 성은 소드 그렌저에 반드시 도달하겠다는 제 의지가 담
긴 성이에요."

"소드 그렌저?"

"푸헤헤헤."

"낄낄낄."

"끽끽끽!"

갖가지 요란하고 채신머리없는 웃음소리가 터져 나왔다.

자신의 말을 듣고 거의 동시에 터져 나온 용병들의 비웃음 소리에
카렌도 눈을 뜨지 않을 수 없었다.

"뭐가 그렇게 우습죠? 아저씨들은 목표도 없어요? 아저씨들은 그저
그렇고 그런 용병으로 평생을 살다가 그냥 죽고 싶나요? 난 절대 그렇
게 살고 싶지 않아요."

"흐흐흐, 꼬마야, 네가 소드 그렌저가 되겠다고? 소드 그렌저, 아니,
소드 그렌저는 고사하고 소드 마스터조차 되고 싶다고 될 수 있는 그
런 경지라고 생각하는 거냐? 정말?"

"그러게나 말이야. 꼬마야, 네 말처럼 꿈과 희망은 클수록 좋은 것이
사실이지만 희망과 망상은 구별할 줄 알아야지. 그런 것도 모르는 애
송이가 함부로 그런 건방진 소리를 하면 안 되지."

"맞아, 그렇고말고. 꼬마야, 우리 트레디날 제국에서 소드 마스터에
오른 사람은 최소 백작 이상의 작위를 가지고 있다는 것을 알고나 있
냐? 두 분의 대공 가운데 한 분이신 샤드 대공께서도 거의 100년 가까

이 검술을 익히셨지만 이제야 겨우 소드 마스터 상급이 되셨을 뿐이다. 그런데 이제 열 살이 겨우 넘은 네가 소드 마스터도 아닌 소드 그렌저가 되겠다고? 푸하하하, 낄낄낄."

"헤헤헤, 살다가 이렇게 우스운 말도 다 들어보게 되다니……. 세상은 정말 오래 살고 봐야 한다니까."

용병들의 경멸과 비웃음을 듣고 있던 카렌은 분한 듯 입술을 깨물었다.

'한심한 자식들, 난 절대로 너희들처럼 한심하게 모든 것을 포기한 채 살진 않을 거야. 그리고 언제일지는 모르지만 반드시 아버지 앞에 당당한 내 모습을 보일 거야. 그게 설사 소드 그랜드 마스터나 소드 그렌저를 뛰어넘어야만 하는 경지라고 해도 말이야.'

"멍청한 녀석들, 뭣들 하고 있는 거냐? 비록 페인야드까지 큰 위험은 없다고 알려지긴 했지만 언제 산적이 나타날지, 또 언제 몬스터가 습격할지 모르는데 그렇게 어린아이만 놀려서 뭘 어떻게 하겠다는 거냐?"

용병들을 인솔하는 책임을 진 중년 용병은 용병들에게 주의를 준 다음 다시 이동하는 일행들의 앞으로 말을 몰았다. 그러면서 조금 전 카렌의 대답을 떠올렸다.

'소드 그렌저를 생전에 이루겠다고? 후후후, 아이야, 뮤란 대륙 최초의 소드 그렌저인 싸일렉스 공작 전하만 하더라도 국신인 선더버드의 가호를 받은 상태에서 미디아라는 신의 무기를 가졌기 때문에 소드 그렌저가 될 수 있었다는 것을 알고는 있는지 모르겠구나. 하지만… 지금의 그 결심을 잊지 않고, 또 열심히 노력을 한다면 후일 소드 마스터 정도는 될 수 있을지도 모르지.'

  그런 생각을 하면서도 경험이 많은 용병답게 그의 눈은 포장된 도로의 양쪽과 전면과 후면을 빠짐없이 살피고 있었다.

  카렌이 분한 마음을 억지로 삭이며 잠을 청하고 있을 때 다시 일행들의 곁을 스치고 지나가는 두 마리의 말이 있었다.

  빌리스턴과 얼굴을 본 적이 없는 젊은 엘프였다. 하지만 카렌은 짐마차에서 억지로 잠을 청하고 있었기에 자신을 찾기 위해 빌리스턴이 자신의 곁을 스치고 지나가는 줄도 몰랐다. 빌리스턴 역시 자신이 정신없이 찾고 있는 카렌이 설마 타인들과 함께 짐마차에서 잠을 청하고 있으리라고는 상상도 못했다. 그렇게 카렌은 페인야드로 향하고 있었다.

제3장
페인야드로 가는 길 2

　페인야드로 향하는 상인들의 행렬은 그리 바쁘지 않는지 이동 속도는 느릿하기 이를 데 없었다. 카렌 역시 제국 아카데미에 입학하려면 아직 시간적인 여유가 있었기에 오래간만에 느긋한 마음으로 여행을 즐기고 있었다.

　카렌은 자신이 언제 이렇게 편하게 쉬어봤는지 기억조차 나지 않았다. 짐마차에 누워서 한가롭게 흘러가는 구름을 바라보던 카렌은 이틀 동안 훈련을 건너뛴 탓에 온몸이 찌뿌둥한 것을 느끼며 이리저리 몸을 비비 꼬고 있었다. 더 이상은 참지 못하고 벌떡 일어나려는 순간 카렌은 어떤 위화감을 느꼈다. 주위가 지나치게 조용했던 것이다.

　마차 네 대가 나란히 다닐 수 있을 정도로 넓은 도로 양쪽은 빽빽하게 우거진 숲이 자리하고 있었다. 그럼에도 불구하고 이렇게 환한 대낮에 풀벌레 소리나 새소리마저 들리지 않는 것은 위화감이 들 정도로 이상한 일이건만 누구도 그 일에 대해 신경 쓰는 사람이 없었다. 상인들이야 이런 일에 대해 둔감한 사람들이니 말할 필요도 없는 일이지만 설마 용병들마저 이런 상황을 눈치채지 못할 줄은 생각지 못했다.

카렌이 용병들에게 막 주의를 주려고 할 때였다.

휙!

히히히힝!

갑자기 날아온 조잡한 화살 하나가 상인들이 탄 마차를 끌고 있던 말들 가운데 한 마리의 엉덩이에 꽂혔고, 놀란 말은 앞발을 치켜든 채 크게 울부짖었다.

“적이다!”

중년 용병, 폴의 외침에 짐마차에 있던 용병들이 일제히 무기를 뽑아 들며 마차에서 뛰어내려서는 주위를 두리번거렸다. 그런 그들의 눈에 들어온 것은 조잡한 복장에 갖가지 무기를 든 서른 마리가 넘어 보이는 오크들이었다.

“취익! 모두 죽여라!”

가장 앞쪽에 선 거의 인간만큼 커다란 체격의 대장 오크의 명령에 30여 마리의 오크들이 각자의 무기를 휘두르며 일행들을 향해 달려들었다.

휙!

“쾌액!”

달려오던 오크 가운데 한 마리의 머리 정중앙에 화살이 날아가 꽂혔고, 화살에 실린 힘은 그것만으로는 양에 차지 않는지 오크의 몸마저 뒤로 날려 버렸다. 깜짝 놀란 용병들이 화살이 날아온 방향을 둘러보다 활시위에 화살을 걸고 있는 카렌의 모습을 발견했다. 그사이 카렌

이 쏜 화살은 다시 한 마리의 오크의 목숨을 빼앗았다. 그러자 정신을
차린 오크들이 다시 함성을 지르며 달려왔고, 오크들과의 거리가 가까
워지자 활을 버리고 즉시 롱 소드를 뽑아 들었다. 그리고는 오크를 향
해 달려들었다.

그런 카렌의 돌발적인 행동에 용병들은 물론 달려들던 오크들조차
깜짝 놀라 그 자리에 멈췄을 정도였다. 자신의 키만큼 커다란 롱 소드
를 휘두르는 카렌의 모습은 상당히 어색해 보였지만 오크들을 향해 휘
둘러진 롱 소드는 매섭기 그지없었다.

"블러드 스네이크!"

카렌의 외침과 동시에 롱 소드에 붉은 마나가 희미하게 어리기 시작
했고, 붉은 마나에 싸인 카렌의 롱 소드는 오크들의 무기는 물론 오크
들 역시 거침없이 베어버렸다. 용병들이 정신을 차렸을 땐 이미 카렌
이 거의 열 마리 이상의 오크들의 목숨을 빼앗은 후였다.

"뭣들 하고 있는 거냐? 공격!"

폴의 외침에 그제야 정신을 차린 용병들은 오크들을 향해 달려들었
다. 하지만 용병들의 능력으로는 한 마리씩의 오크를 상대하는 것이
고작이었다. 폴도 대장 오크와 싸우느라 다른 용병들은 도울 생각도,
또한 그런 능력도 되지 못했다.

오크들의 목표가 카렌 하나에서 용병들로 늘어나자 누구보다 신이
난 사람은 바로 카렌이었다. 자신을 둘러싼 채 공격을 하던 오크들의
공격이 약간 느슨해지자 더욱 무섭게 롱 소드를 휘둘렀다. 붉은 마나
에 싸인 롱 소드는 마치 살아 있는 한 마리의 붉은 독사처럼 오크들을
향해 날아들었다.

자신들을 공격하는 카렌을 오크들이 그저 보고만 있었을 리 만무했

다. 들고 있던 롱 소드와 글레이브, 파이크들을 휘둘렀지만 소드 오러에 싸인 카렌의 롱 소드에 걸린 오크들의 무기는 하나같이 두 동강 날 뿐이었다. 맥없이 잘려 버린 무기를 든 오크들은 이 황당한 사태에 어리둥절해했지만 카렌의 롱 소드가 그런 오크들을 용서할 리 없었다.

자신의 허리만큼 굵은 오크들의 목이 롱 소드에 잘려 나갈 때마다 카렌의 몸놀림은 더욱 빨라졌고 발놀림도 안정되어 갔다. 데미안에게서 배운 댄싱 스텝은 말 그대로 춤을 추는 듯 카렌의 몸을 너무나도 가볍게 만들었다. 훈련할 때의 발놀림과 지금처럼 실전일 때의 발놀림은 경험이 적은 카렌으로서는 차이가 클 수밖에 없었다. 그랬던 것이 오크들과 혈전을 치르면서 그 차이를 급격하게 좁히고 있었다.

용병들과 오크들 사이의 전투는 불과 20분 만에 용병들의 일방적인 승리로 종결되었다.

"헉헉헉! 비, 빌어먹을⋯ 어떻게 오크 떼가 수도 근처인 여기까지 나타날 수 있는 거지?"

"헉헉헉! 그, 그러게나 말이야. 페인야드 주변은 정기적으로 군대를 동원해서 몬스터를 토벌했을 텐데 어떻게 아직까지 오크들이 남아 있을 수 있는 거야?"

용병들은 연신 가쁜 숨을 내쉬며 그 자리에 쓰러지듯 드러누워 버렸다. 지면에는 오크들의 사체와 그들이 흘린 선혈로 엉망이었지만 용병들은 그 지저분한 것을 피해 몸을 누일 정도의 힘도 남아 있지 않았다. 그야말로 손가락 하나 까딱할 힘도 없었던 것이다.

가쁜 숨을 몰아쉬기는 카렌도 마찬가지였지만 카렌은 결코 용병들처럼 지면에 눕지 않았다. 오히려 롱 소드에 묻은 오크들의 피를 닦아내며 조금 전 자신과 오크들의 싸움을 떠올리고 있었다.

　지금까지 카렌이 직접 몬스터와 싸워본 것은 다 합쳐도 한 손으로 꼽을 정도밖에 되지 않았다. 그것도 얼마 전 트윈 헤드 오거와의 싸움까지 포함해서 말이다. 더구나 앞의 네 번은 화이트 소드 기사단의 기사들과 데미안, 데보라와 파이야의 철저한 보호 속에서 몬스터와 싸운 것이니 엄밀한 의미에서 싸움이라고 부를 만한 것은 아니었다.

　실질적인 싸움이라고 할 수 있는 것은 얼마 전 트윈 헤드 오거와의 싸움과 방금 전 오크들과의 싸움뿐이었다. 물론 싸움이 가져오는 흥분 때문에 쓸데없이 큰 동작이나 불필요한 동작도 많았었지만 무엇보다 자신이 알고 있는 검술을 제대로 발휘했다는 사실에 기뻐했다. 그래봐야 블러드 스테이크는 자신이 현재 펼칠 수 있는 지옥이도류의 유일한 초식이기는 하지만 무엇보다 평소처럼 자연스럽게 사용했다는 것이 무엇보다 중요했다.

　문제는 그 이후의 초식은 마나 홀에 쌓여 있는 마나를 활용하는 능력이 아직 부족해 제대로 소드 오러를 유지하기 힘들다는 점이었다. 소드 마스터나 되어야 보유할 수 있을 만한 마나를 마나 홀에 쌓아두고도 말이다. 데미안이 가르쳐 준 지옥이도류의 초식은 어렸을 때부터 익혀 어떻게 검을 휘둘러야 하는지는 알지만 소드 오러를 제대로 사용할 수 있어야만 진정한 위력을 발휘할 수 있다는 것이 문제였다.

　물론 마나가 실리지 않은 검술만으로도 몬스터와 싸우거나 적을 상대할 수도 있지만 그것만으로는 본래 지옥이도류가 가진 위력의 몇십분의 일에 불과한 것이다. 더구나 원래대로라면 두 자루의 무기를 양손으로 사용해야만 하는데 어렸을 때부터 아무리 연습을 해왔어도 오른손에 비해 왼손의 사용은 아직도 어색하기만 했다.

　조금 전처럼 돌발 상황이 발생하면 무의식적으로 오른손만을 사용해 공격을 하거나 방어를 하게 되는 것이다.

습관이란 것은 역시 쉽게 고치기 힘든 모양이었다.

"카렌이라고 했던가?"

"예? 예."

갑자기 들린 말에 고개를 돌려보니 온몸에 오크의 피를 뒤집어쓴 폴이 다가와 있었다.

"정말 열다섯 살이 맞니? 어떻게 열다섯 살짜리가 그렇게 놀라운 검술 실력을 가질 수 있는 거냐? 혹시… 드, 드래곤……."

폴의 마지막 말은 두려움 때문에 심하게 떨려 나왔다. 하지만 그 말을 듣는 카렌으로서는 너무나 기가 막혀 웃음조차 나오지 않았다.

"왜 저를 드래곤이라고 생각하는지 이해는 가지만… 전 절대 드래곤이 아닙니다."

카렌의 대답에 폴은 안도의 한숨을 내쉬면서 의문을 제기했다.

"그럼 어떻게 너처럼 어린아이가 소드 오러를 사용할 수 있는 거지? 내가 언뜻 보기에도 소드 익스퍼트 중급은 훨씬 넘는 실력이던데… 그건 어떻게 설명할 거냐?"

"믿으실지 모르겠지만 전 다섯 살 때부터 아버지에게서 혹독하게 검술에 대한 훈련을 받아왔어요. 검에 마나를 실을 수 있게 된 것은 작년부터였고요. 아버지께서 가르쳐 주신 검술이 좀 독특한 것이라 마나를 빠르게 느낄 수 있었기 때문에 이런 실력을 가지게 된 거예요. 아버지의 말씀에 따르면 소드 익스퍼트 중급 정도는 된다고 하시는데 저도 제가 정확히 어느 정도의 실력을 가지고 있는지는 몰라요."

"대체 아버지가 누구기에… 설마 소드 마스터라도 된단 말이냐?"

"아버지의 이름은 밝힐 수 없지만 말씀하신 대로 오래전에 소드 마스터 초급은 넘으신 걸로 알고 있어요."

카렌의 설명에도 폴은 카렌의 말을 믿을 수 없는지 놀랍다는 표정을 감추지 않고 있었다. 하긴 누가 생각해도 마찬가지일 것이다. 겨우 열다섯 살짜리 소년이 벌써 소드 오러를 사용할 줄 안다는 말을 한다면 아마도 사람들은 자신을 미쳤다고 할 것이다. 더구나 소드 마스터 초급을 넘는 실력을 가진 용병은 제국 내에도 수십여 명에 불과하다는 것을 알고 있는 폴로서는 카렌의 아버지가 누구인지 너무나 궁금했다.

용병 가운데 소드 마스터가 없는 것은 아니지만 기사들에 비하면 상당히 적은 것도 사실이다. 그렇지만 카렌처럼 소드 익스퍼트 중급 정도의 실력을 가지려면 대부분 서른을 넘어서야 가능한 것이 현실이다. 그것도 검술에 나름대로 재능이 있는 사람에 한해서 말이다. 카렌에게 질문을 하고 있는 폴 역시 마흔을 훌쩍 넘었지만 아직도 소드 익스퍼트 중급의 문턱에서 허덕거리는 상태였다. 게다가 마나의 활용이 원활하지 않아 자신의 무기에 마나를 싣는 것도 어쩌다 한 번씩 성공하고 있는 상황이었다.

마흔이 넘어서야 겨우 소드 익스퍼트 중급의 문턱에 들어선 3류 용병에 불과한 폴이지만 마나를 느끼고 또 그것을 자신의 무기로 보내는 것이 얼마나 힘들고 어려운 일인지 너무나 잘 알고 있다. 그런데 이제 겨우 열다섯에 불과한 카렌이 벌써 저렇게 능숙하게 소드 오러를 사용할 줄 알다니… 질투를 하기에 앞서 그저 놀랄 뿐이었다.

"이보게, 폴. 그 아이를 데려와 보게."

"알겠습니다, 이반님."

폴과 함께 카렌이 상인들의 우두머리인 이반 앞으로 가자 이반이 질문했다.

“조금 전 네가 오크들과 싸우는 모습을 잘 봤단다. 내가 이렇게 널 부른 이유는… 비록 페인야드까지 남은 거리는 얼마 되지 않지만 너와 계약을 하기 위해서란다.”

“예? 그게 무슨 말씀이세요?”

“넌 이미 한 사람의 용병 이상의 활약을 하지 않았느냐? 비록 네가 나이가 어리고, 또 정식 용병은 아니지만 어차피 용병이 되기 위해 페인야드로 간다고 했으니 너를 용병으로 대우를 하는 것도 그리 틀린 생각은 아닌 것 같구나. 그런 이유 때문에 너와 계약을 하고 싶단다. 네 생각은 어떠냐?”

뜻하지 않은 이반의 제의에 카렌은 당황한 표정을 감추지 못하고 있었다.

“허허허, 아직 이런 경험이 없어 당황한 모양이구나. 그럼 이렇게 하자. 정식 용병은 아니지만 폴 정도의 실력을 가진 듯 보이니 폴과 계약할 때의 계약금으로 계산을 해 페인야드까지 가는 것을 호위하는 데 10골드를 주고 페인야드에 도착하면 10골드를 더 주도록 하마. 물론 더 많이 주었으면 좋겠지만 현재는 우리가 가진 돈이 그렇게 많지 않아 미안하구나.”

“아닙니다. 저는 계약금이나 그런 것 필요없어요.”

이반의 말에 고개를 젓던 카렌은 순간 묘한 기분이 들었다.

자신의 능력으로 처음 돈을 번 것이다. 물론 용병이라는 것이 무슨 일을 하고 어떻게 돈을 번다는 것쯤은 잘 알고 있었지만 이야기로만 듣고 지식으로만 알고 있던 것을 직접 경험하게 되니 기분이 정말 묘했다. 이런 기분을 뭐라고 표현해야 좋을까? 자신이 남에게서 돈을 받을 만한 능력이 있다는 것이 증명받은 것 같아 기뻤고, 또 남을 도울 수 있어 뿌듯한 기분도 들었고, 정말 도운 대가를 받아도 되는가 하는 의구심도 들었다. 하지만 무엇보다도 자신이 한 사람의 당당한 용병으로 대우를 받게 되었다는 것이 기뻤다.

그러는 사이 폴의 지시를 받은 용병들은 오크들의 사체를 길옆으로 던져 놓고는 다시 출발을 했다. 오크들의 출현 때문에 잠시 지체되기는 했지만 페인야드까지는 이제 하루 이틀 거리 정도가 남았을 뿐이었다. 하지만 혹시 있을지도 모르는 오크나 다른 몬스터의 공격을 걱정한 나머지 서둘러 그 자리를 떠났다.

카렌이 페인야드에 도착한 것은 이틀 후 저녁이었다.

멀리 보이는 페인야드의 야경(夜景)은 그야말로 쩍 벌어진 입을 다물 수 없을 정도로 아름답고 화려했다.

카렌이 페인야드에 와본 것은 모두 세 번.

첫 번째는 황태자의 생일을 축하하기 위해 네 살 때 부모와 함께 왔었고, 두 번째는 다섯 살 때 도르네인 공주의 생일에 참석하기 위해서 왔었다. 하지만 두 번 모두 비공식적인 방문이라 마법진을 이용해서 왔었고, 또 황궁에서 나오지를 않았기에 페인야드의 야경은 물론 어떻게 생겼는지도 전혀 보지 못했다. 그저 황궁의 담 너머로 보이는 환하게 불이 밝혀진 거리와 간간이 보이는 사람들뿐이었다. 그리고 마지막은 여덟 살 때 황제의 생일에 초대를 받고 왔었다.

카렌은 그때의 광경을 지금도 잊을 수가 없었다.

싸일렉스 공작가의 문장인 흰 사자 깃발을 단 마차를 발견한 페인야드의 시민들은 도로의 양옆으로 모여들어 일제히 열렬한 환호성을 터뜨렸던 것이다. 카렌의 뇌리엔 자신의 아버지에게 열광하던 사람들의 모습이 너무나도 또렷하게 박혀 있었기에 자신도 언젠가는 아버지처럼 사람들에게 열렬히 환영받는 사람이 되고 싶다는 결심을 하게 되었다. 하지만 그때도 카렌은 환영하는 사람들의 모습만 기억에 남았을 뿐, 페인야드의 전경은 조금도 기억에 남지 않았다. 그런데 지금 카렌 앞에 펼쳐진 야경을 보라. 7년 만에 다시 찾은 페인야드의 모습은 너무나도 환상적이었다.

갖가지 빛으로 빛나는 마법등들이 트레슈나 제국의 수도 페인야드를 대낮처럼 환하게 밝히고 있었다. 마법등 불빛을 뚫고 우뚝 솟은 갖가지 첨탑의 모습도 보였고, 색색으로 물든 건물들의 모습도 보였다. 게다가 늦은 밤임에도 불구하고 불야성을 이루고 있는 페인야드의 야경은 마치 지상에 펼쳐진 환상의 세계처럼 보였다. 페인야드의 야경을 정신없이 쳐다보는 카렌의 모습을 발견한 상인 대표 이반은 빙그레 미소를 지었다.

"허허허~ 페인야드의 야경이 너무 아름답지 않느냐?"

"예? 예, 정말 아름다워요. 그런데 제국 아카데미는 어딘지 아시나요?"

"제국 아카데미? 음~ 보자, 옳지! 저기 제일 환하게 빛나는 곳이 보이느냐?"

이반이 가리킨 곳을 살펴보니 페인야드의 중심에 위치한 곳으로 주위에 비해 월등히 밝아 보였다. 카렌이 고개를 끄덕이자 이반은 말을 이었다.

"저곳이 황제 폐하께서 계시는 황궁이지. 그곳에서 오른쪽으로 조금 떨어진 곳에 붉고 푸르고 노란색이 뭉쳐 있는 곳이 보이느냐?"

"예. 그럼 그곳이 제국 아카데미인가요?"

"그렇단다. 페인야드에서는 황궁 다음으로 유서가 깊은 곳이지."

이반의 설명을 들으면서 카렌이 살펴본 제국 아카데미는 황궁의 크기와 별반 차이가 없는 제국 아카데미의 규모에 놀라움을 감출 수 없었다. 그러는 사이 일행들은 페인야드에 들어서고 있었다.

페인야드는 제국 전쟁이 끝난 후 거의 두 배 이상 커져 제국의 수도에 어울리는 규모를 가지게 되었다. 더욱이 각국 간에 맺은 불가침 조약으로 전쟁의 위험이 사라졌기 때문인지 건물들은 화려하고 더욱 웅장해졌다.

그들이 도착한 페인야드의 서쪽 성문은 넓이만도 10미터, 높이는 20여 미터에 달했고, 성문 주위로 파여 있는 깊은 해자에는 찰랑찰랑 물이 차 있었는데 수면 위로 삐죽삐죽 튀어나온 창날이 보기만 해도 소름이 오싹 끼칠 정도로 살벌했다.

성문 앞에는 수십여 명의 병사들이 출입하는 사람들을 철저하게 검문하고 있었고, 말을 탄 10여 명의 기사들이 출입자들을 감시하고 있었다. 그런 모습을 처음 보는 카렌은 기사와 병사들이 왜 이렇게 철저하게 출입자들을 감시하는 것인지 이해가 되지 않았다.

"폴 아저씨, 검문이 항상 이렇게 철저했나요?"

"글쎄다? 전에도 검문이 철저하기는 했지만 이 정도까지는 아니었는데?"

카렌의 질문에 폴도 이해가 되지 않는지 고개를 갸웃거렸다.

그러는 사이 드디어 카렌 일행의 차례가 되었다.

두 명의 병사가 마차의 앞을 가로막자 나머지 병사 둘이 마차와 짐마차를 샅샅이 뒤지기 시작했다. 그러는 사이 하프 플레이트 메일을 걸친 날카로운 인상의 기사 한 명이 마차로 다가왔다.

"어디에서 오는 길이오?"

"물건을 구입하기 위해 베른 마을에 다녀오는 길입니다. 여기 허가증이 있습니다."

이반이 내민 허가증을 받아 든 기사는 꼼꼼하게 살피기 시작했다. 하지만 별다른 이상을 발견하지 못했는지 곧 이반에게 다시 내밀었다.

"그런데 무슨 일이 있습니까? 평소보다 훨씬 경계가 강화된 것 같은데 말입니다."

"페인야드 근처에 흑마법사가 나타났다는 정보가 입수되었기 때문이오."

흑마법사라는 말에 이반은 움찔하는 표정을 지었다.

그도 그럴 것이 흑마법사는 마신전쟁 후에 출현한 자들인데 일반적으로 마법사들이 자연의 마나를 이용해 마법을 발현시키는 반면 흑마법사들은 마계의 마신들과 계약을 맺어 그들의 마력을 이용해 마법을 펼쳤다. 그런데 문제가 되는 것은 바로 흑마법사들의 행동 때문이었다.

그들은 자신과 계약을 맺은 마신의 힘을 이용하는 것이기 때문에 그 마력을 사용하기 전이나 후에 그 힘에 상응하는 제물을 반드시 바쳐야만 했다. 문제는 그 제물이라는 것이 바로 인간이라는 점이었는데, 계약을 맺은 마신의 힘이 강하면 강할수록 희생되는 제물의 양도 많을 수밖에 없다.

사람들이 흑마법사를 두려워하며 피하는 것도 바로 이 점 때문이었다. 자신도 인간이면서도 인간의 생명을 먼지처럼 여기는 자들이 바로 흑마법사들인 것이다. 사람들이 흑마법사를 더욱 두려워하는 이유는 그들이 마신과의 계약을 통해 얻은 힘으로 마물이나 몬스터를 부려 인간들의 생명을 빼앗거나 실험을 위해 납치하는 등 사악한 행동을 끊임없이 하기 때문이었다. 때문에 흑마법사는 모든 사람들의 적일 수밖에 없었다.

흑마법사가 나타나면 먼저 각 영지와 수도인 페인야드의 기사단과 용병 길드에 최우선적으로 통보가 가고, 기사단과 군대가 출동해 흑마법사를 색출한 후 무조건 죽인다. 또 흑마법사를 돕거나 그와 연관이 있는 자 역시 무조건 현장에서 죽인다. 하지만 만약 흑마법사의 능력이 너무 뛰어나 기사단과 군대의 병력으로 막을 수 없다면 실력이 뛰어난 현상금 사냥꾼인 바운티 헌터들에게 청부를 의뢰한다.

보통 이런 과정을 거치면 대부분의 흑마법사는 목숨을 잃을 수밖에 없다. 하지만 흑마법의 특성상 각 클래스마다의 차이가 너무 커 6클래스 초반 흑마법사 경우 소드 마스터 초급의 기사나 용병들도 상대가 되지 않을 정도로 흑마법이 가진 파괴력은 엄청났다.

비록 소드 마스터의 수가 20년 전보다 기하급수적으로 늘었다고는 하지만 마신의 힘을 가진 흑마법사를 막아내기에는 무리가 따를 수밖에 없었다. 더구나 일정한 수준이 될 때까지 숨어 지내는 흑마법사를 찾아내기도 힘들뿐더러 또 그들이 세상에 모습을 드러낼 때는 이미 막강한 흑마법으로 무장한 후이기 때문에 기사들이나 바운티 헌터들이 출동을 한다고 하더라도 그들을 막아내지 못하는 경우도 빈번히 일어났다.

그런 이유로 흑마법사의 출현 소식은 언제나 사람들을 불안에 떨게 만들었다.

“가도 좋소.”

“감사합니다. 그럼 수고하십시오.”

기사에게 인사를 한 이반과 일행들은 서둘러 성문을 통과했다.

살벌했던 성문의 분위기와는 달리 성문 안의 풍경은 카렌의 눈을 휘둥그레지게 만들기 충분했다.

늦은 밤임에도 불구하고 앞에서 손님들을 호객하는 상인들, 사람들에게 노래나 이야기를 들려주는 음유시인의 모습도 보였고, 갖가지 묘기를 선보이는 서커스단의 모습도 보였다.

일행들은 사람들의 물결을 헤치며 마차로 이동하느라 천천히 움직일 수밖에 없었다. 한참의 시간이 지나서야 일행들은 겨우 목적지에 도착할 수 있었지만 카렌은 주위를 구경하느라 시간 가는 줄도 몰랐다.

여관의 점원들이 짐마차에 실려 있는 물건들을 창고로 옮기는 것을 이반이 끝까지 확인하고서야 겨우 일행들은 식당으로 향할 수 있었다. 카렌도 비록 다른 사람에게 말을 하지는 않았지만 상당히 피곤했다. 식사보다는 우선은 뜨거운 물로 목욕부터 했으면 하는 생각뿐이었다. 불과 4일에 불과한 여행이었지만 꽤나 심한 피로를 느끼고 있었다.

제법 음식 맛이 괜찮은 탓인지 식당은 꽤나 붐비고 있었지만 카렌과 일행들은 곧 자리를 차지할 수 있었다. 이반이 일행들을 위해 푸짐한 식사를 주문했고, 카렌은 연신 주위를 두리번거리면서도 식사를 마칠 수 있었다. 하지만 피곤을 느낀 탓인지 그다지 식욕이 당기지 않았다.

카렌이 간단히 요기를 마치고 휴식을 취하고 있을 때 근처에 있던 이반이 카렌에게 작은 가죽 주머니 하나를 건넸다.

"이게 뭐죠?"

"너에게 주기로 한 대가란다."

"제가… 정말 이 돈을 받아도 되나요?"

"후후후, 너는 이미 우리 일행을 구해주지 않았느냐? 그러니 그에

합당한 대가를 치르는 것이 당연하지 않겠니? 일전에 말한 대로 더 많이 주지 못해 미안하구나. 그래, 이제 어디로 갈 거냐?"

"오늘은 여관에서 쉬고 내일 제국 아카데미에 갈 생각이에요."

"그래? 그렇다면… 이곳엔 남은 방이 없다니까 '여행자의 벗'이란 여관에 가서 내 이름을 대고 오늘은 그곳에서 쉬도록 하거라. 내 동생이 하는 여관이란다."

"예, 그렇게 할게요."

카렌은 대답을 하긴 했지만 이반이 말한 여관으로 갈 생각은 전혀 없었다. 이유는 일단 부담스럽기도 했고, 또 자신에게도 여관에서 잘 수 있을 정도의 돈이 있었기 때문이다. 더구나 입학을 해야 하는 날은 앞으로 열흘 뒤니 아카데미의 위치를 확인한 후 페인야드를 자유롭게 돌아다니며 싫증이 나도록 구경하겠다는 나름대로의 계획이 있었기 때문이다.

"용병이 되고 싶다고 했으니 용병이 된 후 다시 만났으면 좋겠구나."

"이반님도 그때는 더욱 커다란 상단의 주인이 되시길 빌겠습니다."

너무나 어른스러운 카렌의 대답에 이반은 빙그레 웃으며 카렌의 머리를 쓰다듬어 주었다.

"난 볼일이 있어 이만 가봐야겠구나. 그럼 다음에 다시 보자꾸나."

이반이 떠난 후 카렌도 곧 식당을 나왔다.

페인야드의 밤거리는 여전히 많은 사람들로 북적이고 있었다. 바쁠 것이 없는 카렌으로서는 사람들에게 제국 아카데미의 위치를 묻고는 천천히 주변을 구경하며 걸음을 옮겼다.

과거 제국 아카데미에서는 5월에 신입생을 뽑았었는데 제국전쟁 이

후 제국 아카데미를 확충하면서 입학 시기가 4월로 바뀌게 되었고, 교육 기간도 3년에서 5년으로 대폭 늘어나게 되었다. 또한 매직 칼리지의 졸업생들에 대한 처우도 상당히 개선되었다.

과거에는 매직 칼리지를 졸업한다고 해도 용병이 되는 것이 고작이었지만 지금은 특별한 재능이 있다고 판단되는 사람들은 졸업 후 마법 병단이나 기사단에 스카우트가 되기도 한다. 평민이 작위를 가질 수 있는 유일한 방법이었다. 때문에 매년 매직 칼리지를 지원하는 지원자들은 시간이 지날수록 엄청나게 늘어날 수밖에 없었다.

사람들에게 물어물어 도착한 제국 아카데미의 정문은 야간임에도 불구하고 매직 칼리지에 입학 접수를 하려는 사람들로 인해 그야말로 발 디딜 틈도 없을 지경이었다.

노블 칼리지의 입학생이 매년 7, 80명에 불과한 반면 매직 칼리지의 입학생들은 그 100배가 넘는 거의 만 명에 이를 정도였다. 그 만 명 안에 들기 위해 매년 10만여 명의 지원자들이 지원서를 작성해 제출했고, 입학 담당관들은 그 서류를 정리하고 분류하느라 골머리를 앓다 못해 몸살이 날 지경이었다.

문제는 입학 담당관들의 할 일이 입학 지원서를 정리하고 분류하는 것으로 끝나는 것이 아니라는 점이었다. 신입생들이 제출한 입학 지원서로 지원자를 직접 만나 면접을 봐서 서류상의 합격자와 불합격자를 가려내야 했다.

수십 명의 면접관들이 동원되지만 하루 이틀 만에 해결하기에는 애초부터 불가능한 일이었다. 따라서 제국 아카데미는 매년 입학 시즌만 되면 그야말로 전쟁 아닌 전쟁을 치르고 있었다.

대부분은 혼자 와서 대서인에게 부탁을 해 서류를 작성하거나, 일부

지원자들은 부모와 함께 서류를 작성해 와 줄을 서고 있었는데 카렌은 잠시 그들의 모습을 부러운 듯 바라보다가 서둘러 입학 지원서를 작성했다.

지원자들도 엄청났지만 접수구 역시 20여 개나 되었기 때문에 대기하고 있던 줄은 빠른 속도로 줄어들어 어느덧 카렌의 차례가 되었다.

접수구에 있던 30대 중반의 사내는 너무나도 어려 보이는 소년이 자신을 빤히 쳐다보는 것을 발견하고는 어이가 없었다. 그리고 소년의 주위를 둘러보았지만 소년의 부모로 보이는 어른의 모습은 어디에도 보이지 않았다.

"너 혼자 온 거냐?"

"그런데요? 혼자 오면 안 되나요?"

"안 될 거야 없다만……. 그보다 너 대체 몇 살이냐? 최소 열다섯 살은 넘어야 아카데미에 입학할 수 있다는 것은 알고 있느냐?"

사내의 말에 카렌은 고개를 끄덕였다.

"물론이에요. 올해로 열다섯이 됐어요."

"이름은 뭐냐?"

"카렌이에요."

카렌의 대답에 사내는 서류에 카렌의 이름을 적었다.

"카렌이라… 고향은?"

"싸일렉스예요."

"싸일렉스라… 어디를 지원할 거냐?"

"매직 칼리지의 용병학과예요."

"매직 칼리지의 용병학과… 접수비는 25실버이고, 면접은 3일 후 10시니까 잊지 말고 꼭 오도록 하거라."

“3일 후 10시에 면접, 잘 알겠어요. 그럼 수고하세요.”

“잘 가거라.”

사내의 인사를 받으며 접수구를 떠나던 카렌은 여전히 끝을 보이지 않는 지원자들의 줄을 쳐다보고는 고개를 저었다.

여관을 잡기 위해 길을 나선 카렌은 과거 부모와 함께 왔을 때 7년 전 보았던 페인야드의 모습과 비교해 많이 변했다는 사실을 새삼 느끼고 있었다. 더욱 웅장하고 화려하게 변했으면서도 옛 모습을 그대로 간직하고 있어 묘한 정취를 느낄 수 있었다.

낮에는 따스한 햇살이 비치는 3월 말이건만 저녁이 되자 옷깃을 여며야 할 정도로 찬 기운이 느껴졌다. 서둘러 여관을 잡기 위해 주위를 두리번거리던 카렌의 눈에 마법등에 빛나는 간판 하나가 유독 환하게 들어왔다.

볼케이노.

싸일렉스 지방의 특산물이 바로 볼케이노가 아닌가? 그래서일까? 주위에 다른 여관들도 많았지만 카렌의 눈에는 그 3층짜리 여관밖에 보이지 않았다. 밖에서 본 건물의 구조는 여느 가게와 마찬가지로 식당과 여관을 함께하는 가게로 보였다.

가게 안으로 들어가기 위해 다가가던 카렌은 갑자기 걸음을 멈추고는 등에 메고 있던 롱 소드를 뽑을 자세를 취했다. 정체를 알 수 없는 무엇인가가 자신을 향해 날아오는 것이 직감적으로 느껴졌기 때문이다.

와당탕~

픽!

요란스러운 소리와 함께 가게 문이 박살나듯 열리더니 뭔가 시커먼 것이 깨끗하게 포장된 도로로 날아가 땅바닥에 패대기쳐진 개구리처럼 납작하게 널브러졌다. 갑작스러운 사태에 카렌은 눈이 휘둥그레졌다.

"젠장할 놈이 감히 어디서 공짜 술을 처먹으려고 하는 거야? 퉤!"

키가 거의 2미터는 될 듯 보이는 엄청난 근육질의 사내가 길바닥에 패대기쳐진 사내를 노려보며 험악한 욕설을 내뱉었다.

조금은 긴장한 눈으로 사내를 쳐다보던 카렌은 근육질의 사내가 어울리지 않게 귀엽게 생긴 앞치마를 걸치고 있는 모습을 확인하고는 터져 나오는 웃음을 참느라 얼굴이 빨갛게 변했다.

바닥에 가래침을 힘차게 뱉은 근육질의 사내는 얼굴이 빨갛게 상기된 꼬마 하나가 자신을 힐끔거리는 것을 발견하고는 눈살을 찌푸렸다.

"꼬마야, 넌 뭐냐? 뭘 그렇게 보고 있는 거냐?"

"여기가…… 식당과 여관을 겸하는 곳인가요?"

"그런데?"

"잘됐네요. 그렇지 않아도 식당과 여관을 찾고 있었거든요."

카렌의 대답에 사내는 카렌의 주위를 두리번거렸다. 하지만 그가 찾는 존재는 어디에서도 발견할 수 없었다.

"네 부모님은 어디 계시냐?"

"부모님이라뇨?"

"그럼 너 혼자 여관에서 자겠다는 거냐?"

우락부락한 사내의 말에 조금은 불쾌하다는 표정을 짓던 카렌은 퉁명스럽게 입을 열었다.

"그럼 벌써 열다섯 살이나 되는데 아직까지 부모님의 손을 잡고 다녀야 한단 말이에요?"

“뭐?”

“나도 사나이란 말이에요.”

“뭐라고? 푸하하하!”

카렌의 대꾸에 잠시 멍한 표정을 짓던 사내는 곧 커다란 웃음을 터뜨렸다.

호탕하게 웃던 사내는 카렌의 어깨를 두드리며 크게 고개를 끄덕였다.

“맞다, 맞아, 열다섯이라면 충분히 사나이라고 할 만하지.”

사내는 기분이 좋아 카렌의 연신 어깨를 두드렸지만 당하는 카렌은 구타를 당하는 것보다 훨씬 더 강한 통증을 느껴야 했다. 카렌이 막 고통에 찬 신음을 흘리려고 했을 때 사내가 먼저 입을 열었다.

“좋아, 좋아. 이 센드럭이 오늘 사나이를 만난 기념으로 한턱 내지. 들어가자.”

사내의 손에 이끌려 가게 안으로 들어서자마자 정신이 멍할 정도로 시끄러운 소음이 먼저 카렌을 맞이했다.

그리 크지 않은 홀에는 10여 개의 테이블이 놓여 있었는데, 이미 많은 사람들이 테이블을 가득 메운 채 소란스럽게 떠들고 있었다. 자신의 무용담을 신나게 떠드는 우락부락한 용병들로부터 각 지방의 신기한 풍습들을 이야기하는 중년의 모험가들, 또 개중에는 이미 술에 취해 횡설수설하거나 노래를 부르고 있는 사람들도 적지 않았다.

사내를 따라 카운터로 간 카렌은 휘둥그레진 눈으로 주위를 둘러보았다. 화이트 기사단 소속의 기사들에게 이야기로만 들었던 술집의 분위기와 너무나 똑같았다. 그래서일까? 카렌의 입가에는 자연스럽게 미소가 어렸다. 그런 카렌의 모습이 귀여웠던지 사내는 빙그레 미소를 지었다.

"손님, 식사는 무엇으로 드릴까요?"

사내의 질문에 카렌은 조금 전 저녁 식사가 적었던 것이 기억났다.

"간단히 요기할 수 있는 것으로 주세요. 아직 저녁을 먹지 못했거든요. 그리고 한동안 묵을 거니까 방도 하나 주세요."

카렌의 말에 잠시 뭔가를 생각하던 사내는 곧 뭔가를 떠올렸는지 자신의 이마를 치며 입을 열었다.

"맞아, 그러고 보니 요즘 제국 아카데미에서 입학생을 받아들일 시기지? 그럼 너도 제국 아카데미에 입학을 하려고 페인야드에 온 거냐?"

"예, 전 용병이 될 거예요."

"푸하하하!"

"낄낄낄."

"헤헤헤."

카렌의 대답에 근처 테이블에 앉아 있던 근육질의 사내들이 일제히 웃음을 터뜨렸다.

자신의 말을 누군가가 비웃는다면 기분이 좋을 리 만무했다. 카렌은 치미는 화를 억지로 눌러 참으려고 했지만 용병들로 보이는 사내들의 웃음소리는 좀처럼 그쳐지지 않았다. 카렌이 막 뭐라고 대꾸를 하려는 순간 주인의 조금은 사나운 음성이 들렸다.

"빌어먹을 놈들. 그래, 네놈들도 용병이면서 용병이 되겠다는 아이의 말을 듣고 그걸 비웃어? 에라, 이 한심한 놈들아!"

"이봐, 센드릭. 너는 저 꼬마의 체격으로 정말 용병이 될 수 있다고 생각하냐?"

"그러게나 말이야. 설사 용병이 된다 해도 하루도 못 버틸 게 분명해."

단정적으로 말하는 용병들을 한심하다는 듯이 바라보던 주인 센드릭은 카렌을 위로라도 하듯 입을 열었다.

"꼬마야."

"제 이름은 카렌이에요. 카렌이라고 불러주세요."

"그래? 카렌, 저런 허접한 녀석들은 평생 3류 용병 신세를 벗어나지 못할 테니 저놈들 말은 신경 쓸 것도 없다. '훌륭한 용병이란 만들어지는 것이 아니라 스스로 태어나는 것이다' 이 말을 잊지 않으면 너도 반드시 훌륭한 용병이 될 수 있단다."

"고마워요, 아저씨."

"떽! 아저씨라니? 형이라고 불러, 형."

"고마워요, 센드릭 형."

"그래, 그래. 너도 곧 이 형보다 더 크고 우람한 근육을 가진 씩씩한 사나이가 될 수 있을 거다. 그러니 지금 작다고 절대 실망하거나 절망하지 말아라. 알겠니?"

"예, 센드릭 형. 고마워요."

카렌은 투박한 센드릭의 말에서 희미하지만 염려와 위로를 분명히 느낄 수 있었다.

잠시의 시간이 지나고 센드릭이 내온 비프 스테이크를 맛본 카렌은 자신도 모르게 탄성이 터져 나왔다.

"센드릭 형, 이 스테이크… 정말 맛있어요! 지금껏 먹어본 스테이크 중 단연 최고예요!"

카렌이 엄지손가락을 내밀며 탄성을 금치 못하자 센드릭은 환한 미

소와 함께 우람한 덩치에 어울리지 않게 온몸을 비비 꼬며 부끄러워했
다.

사실 그동안 카렌이 키와 몸무게를 늘리기 위해 먹은 소고기만 하더
라도 거짓말을 조금 붙이면 몇 마리는 족히 될 정도였다. 누구보다 많
이, 또 자주 먹어봤기 때문에 고기 요리의 맛에 대해서는 누구보다 잘
안다고 자부하고 있었다.

"그, 그러니? 용병 생활을 하다 우연히 요리를 하게 되었는데 요리
하는 게 의외로 재미있더라. 나중에는 용병 생활보다 요리하는 게 더
좋아졌지. 그래서 가게를 마련할 돈이 되자마자 용병 생활을 때려치우
고 이 식당을 하게 되었단다."

마치 변명이라도 하듯 설명을 하는 센드릭의 모습을 보며 카렌은 고
개를 흔들었다.

"보통 그런 결정을 내리는 것이 쉽지 않다고 들었는데… 가게 열 결
심을 하자마자 바로 용병 생활을 그만두다니, 정말 결단력과 추진력이
대단하세요!"

자신의 결정을 마치 구국의 결단이라도 되는 양 감탄했다는 표정을
짓는 카렌의 태도에 센드릭은 오히려 얼떨떨했다.

과거 자신의 동료들은 자신이 용병 생활을 그만두는 이유가 단지 요
리사가 되기 위해서란 것을 알고는 용병 생활을 그만두지 않도록 얼마
나 설득하려 했는지 모른다. 물론 그런 내면에는 센드릭의 타고난 힘
과 뛰어난 검술 실력이 한몫했음은 말할 필요도 없는 일이었다. 하지
만 결국 센드릭의 결심을 꺾지 못하자 오히려 센드릭을 비겁자에 겁쟁
이라며 그를 비난하면서 떠나갔다. 그런 상황은 가게를 열고 난 후에
도 계속되었다.

　인근 가게의 주인들은 벌이가 좋은 용병 생활을 그만두고 식당을 차린 센드럭의 선택을 정말 어리석은 선택이라고들 했다. 벌써 몇 년째 그런 말을 들어왔기에 자신의 요리를 마치 대단한 것처럼 칭찬하는 카렌에게 자신도 모르게 자신의 과거를 이야기한 것인데 오히려 대단한 결정을 내린 것처럼 연신 감탄을 터뜨리는 카렌의 모습에 센드럭은 너무 기뻐 정신이 하나도 없을 정도였다.

　"센드럭 형, 그런데 왜 식당 이름을 '볼케이노'라고 지었어요?"

　"뭐?"

　"식당 이름을 왜 볼케이노라고 지었냐고요?"

　"아～ 그거."

　카렌의 질문에 센드럭은 쑥스러운 듯 뒷머리를 긁적였다.

　"특별한 이유는 없어. 그냥 우리 트레슈나 제국의 영웅이신 싸일렉스 공작 전하께서 술은 볼케이노만 드신다고 해서 그냥 식당 이름으로 사용해도 괜찮겠다 싶어서 그렇게 지었지. 그리고 술은 정말 싸일렉스 지방에서 직수입한 볼케이노만을 사용하거든. 최고급품은 아직 한 병밖에 없지만 앞으로 가게가 번창하면 좀 더 갖춰놓을 생각이야."

　"그런 이유가 있었군요. 사실은 저도 싸일렉스 출신이거든요."

　"그래? 이제 보니 너와 난 굉장한 인연인 모양이다. 이럴 게 아니라 잠시만 기다려라."

　황급히 주방 안으로 사라졌던 센드럭이 다시 나타났을 때 그의 손에는 병 하나가 들려 있었다. 함께 들고 온 두 개의 잔을 내려놓더니 술을 따르기 시작했다. 삼분의 일쯤 따라놓은 술은 선명한 붉은색을 띠고 있었다.

　희미하게 포도주 냄새가 풍겼다. 알코올 냄새가 거의 나지 않는다고

우습게 여겼다가는 지독한 두통과 무지막지한 숙취에 몸서리를 쳐야만
할 것이다. 이것이 독주 중의 독주라고 알려진 볼케이노의 진정한 위
력이다.

"싸일렉스 지방의 사나이라면 볼케이노 정도는 마실 줄 알겠지?"

"당연하죠."

"신께서 안배하신 인연의 흔적을 찾아."

"인연의 흔적을 찾아."

쨍~

힘차게 잔을 부딪친 두 사람은 부딪쳤던 기세와는 달리 숨을 멈춘
채 천천히 잔을 비우기 시작했다. 하지만 잔이 완전히 바닥을 보일 때
까지 절대 입을 떼지 않았다.

이것이 바로 볼케이노를 마시는 올바른 방법이었다.

만약 단숨에 마신다든지, 아니면 숨을 쉬면서 술을 마신다면 술을
마신 당사자는 며칠 동안 지독한 두통과 엄청난 숙취에 시달려야만 한
다. 게다가 적당한 방법으로 속을 풀지 못한다면 며칠 동안 계속되는
지독한 후유증 때문에 자리에서 일어나기도 힘들 정도였다.

잔을 내려놓던 센드럭은 나이도 어린 카렌이 자신 못지않게 능숙하
게 볼케이노를 마시는 모습을 확인하고는 크게 기뻐했다.

"이제 보니 정말 싸일렉스 사나이가 맞군. 좋아, 좋아. 한 잔 더 하
겠니?"

"예, 더 마실 수는 있지만 오늘은 한 잔만 더 할게요."

카렌이 고개를 끄덕이며 잔을 내밀자 센드럭은 다시 술잔에 술을 채
웠다.

"비록 나이가 어리긴 하지만 진짜 사나이를 만난 기념으로 언제까지

라도 좋으니 우리 여관에서 지내거라. 카렌, 너라면 언제라도 환영이
다.”

“가게의 무궁한 발전과 센드럭 형님의 건강을 위하여!”

“카렌의 아카데미 입학을 위하여!”

의기가 투합한 두 사람은 다시 한 번 건배를 하고는 술잔을 비웠다.
카렌이 잔을 깨끗하게 비운 것을 확인한 센드럭은 가장 좋은 특실로
카렌을 안내했다.

“내일 아침에는 기가 막힌 스튜와 빵을 맛보게 해주마. 그럼 푹 쉬
어라.”

“형은 아직 가게 문을 닫을 시간이 되지 않았으니 쉬시라고 말도 못
하겠군요. 그럼 수고하시고, 내일 아침에 봐요.”

“으이그~ 요 귀여운 녀석. 그래, 내일 아침에 보자.”

카렌의 대답에 센드럭은 카렌의 머리를 잔뜩 헝클어놓고는 방을 빠
져나갔다.

문을 잠근 후 침대에 앉은 카렌은 먼저 허리에 차고 있던 롱 소드부
터 풀어 침대에 기대어놓고는 침대 위에 가부좌를 틀고 앉았다. 지그
시 눈을 감고는 천천히 호흡에 집중을 하며 마나 홀의 마나를 움직이
기 시작했다. 지옥이도류의 지옥심공 방식으로 마나를 움직이자 피곤
하던 근육과 세포가 일제히 깨어나면서 조금씩 상쾌한 기분이 들기 시
작했다.

카렌의 숙취 해소 방법은 바로 이것이었다. 아버지에게서 지옥이도
류를 배운 후 지옥심공대로 마나를 움직이며 체내의 나쁜 기운뿐만 아
니라 알코올 기운까지 체외로 배출시킬 수 있다는 것을 알게 된 후부
터 카렌은 볼케이노를 무서워(?)하지 않게 되었다.

처음 잔잔히 흐르던 마나는 시간이 지날수록 조금씩 거세졌지만 이미 오랫동안 지옥심공을 익혀온 카렌에게는 문제될 것이 없었다. 열여덟 번의 대주천을 끝내고 카렌은 천천히 눈을 떴다.

"휴우~"

깊은 숨과 함께 체내의 탁한 기운을 모두 뱉어낸 카렌은 매번 지옥심공의 방식으로 마나를 움직일 때마다 느끼는 상쾌함이 정말 신기하기만 했다. 또 뮤란 대륙의 검술 훈련과는 판이하게 다른 검술을 아버지는 어떻게 혼자서 익힐 수 있었는지 궁금하기 이를 데 없었다. 하지만 아버지에게서 설명을 듣기는커녕 얼굴조차 보기 힘든 아버지이었기에 카렌의 궁금증은 좀처럼 풀기 어려웠다.

아버지 생각을 하자 다시 우울한 기분이 드는 것을 애써 떨쳐 버린 카렌은 간단히 뜨거운 물로 샤워를 하고는 곧 침대로 파고들었다. 깨끗하게 세탁된 시트의 까칠까칠한 촉감을 느끼며 카렌은 잠을 청했고, 얼마 지나지 않아 카렌은 곧 깊은 잠 속에 빠져들었다.

어슴푸레하게 새벽이 밝아오는 시간 카렌은 잠에서 깨어났다.

물론 평소에도 이 시간에는 일어났지만 전날 술까지 마시고 잔 것치고는 상당히 일찍 일어난 것이었다. 물론 어제저녁 자기 전에 지옥이도류의 마나 운용법인 지옥심공으로 마나를 운용해 몸속의 알코올 기운을 체외로 배출했기에 이렇게 쉽게 일어날 수 있었다. 만약 그렇지 않았다면 지금쯤 정신없이 흔들리는 머리와 지독한 쓰라림 때문에 자리에서 일어나지도 못했을 것이다.

침대에서 일어나 크게 기지개를 켜 굳어진 근육을 간단하게 푼 카렌은 창으로 다가갔다.

아직 사물이 어슴푸레하게 보일 시간이건만 장사할 갖가지 물건들을 머리에 이고, 등에 멘 사람들이 거리를 오가고 있었다. 아마 도시의 삶이라는 것도 시골의 삶만큼이나 부지런해야만 하는 것 같았다.

롱 소드를 든 카렌은 방에서 나와 여관의 뒤뜰로 걸음을 옮겼다.

이른 시간인 탓인지 뒤뜰에는 아무도 없었다. 그리 넓지는 않았지만 사방 벽에 놓인 벤치를 제외하고는 별다른 구조물들이 없어 오히려 검술을 수련하기에는 더 좋았다.

지난 10년 동안 계속 해온 아침 훈련이기에 이제는 습관이 된 터였다. 게다가 나흘 동안 아침 훈련을 하지 못해 온몸이 찌뿌드드했다.

먼저 롱 소드를 뽑아 가슴 앞에 세운 카렌은 크게 심호흡을 하고는 천천히 롱 소드를 움직이기 시작했다. 단순히 팔힘만을 이용해 롱 소드를 휘두르는 것이 아니라 발놀림까지 병행해 스텝을 밟다 보니 보통 힘이 드는 것이 아니었다.

차라리 빨리 움직이는 것은 쉽다. 또 정확하게 동작을 구분지어서 움직이기도 쉽다. 하지만 끊임없이, 단 한 번도 쉬지 않고 움직이며 정확한 동작을 취하기는 정말 어려운 일이 아닐 수 없었다.

카렌의 몸이 천천히 회전을 하자 롱 소드도 따라서 천천히 허공에 궤적을 그렸다. 눈의 착각 때문인지 아니면 실제 그런 것인지는 모르지만 롱 소드의 궤적을 분명히 확인할 수 있었다. 어디에서 시작되어 어디로 향하는지를 누구든지 확인할 수 있을 정도로 롱 소드가 지나온 궤적은 분명히 허공에 존재했다.

내려치고, 횡으로 베고, 허공에서 회전을 하고는 사선으로 베고, 회전을 하며 뒤로 물러섰다가 찌르고, 자세를 낮추고는 한쪽 발을 축으로 삼아 천천히 회전을 하면서 아래에서 위로 베어 올리고…….

금방이라도 멈출 것 같았던 카렌의 몸놀림은 30분 동안 계속되었다. 정확한 동작을 취하기가 쉽지 않은지 짧은 시간 만에 카렌의 전신은 온통 땀으로 흠뻑 젖었다. 다시 10분 정도가 지나자 카렌은 롱 소드를 가슴 앞에 세우고는 긴 한숨을 내쉬는 것으로 아침 훈련을 마쳤다.

짝짝짝!

갑자기 박수 소리가 들렸지만 카렌은 전혀 놀라지 않은 채 고개를 돌렸다. 이미 조금 전부터 누군가가 자신을 지켜보고 있다는 것을 깨달았지만 훈련 도중이었기에 모른 척했을 뿐이다.

센드럭이었다.

짧은 상의 밖으로 드러난 우람한 팔 근육을 바라보던 카렌은 비록 순간이지만 센드럭의 몸매에 대해 부러움을 감추지 못했다.

"정말 대단한 솜씬데. 그게 너희 가문의 검술이야?"

"가문의 검술이라고 할 것도 없어요. 그냥 아버지께서 가르쳐 주신 걸 연습하고 있었던 거예요. 별거 아니에요."

"아니야, 아니란 말이야. 이래 뵈도 나도 용병 생활을 해봤던 사람이고 꽤 대접을 받았던 사람이거든. 때문에 빨리 움직이는 것보다 너처럼 천천히 움직이며 정확한 동작을 한다는 것이 얼마나 어려운 건지 잘 알고 있지. 너만한 나이에 그 정도의 검술을 익히고 있다는 것 자체가 보통 일이 아니란 걸 내가 왜 모르겠니?"

"제가 남들에 비해 조금은 특이한 검술을 익히고 있는 것은 사실이지만 그렇다고 그렇게 대단하지도 않아요."

"자식, 겸손하기도 하지. 빨리 씻고 와라. 곧 아침을 챙겨줄 테니까 말이야."

"알았어요. 금방 갈게요."

단숨에 자신의 방으로 뛰어올라 간 카렌은 단숨에 옷을 벗고 샤워를 시작했다. 금세 샤워를 마친 카렌은 롱 소드를 등에 메면서 잠시 인상을 썼다. 남들은 허리에 차는 롱 소드를 투 핸드 소드를 메는 것처럼 어깨에 메도 다리에 부딪치는 것을 보면 자신의 키가 작기는 확실하게 작다는 것을 새삼 느끼는 카렌이었다.

고개를 흔들어 정신을 일깨운 카렌은 아래층으로 내려갔다.

워낙 시간이 이른 탓인지 아래층은 텅 비어 있었다. 카렌이 자리에 앉자마자 센드릭이 따끈한 스튜와 달콤한 냄새를 풍기는 빵을 가지고 왔다.

"아침 식사 대령했습니다. 아마 이렇게 맛있는 스튜와 빵은 한 번도 못 먹어봤을 거다. 어서 먹어보거라."

"음~ 냄새. 정말 맛있어 보이는데요?"

"어서 먹어보라니까."

센드릭의 재촉에 카렌은 커다란 빵을 뜯어 스튜에 듬뿍 찍어 먹기 시작했다.

"하~ 정말 맛있다!"

카렌은 자신도 모르게 큰 음성으로 탄성을 질렀다. 카렌의 탄성에 센드릭의 얼굴은 기쁨으로 물들었다.

"정말이냐?"

"당연하죠, 형. 이렇게 맛있는 스튜와 달콤하고 부드러운 빵은 처음 먹어봐요."

"으하하하, 그럼 누구 솜씬데. 이 센드릭님이 한 번 손을 댄 음식은 아마 황제 폐하께서 맛을 보셔도 단번에 반하실걸."

"정말 훌륭한 솜씨예요. 진짜 황제 폐하께 이 음식 맛을 보여 드리고 싶을 정도예요."

카렌의 칭찬에 센드럭은 잠시 어색한 미소를 지었다.

"황실에는 대단한 솜씨를 가진 셰프가 있을 텐데 내 솜씨가 비교나 되겠냐?"

"아니에요. 황궁의 요리사가 대단한 솜씨를 가진 것은 사실이지만 형의 솜씨도 그보다 못하지 않아요."

"후후후, 꼭 황궁에서 음식을 먹어본 사람처럼 말하는구나."

센드럭의 말에 카렌이 잠시 움찔하다가 곧 태연한 얼굴로 대꾸했다.

"형이 만든 음식이 그만큼 맛있다는 말이죠, 뭐."

"짜식, 둘러대기는……."

말은 그렇게 했지만 카렌의 칭찬이 싫지는 않은지 환하게 웃는 얼굴이었다.

"그래, 접수는 했니?"

"예, 어제 접수했어요."

"면접은 언제지?"

"3일 뒤, 아참! 하루가 지났으니까 이틀 후 오전 10시까지 면접을 보러 가야 해요."

"그래? 그럼 오늘하고 내일은 뭘 할 건데?"

"특별한 일은 없어요. 그냥 페인야드를 구경할 거예요."

"그래? 그럼……."

카렌의 대답에 뭔가를 생각하던 센드럭은 곧 고개를 끄덕였다.

"그렇다면 페인야드 동쪽에 파이트 스트리트로 가보는 것은 어떻겠냐?"

"파이트 스트리트요? 그런 거리도 있나요?"

"네가 아는지 모르는지 모르겠지만 페인야드는 과거보다 거의 두 배 이상 커졌단다. 제국이 커지면서 전국에서 페인야드로 온갖 인종들이 몰려들었단다. 그러다 보니 별별 어중이떠중이들까지 다 몰려들었지. 하지만 페인야드는 그런 실력도 없는 어중이떠중이들이 살 수 있을 만큼 만만한 곳이 아니야. 그러다 보니 그런 작자들은 차츰차츰 밀려 페인야드의 동쪽으로 몰려들었고, 곧 그들만의 거리를 형성했단다."

"그래요? 하지만 수도를 경비하는 경비대에서 그들을 그냥 둘 리 없었을 텐데……. 그렇지 않나요?"

"제법 똑똑하구나. 처음에는 무조건 잡아들였지. 하지만 그래도 부랑자들이 줄어들지 않자 다른 방법을 강구하지 않을 수 없었단다. 처음에는 무질서하기만 하던 부랑자들이 시간이 지날수록 파벌을 만들었는데 그놈의 파벌 때문에 하루도 싸움이 벌어지지 않은 날이 없었단다. 게다가 그렇게 파벌을 만든 자 뒤에는 알게 모르게 상인들까지 개입을 해 이권 다툼을 벌여 혼란은 걷잡을 수 없을 만큼 커졌지. 민원이 계속 제기되자 황제 폐하께서는 파벌 간의 싸움을 양지로 끌어내고자 동쪽 거리 전체를 합법적으로, 또 정해진 규칙에 의해서만 싸울 수 있는 파이트 스트리트로 만드셨단다."

"싸움을 줄이기 위해 동쪽 거리 전체를 파이트 스트리트로 만든 것은 알겠는데, 그럼 동쪽 거리에 있는 부랑자들은 뭘 하면서 먹고살죠?"

"쩝, 방금 내가 말한 대로 황제 폐하께서는 싸움을 줄이기 위해서 규칙을 만드셨지만 부랑자들은 그 규칙을 돈을 벌기 위한 수단으로 이용했지. 즉, 말 그대로 합법적으로 상대와 싸워서 이기게 되면 생기는 승리 수당이라는 것을 챙기게 된단다. 더구나 이기기 힘든 상대에게 이기게 되면 그 승리 수당이라는 것은 점점 많아지게 되지. 파이터들, 그러니까 파이트 스트리트에서 대결에 나서는 자들을 말하는데, 승리를 많이 거둔 자들은 웬만한 상인들조차 우습게 여길 정도의 재산과 명성을 날리고 있지."

"그렇게 돈을 많이 벌어요?"

"조금 전에도 말했지만 승리를 많이 거둔 자들이 벌어들인 상금은 상당하단다. 게다가 비록 상한액에 정해 있기는 하지만 도박마저 어느 정도까지는 허용되니 파이트 스트리트는 싸우려는 파이터들과 또 한몫을 잡아 팔자를 고쳐 보려는 사람들로 항상 북적이지."

"하지만 싸우다 보면 아무리 조심한다고 하더라도 죽거나 다치는 사람들이 생기지 않나요?"

카렌의 질문에 센드럭은 빙그레 미소를 지었다.

"처음엔 그랬었지. 하지만 지금은 그때와는 많이 달라졌단다. 또 일주일에 한두 번 열리던 것이 지금은 거의 매일 열리다시피 하지. 하지만 대결 방식은 오직 두 가지뿐이란다. 맨손으로 싸우는 그래플 파이트와 대거를 들고 싸우는 소드 파이트지. 각각의 방식도 서로의 합의에 따라 경기의 룰이 조금씩 다르단다. 경기가 벌어지는 장소는 모두네 곳. 모든 경기에는 반드시 수도방위사단의 기사들이 참관해 혹시 있을지 모르는 부정과 과열될 수 있는 경기 분위기를 감시하고 조절하는 역할을 하지."

어느덧 식사를 마친 카렌은 고개를 끄덕이면서도 꼭 보고 싶다는 생각이 들었다.

"형의 이야기를 듣다 보니 꼭 보고 싶어요."

"후후후, 물론 실력이 어느 정도 되는 기사나 용병들에게는 애들 장난 같은 거지만 그래도 꽤나 볼 만할 거다."

"그럼 다녀올게요, 센드럭 형."

"그래, 그쪽에도 꽤나 괜찮은 식당이 있으니 한번 찾아가 보거라."

센드럭의 설명을 들은 후 가게를 나온 카렌은 주위를 둘러보면서 발걸음을 옮겼다.

아직 겨울의 끝자락이 아직까지 남아 있는 탓인지 바람이 꽤 쌀쌀했지만 따스한 햇살 때문인지 사람들의 옷차림은 그리 두껍지 않았다. 일부 사람들의 옷차림은 벌써 봄을 맞이한 듯 화사하기 이를 데 없었다.

싸일렉스 지방에서 이렇게 많은 사람들을 보려면 제국의 영광을 되찾은 광복 기념일인 7월 1일과 모든 추수가 끝나는 10월 1일에 있는 모든 신들의 아버지 아란나이트의 축제가 아니면 안 되었다. 카렌은 갖가지 복장을 걸친 사람들을 보면서 페인야드의 동쪽 거리로 향했다. 그러나 자신이 주변의 사람들을 바라보는 것보다 훨씬 많은 시선이 자신을 바라보고 있다는 것을 미처 깨닫지 못하고 있었다.

비록 수수하지만 잘 어울리는 흰색의 라이트 레더는 앙증맞은 카렌의 외모를 더욱 빛나게 해서 보는 사람으로 하여금 눈을 떼지 못하게 만들고 있었다. 더구나 햇살에 빛나는 카렌의 적금발은 정말 인간이 아닌 듯 보이게 만들기 충분했다.

"아휴~ 귀여워."

"그러게나 말이야. 정말 천사 같은 모습이잖니?"

"정말 너무너무 귀여운 아이야. 저렇게 귀엽고 예쁜 아이를 자식으로 둔 부모는 얼마나 좋을까?"

물론 카렌이 이 이야기를 들었다면 펄펄 뛰었을 일이지만 불행인지 다행인지 듣지 못한 채 동쪽의 파이트 스트리트를 향해 부지런히 발걸음을 옮겼다. 파이트 스트리트까지의 거리는 생각보다 멀어서 상당히 빨리 걸었음에도 불구하고 거의 두 시간 이상이 지나서야 겨우 도착할 수 있었다.

센드럭에게 들었던 이야기대로라면 네 개의 경기장이 한눈에 들어와야 했다. 하지만 어디에도 경기장과 비슷한 것은 보이지 않았다. 그저 눈에 보이는 것은 금방이라도 쓰러질 듯 보이는 낡은 오두막들이 다닥다닥 붙어 있는 빈민촌뿐이었다.

움푹 패인 지면에는 지저분한 구정물이 고여 있었고, 옷도 제대로 걸치지 못한 어린아이들이 서로 몰려다니며 놀고 있을 뿐 어른들의 모습은 어디에도 보이지 않았다. 몇 곳을 돌아다녀 보았지만 역시 어른들의 모습은 어디에도 보이지 않았다.

정처없이 돌아다니며 사람들의 모습을 찾던 카렌의 눈에 황급히 골목 안으로 사라지는 어떤 사내의 모습이 보였다. 직감적으로 뭔가를 느낀 카렌이 재빨리 그의 뒤를 따라 골목 안으로 들어갔지만 보이는 것은 아무것도 없었다. 사내가 골목 안으로 사라지는 것을 분명히 자신의 눈으로 보았기에 카렌은 도저히 그 자리를 떠날 수 없었다.

찬찬히 주위를 살피던 카렌은 근처에 있던 오두막에서 뭔가 이상함을 발견했다.

허름한 오두막의 문으로 이어진 발자국은 가득했지만 문 안쪽에서 나온 사람의 발자국은 하나도 보이지 않았던 것이다. 더구나 바닥에 흥건히 물이 고여 있어 지면이 물렀기 때문에 발자국이 더욱 또렷해 구분하기는 전혀 어렵지 않았다.

좀 더 자세히 알아보기 위해 카렌이 오두막 쪽으로 다가갔을 때 갑자기 낮고 굵직한 음성이 들려왔다.

"뭐냐?"

깜짝 놀란 카렌은 순식간에 롱 소드의 손잡이를 움켜잡고는 혹시 있을지 모르는 사태에 대비했다.

"누굽니까?"

삐이걱!

카렌의 태도가 이상했기 때문일까?

귓전을 자극하는 소리와 함께 낡은 오두막의 문이 열리며 험악한 얼굴 하나가 불쑥 모습을 드러냈다. 30대 후반쯤으로 보이는 사내의 얼굴은 그야말로 상처의 종합 전시장이었다.

크고 작은 상처가 얼굴을 뒤덮고 있는 것은 물론 한쪽 눈에는 검은 가죽으로 만들어진 안대마저 대어져 있었다.

"너 같은 꼬맹이가 여긴 무슨 일이냐?"

가까이서 들으니 음성마저도 소름 끼쳤다. 자신의 개성 넘치는 얼굴을 보고도 태연한 표정을 짓고 있는 카렌의 태도에 사내는 상당히 흥미를 느끼지 않을 수 없었다. 더구나 눈앞의 꼬맹이는 그런 자신에게 아무렇지도 않은 듯 질문까지 하는 것이 아닌가?

"저는 파이터들이 싸우는 경기장을 찾고 있어요."

"경기장?"

"그래요."

"여기는 지하 도박장이다. 너 같은 애송이가 올 곳이 못 된다. 당장 꺼져라."

자신을 무시하는 듯한 사내의 말에 카렌의 얼굴도 딱딱하게 굳어졌다.

"아저씨는 어린 시절이 없었어요? 그리고 난 아저씨가 내 나이만 했을 때보다 훨씬 강해요. 의심이 난다면 시험을 해봐도 좋아요."

물론 지금도 더 강하다는 말은 하지 않았다. 괜히 긁어 부스럼을 만들 필요는 없기 때문이었다. 그런 카렌의 대답이 가소로웠는지 사내는 피식 웃음을 짓다가 곧 표정을 굳혔다.

"조금 전에도 말했지만 이곳은 지하 도박장이다. 때문에 이곳에 들어올 수 있는 경우는 경기에 참가하는 파이터가 아니라면 도박에 참여할 사람들뿐이다. 따라서 도박에 걸 돈이 없다면 당연히 들어올 수 없다. 돈은 가지고 있느냐?"

"당연히 있죠. 제가 그런 것도 모를 것 같아요?"

"최소 3골드 이상 있어야 한다."

"걱정하지 말아요, 그보다 훨씬 많으니까."

한마디도 지지 않는 카렌의 대꾸에 사내는 입꼬리를 비틀더니 천천히 문에서 비켜섰다. 그러자 사내 뒤에 지하로 내려가는 제법 넓은 계단이 보였다. 하지만 그 아래쪽은 어둠에 묻혀 있어 얼마나 깊은지 확인할 수가 없었다. 이미 자신이 한 말이 있기 때문에 카렌은 고개를 빳빳이 세우고 약간은 거만한 자세로 계단으로 향했다.

끼이익!

문이 닫히는 소리에 카렌은 실내가 곧 어두워질 것이라 생각했지만, 생각과는 달리 계단 옆쪽에 띄엄띄엄 박혀 있는 작은 수정 구슬이 문이 닫히자마자 일제히 희미한 빛을 뿌리며 계단을 밝혔다. 비록 밝지는 않았지만 계단의 형태나 위치는 충분히 확인할 수 있을 정도는 됐다.

계단을 따라 밑으로 내려갈수록 조금씩 시끄러운 소리가 커지기 시작했다. 그러던 것이 마지막 계단 끝에 있던 철문에 도착했을 땐 바로 옆에서 고함을 쳐도 들리지 않을 정도로 소음은 극에 달했다. 하지만 지하실 특유의 웅웅거리는 소리 때문에 무슨 소리인지 구별하기는 어려웠다.

쾅쾅쾅!

카렌 뒤를 따라오던 애꾸눈사내가 요란스럽게 철문을 두들기자 방문객을 살피기 위한 작은 쪽창이 열리더니 애꾸눈사내의 얼굴에 못지 않은 험상궂은 얼굴 하나가 모습을 드러냈다.

"뭐야?"

"손님이다. 문 열어!"

"기다려."

철컹!

육중한 소리와 함께 철문이 열렸다. 험상궂은 얼굴의 사내는 동료가 말한 손님의 모습이 어디에도 보이지 않자 짜증스러운 표정을 지었다.

"뭐야? 지금 장난해?"

"장난은 누가 장난을 한다는 거야?"

"그럼 손님이 어딨어?"

"눈이 멀었냐? 여기 있잖아."

애꾸눈사내의 대꾸에도 짜증스러움이 잔뜩 묻어 있었다. 인상파사내는 동료가 가리킨 곳을 보고서야 카렌의 존재를 확인할 수 있었다.

"뭐야, 이 꼬맹이는?"

"방금 말한 건 어디로 들은 거야? 손님이라고 했잖아."

"이 꼬맹이가 손님이라고?"

"저 손님 맞아요."

두 사내의 대화가 언제까지라도 계속될 것 같자 카렌이 대화에 끼어들었다.

"그러니까 네가 도박을 하러 이곳에 찾아왔단 말이냐?"

"그래요."

"나참, 기가 막혀서 말도 안 나오네. 그러니까 대가리에 피도 안 마른 녀석이……."

"아저씨, 여긴 도박하는 데도 나이가 필요한가요?"

처음 경험하는 것이 아니라는 듯이 태연하게 대꾸하는 카렌의 말에 인상파사내가 기가 막힌 듯 아무 말도 못하자 애꾸눈사내가 입을 열었다.

"어차피 돈만 있으면 되잖아."

"그렇긴 해도 이 녀석은 너무 어린데……."

"어리고말고 우리가 신경 쓸 필요 없잖아."

애꾸눈사내의 말에 인상파사내는 문에서 비켜섰다.

"난 몰라. 하여간 문제가 생기면 네가 다 책임져."

"자식이 걱정은……."

두 사내의 말을 들으며 카렌은 지하 도박장 안으로 들어섰다. 사실 카렌은 지금껏 도박은커녕 내기조차 해본 경험이 없었다. 그저 파이터들이 어떻게 싸우는지 그것을 보고 싶은 마음에 고집을 부려본 것이다.

도박장 안으로 들어서자 가장 먼저 카렌을 반긴 것은 귀청이 떨어질 듯 시끄러운 사람들의 환호성이었다.

"피해, 임마!"

"뭘 보고 있어? 날려 버리라니까!"

"야 임마, 뭘 멍청하게 보고 서 있는 거야? 피해야 할 것 아니야?"

"저 병신자식은 이제 끝났다니까. 저렇게 비틀거리면서 대체 뭘 하겠다는 거야?"

"웃긴 소리 하지 마, 자식아! 저놈이 보기엔 저렇게 비틀거리지만 저번에도 한 방에 상대를 쓰러뜨렸다니까."

"멍청한 소리! 실력이 있어야지 재수가 매번 통하냐?"

천장에 박힌 열 개 남짓한 마법등이 광원의 전부인 지하 도박장은 아래쪽으로 내려갈수록 중앙이 점점 낮아지며 움푹 파인 정방형의 구조를 가지고 있었는데 그 중앙에는 커다란 철책이 자리하고 있었다. 그리고 그 주위로 의자가 줄지어 놓여 있었지만 이곳을 찾은 사람들 가운데 그 의자에 앉아 차분하게 경기를 관람하거나 응원하는 사람은 단 한 사람도 없었다.

하나같이 일어서서 자신이 돈을 건 파이터를 향해 응원과 야유를 보내고 있었다. 파이터들의 손짓 하나 발짓 하나에 열광하는 사람들의 모습이 카렌의 눈엔 그렇게 이질적으로 보일 수 없었다.

철책 안에서 무아지경으로 상대를 향해 주먹을 휘두르고 있는 두 파이터는 이미 피투성이로 변한 지 오래였다. 우람한 근육은 자신이 흘린 피, 혹은 상대가 흘린 피로 번들거리고 있었지만 그런 사실을 아는지 모르는지 그저 상대를 향해 무의식적으로 주먹을 휘두르고 있을 뿐이었다. 피와 땀으로 번들거리는 상체에는 크고 작은 상처가 자리하고 있었고, 유일한 의복인 무릎까지 오는 짧은 바지에도 이미 많은 양의 선혈이 묻어 있었다.

턱수염의 기른 사내의 마구잡이로 휘두른 주먹이 말상을 한 사내의 턱을 강타하면서 치열했던 그들의 대결도 막을 내렸다. 정신을 잃은 것인지 말상의 사내는 바닥에 쓰러져 꼼짝도 하지 못했지만 승리를 거둔 턱수염사내의 상태 역시 그리 좋아 보이지는 않았다.

"저, 병신 같은 놈 때문에 피 같은 내 돈만 날렸잖아! 제기랄."

"이봐, 그러니까 내가 신중하게 고르라고 했잖아."

꽤나 많은 돈을 잃은 듯 쓰러진 말상 파이터를 향해 욕설을 퍼붓는 사람이 있는가 하면 돈을 벌게 된 사람들은 웃음을 터뜨리며 희희낙락하고 있었다. 그러는 사이 철책 안은 깨끗하게 치워졌고, 분위기와는 어울리지 않게 흰색 옷을 입은 사람 하나가 등장했다.

"자~ 관중 여러분! 즐거우셨습니까? 드디어 여러분들께서 그렇게 기다리시던 오늘의 메인 이벤트, 블러디 오거 커슨과 아이언 피스트 찰스의 경기를 시작하겠습니다. 두 사람 모두 100승 이상을 거둔, 그야말로 저희 지하 도박장이 자랑하는 파이터 중의 파이터입니다. 과연 최후의 승자는 누가 될 것인가? 오! 말씀드리는 순간 블러디 오거가 출전하고 있습니다. 관중 여러분들께서는 열렬히 환영해 주시기 바랍니다."

"와~ 커슨, 난 너에게 전 재산을 걸었다!"

"커슨! 네 별명처럼 오늘도 상대의 얼굴을 박살 내버려라!"

"기대한다, 커슨. 블러디 오거 파이팅!"

사회자의 소개에 관중들은 일제히 열광하기 시작했다.

사람들의 시선이 쏠린 곳으로 고개를 돌린 카렌은 너무나 놀라 커다랗게 벌린 입을 다물 수 없었다.

카렌의 시선이 머문 곳에는 2미터 50센티는 족히 돼 보이는 키에 전신에 갑옷을 두른 것처럼 보이는 근육덩어리 하나가 천천히 걸어나오고 있었다. 비록 섬세한 근육은 아니었지만 걸음을 옮길 때마다 물결치는 근육들의 모습은 보는 사람으로 하여금 저절로 주먹을 불끈 쥐게 만드는 힘과 위압감을 느끼게 하기 충분했다. 게다가 과거의 전적을 말해 주는 듯 그의 전신은 크고 작은 상처들로 뒤덮여 있었다.

무엇보다 카렌을 사로잡은 것은 짧은 바지 밖으로 드러난 커슨이란 자의 팔과 다리의 엄청난 근육이었다. 자신의 허리 둘레보다 훨씬 굵은 커슨의 팔을 본 순간 카렌은 질투에 가까운 감정과 부러움을 동시에 느꼈다. 하지만 40대 초반이나 중반쯤으로 보이는 커슨은 인상적인 육체에 비해 얼굴은 평범함, 그 자체였다.

철책 안으로 들어간 커슨은 천천히 몸을 움직이며 근육을 풀었다.

"블러디 오거 커슨 선수에 이어 아이언 피스트 찰스 선수가 경기장 안으로 들어오고 있습니다. 관중 여러분께서는……."

"찰스! 저 오거처럼 생긴 놈을 죽여 버려!"

"지하 도박장의 진정한 제왕은 바로 너다!"

"우릴 실망시키지 마라, 아이언 피스트!"

사회자의 소개말은 갑작스럽게 터져 나온 관중들의 열렬한 환성에 묻혀 들리지도 않았다. 느긋하게 몸을 풀며 나오는 사내, 찰스는 비록 커슨에 비하면 현격하게 작은 키였지만 그래도 180센티미터는 훌쩍 넘어 보였고, 전신의 근육 역시 나름대로는 상당히 발달해 있었다. 앞서 나온 커슨이란 사내에 비하면 키나 근육에서 상당한 차이를 보였지만 전반적으로 날렵하다는 인상을 주는 사내였다.

곱슬곱슬한 머리를 뒤로 넘겨 가죽끈으로 질끈 동여맨 찰스는 가볍게 주먹을 뻗으면서 몸을 풀기 시작했다. 각기 몸을 푸는 두 사람의 모습에 지하 도박장의 열기는 더욱 뜨거워지기 시작했다.

"꼬마야, 넌 누구에게 걸 거냐?"

갑자기 들린 음성에 돌아보니 문을 지키고 있던 인상파사내였다.

"저 두 사람에 대해서 설명을 좀 해주실래요?"

"설명?"

“뭘 알아야 돈을 걸든지 말든지 할 것 아니에요.”

“흐흐흐. 좋다, 꼬마야. 저기 커슨은 말 그대로 오거에 필적할 정도의 엄청난 힘을 가지고 있지. 그의 손아귀에 걸렸다 하면 강철도 순식간에 찢겨 나갈 정도란다. 그러니 인간의 몸이 어떻게 되겠느냐? 근육과 살은 순식간에 터져 버리고, 뼈는 아예 가루가 되고 말지. 흐흐흐.”

자신의 말에 잔뜩 겁먹은 카렌의 모습을 볼 수 있을 것이라 예상했던 인상파사내는 카렌이 여전히 뺀질뺀질한 표정으로 자신을 계속 빤히 쳐다보고 있자 슬슬 기분이 나빠지기 시작했다.

“저 찰스라는 사람은요?”

“데뷔 초반에 고전했다가 요즘에야 능숙한 파이터가 된 커슨에 비해 찰스는 데뷔 초반부터 명성을 날리던 타고난 파이터다. 눈부시게 빠른 몸놀림과 펀치로 싸우는 족족 승리를 거둬 지금껏 단 한 번의 패배도 없는 그야말로 파이터 중의 파이터라고 할 수 있다. 누구를 선택할 거냐?”

잠시 생각에 잠겨 있던 카렌은 품에서 3골드를 꺼내 인상파사내에게 내밀었다.

“난 커슨이라는 사내에게 걸고 싶어요.”

“블러디 오거에게?”

“그래요.”

카렌이 내밀 금화를 받아 든 인상파사내는 뭔가를 쓴 종이를 카렌에게 내밀었다. 종이를 받아보니 ‘커슨 3골드’ 라는 글이었다.

“나중에 그걸 접수구에 내밀면 해당되는 배당금을 줄 거다.”

사내의 말은 달아오른 경기장 분위기에 휩쓸린 관객들이 외치는 환호성과 고함 소리 때문에 제대로 들리지도 않았다.

“와~”

“죽여라!”

“그럼 지금부터 두 전사의 피 튀기는 전쟁이 시작되겠습니다.”

철컹!

사회자가 철책을 빠져나가며 철문이 닫히는 소리가 나자 마치 시작 신호를 기다린 사람처럼 두 사내는 상대를 노려보며 천천히 옆으로 돌면서 상대의 빈틈을 노리기 시작했다. 서로를 노려보는 것만으로도 전투 태세에 돌입한 것인지 반바지 밖으로 드러난 두 사람의 상체는 굵은 땀방울이 맺혔다가는 곧 흘러내리기 시작했다.

먼저 공격을 시작한 사람은 커슨이었다.

거구라고는 믿을 수 없을 만큼 빠르게 앞으로 달려와 찰스의 상체를 움켜잡으려 했지만 찰스는 커슨의 팔을 가볍게 피했다. 이후로도 커슨은 찰스를 붙잡기 위해 몇 번이나 기습적으로 몸을 날렸지만 그때마다 찰스는 가볍게 몸을 움직이며 공격을 피했다.

도저히 찰스의 몸놀림을 따라갈 수 없음을 깨달은 커슨은 그 자리에 멈춰 서서 찰스를 노려보았다.

발의 앞쪽만을 사용해 제자리에서 사뿐사뿐 뛰는 찰스의 모습은 그가 가진 커다란 체격이라고는 믿을 수 없을 정도로 너무나도 가벼워 보였다. 열광하는 사람들의 응원을 들은 것인지 찰스는 가볍게 뛰면서 손을 들어 자신을 응원해 주는 관중들에게 호응하면서 커슨과의 거리를 순식간에 좁혀갔다. 그리고는 번개처럼 주먹을 뻗었다.

퍽!

찰스가 손을 뻗는 것을 확인하자마자 그 손을 움켜잡기 위해 커슨이 손을 뻗었지만 찰스의 주먹은 이미 커슨의 얼굴을 강타하고 사라진 지

오래였다. 찰스의 주먹이 강타한 곳은 붉어짐과 동시에 조금씩 부풀어 오르기 시작했다.

그때부터 찰스의 공격이 본격적으로 시작되었다. 유령처럼 스르르 다가선 찰스는 상대의 얼굴과 가슴, 복부를 향해 사정없이 주먹을 날렸다. 그 모든 동작이 얼마나 빨랐는지 주먹은 보이지도 않았고, 몸놀림은 마치 유령과 같아서 도저히 실체를 잡을 수 없었다. 물론 카렌이 보기엔 너무나 평범하기 이를 데 없는 공격이었다. 때문에 그것을 피하지 못하는 커슨이 오히려 이상하게 생각되었다.

찰스의 주먹이 날아들 때마다 커슨의 얼굴과 전신, 특히 상반신은 붉게 물들어갔고, 조금씩 부풀기 시작했다. 여러 차례 주먹이 작렬된 커슨의 얼굴은 사정없이 부풀어 올랐고, 코뼈가 부러졌는지 조금 전부터 계속해 코피가 흘러내리고 있었다. 특히 여러 차례 가격된 왼쪽 눈은 사정없이 부풀어 올라 앞이 제대로 보이지도 않는 듯했다.

그렇지 않아도 너무나 빠른 몸놀림 때문에 찰스의 몸에 손조차 대보지 못한 채 한쪽 눈까지 보이게 되지 않자 커슨의 헛손질은 시간이 지날수록 늘어날 수밖에 없었다. 찢겨진 눈과 입에서 흘러내린 피로 인해 커슨의 상체는 피투성이로 변해 버린 지 오래였다.

자신의 예상과는 달리 커슨이 단 한 번도 공격을 성공시키지 못하자 카렌은 안타까운 마음이 들었다.

두 사람이 싸우는 모습은 카렌이 보기엔 허술한 점이 너무나 많았다. 하지만 직접적으로 상대의 타격을 받아 피가 튀고, 상처를 입고, 응원하는 관객들과 호흡을 같이한 카렌으로서는 너무나 안타까운 점이 한두 가지가 아니었다. 한숨을 내쉬던 카렌은 잠시 호흡을 가다듬으며 철책에서 눈을 떼고 주위를 둘러보았는데, 어느 순간 철책에 거의 달라

붙다시피 다가서서 걱정스러운 표정을 짓고 있는 사람을 발견할 수 있었다.

철책 안에서 싸우고 있는 커슨만큼이나 커다란 덩치를 가진 10대 후반의 소년.

카렌이 보기에 앳돼 보이는 얼굴이긴 했지만 커슨과 닮은 것으로 보아 커슨의 가족이거나 친척으로 보였다. 소년은 철책에서 얼굴을 떼지 못한 채 비명에 가까운 목소리로 커슨을 응원했지만 관중들이 질러대는 응원과 야유 소리 때문에 거의 들리지 않았다.

카렌은 소년의 정체가 궁금해 철책 쪽으로 향했다. 그러는 동안에도 관중들의 야유와 응원은 계속되었다.

"에라, 이 병신 같은 놈아! 덩칫값을 해라!"

"병신같이 그게 뭐냐? 죽어라, 자식아! 네놈에게 내 전 재산을 걸었단 말이야!"

"찰스, 골통을 날려 버려! 네가 아이언 피스트라는 것을 증명해 봐!"

"죽여! 그 몬스터 새끼를 당장에 죽여 버려!"

커슨에게 돈을 걸었던 관중들은 일방적으로 공격당하고 있는 커슨을 매도하면서 그를 향해 일제히 야유를 보내기 시작했다. 그런 관중들을 원망스러운 눈으로 바라보던 소년은 다시 고개를 돌려 슬픔으로 가득 찬 눈으로 커슨을 바라보았다. 궁금중을 이기지 못한 카렌은 소년 곁으로 다가서고야 그가 외치는 소리를 겨우 들을 수 있었다.

"아버지, 제발 힘을 내세요! 제발!"

커슨은 찰스의 공격에 계속 당해 선혈을 뿌리면서도 결코 쓰러지지도, 또한 피하지도 않았다.

한편 찰스는 자신의 베스트라고 할 수 있는 공격을 계속 퍼부어대도 커슨이 쓰러지지 않자 슬슬 질리지 않을 수 없었다.

자신의 별명이 왜 아이언 피스트인가? 한 대만 맞아도 뼈가 부러지고 살이 찢겨져 나가기 때문이 아닌가? 그럼에도 불구하고 자신의 눈앞에 비틀거리며 서 있는 커슨은 어째서 쓰러지지 않는 것일까?

찰스는 자신이 가진 주먹의 파괴력에 태어나서 처음으로 회의감이 들었다. 그러는 동안에도 그의 주먹은 커슨의 얼굴과 상체에 정신없이 작렬하고 있었다.

퍽퍽퍽!

커슨의 얼굴은 너무나 부어 도저히 원래의 모습을 알아볼 수 없을 정도였고, 찰스에게 맞아 부러진 이를 뱉어낸 것만 해도 벌써 세 번째였다. 그럼에도 불구하고 커슨은 양팔을 이용해 얼굴을 보호한 채 단 한 번 있을지도 모르는 기회를 기다렸다. 이미 상체 곳곳에 부상을 입은 커슨으로서는 더 이상 방법이 없었다.

만약 승패가 심판관의 판정에 의해, 또한 부상 정도에 의해 결정되는 것이라면 벌써 끝났을 경기였지만 현재 벌어지는 이 경기가 열리고 있는 곳이 바로 지하 도박장이라는 것이 커슨으로서는 오히려 다행이었다. 이곳에서 벌어지는 모든 경기는 항복이나 기권, 기절, 또는 사망, 바로 이 네 가지 경우로만 승패가 결정지어졌다. 경기를 하고 있는 선수가 스스로 포기를 하지 않는다면 경기는 한쪽이 포기할 때까지 계속된다.

커슨에게 돈을 걸었던 사람들이 잔뜩 실망한 반면 찰스에게 돈을 걸었던 사람은 이미 그의 승리가 결정난 듯 기뻐하고 있었다.

철책 안에서 변화가 시작된 것은 바로 그때였다.

잔뜩 웅크린 채 반격의 기회만 노리고 있던 커슨은 일방적인 공격을 하던 찰스의 몸놀림이 조금씩 느려지는 깨달았다. 말이 일방적인 공격이지 근 40분 넘게 주먹을 휘두를 수 있는 찰스의 체력은 이미 인간의 것이 아니었다. 게다가 다른 사람보다 월등히 강한 파괴력을 가진 찰스의 능력을 더 말해 뭐 하겠는가? 하지만 그런 찰스의 주먹을 지금까지 견뎌낸 커슨의 맷집도 경이롭기는 마찬가지였다.

이를 악물고 주먹을 휘두르던 찰스는 여전히 자신 앞에 버티고 서 있는 커슨을 지긋지긋하다는 표정으로 쳐다보면서도 주먹 휘두르기를 멈추지 않았다. 그러나 힘이 빠진 지금의 상태로는 상대에게 제대로 된 타격을 입히기 힘들었다.

거친 숨을 내쉬던 찰스의 주먹이 잠시 느려졌다고 느끼는 순간 거북이처럼 웅크리고 있던 커슨은 갑자기 몸을 날리며 번개처럼 손을 뻗었다. 갑작스런 커슨의 반응에 깜짝 놀란 찰스는 즉시 뒤로 물러서려고 했지만 그때는 이미 커슨의 손에 팔을 붙잡힌 후였다. 하지만 찰스도 그냥 당하고 있지만은 않았다.

자신의 팔을 움켜잡은 커슨의 왼쪽 팔꿈치를 향해 힘껏 주먹을 휘둘렀다.

우두둑!

섬뜩한 소리와 함께 커슨의 왼쪽 팔이 이상한 방향으로 꺾여서는 축 늘어졌다. 하지만 커슨의 행동은 멈춰지지 않았다. 재빨리 찰스의 등 뒤로 돌아가서는 오른팔로 그의 목을 힘껏 조였다.

깜짝 놀란 찰스는 자신의 목을 조인 커슨의 팔을 사정없이 두드리며 빠져나오려 했지만 커슨의 팔 힘은 정말로 상상을 초월해 강철처럼 목을 조일 뿐 풀릴 기미가 보이지 않았다. 찰스의 얼굴은 시간이 지날수록 붉어져 갔지만 커슨은 조이고 있는 팔을 풀 생각이 없었다. 아니,

이것이 자신에게 주어진 마지막 기회임을 누구보다 잘 알기에 이를 악물고 더욱 강하게 조여갔다.

찰스가 주먹을 휘둘러 자신의 팔과 상체를 공격할 때마다 전신의 힘이 쭉 빠졌지만 커슨은 어금니가 부서져라 악물고는 팔에 더욱 힘을 주었다. 붉어졌던 찰스의 얼굴이 어느 순간부터 점차 창백하게 변하기 시작하자 시끄러웠던 장내도 덩달아 순식간에 조용해졌다.

이를 악문 커슨과 눈동자가 풀리기 시작한 찰스.

찰스가 축 늘어지는 것을 느꼈지만 너무 힘을 준 탓인지 오른팔에 경련이 일어나 스스로의 힘으로는 도저히 팔을 풀 수 없었다. 커슨은 당황함을 감추며 큰 소리로 누군가를 불렀다.

"러, 러쎌. 나, 날 좀 도와주겠니?"

잔뜩 지치고 힘없는 음성이었다. 하지만 그런 커슨의 말에 철책 근처에서 어쩔 줄 몰라 하던 소년은 마치 그 말을 기다렸던 사람처럼 황급히 철책 안으로 뛰어들어 갔다. 그리고는 너무나도 간단히 찰스의 목을 조른 커슨의 팔을 풀고는 그를 부축했다.

"아, 아버지. 괘, 괜찮으세요?"

"괘, 괜찮으니… 쿨럭!"

대꾸를 하던 커슨은 미처 말을 끝내지 못한 채 피를 토했다. 몇 번 더 피를 토한 커슨은 러쎌의 가슴에 기대어 기어코 정신을 잃고 말았고, 러쎌은 아버지가 기절해 버리자 너무나 당황한 나머지 어쩔 줄 몰라 했다.

카렌이 그 모습을 지켜보고 있을 때 인상파사내가 다가왔다.

"꼬마야, 재수가 정말 좋구나. 커슨이 설마 그 상태에서 역전시킬 줄이야……"

카렌은 대꾸도 하지 않은 채 기절한 아버지를 부둥켜안은 채 어쩔 줄 몰라 하는 러쎌을 향해 지체없이 달려갔다.

"이봐, 어서 아버지를 내려놔."

"누, 누구야, 넌?"

갑자기 들린 앳된 음성에 러쎌은 흠칫 놀라며 뒤로 돌아섰다. 그곳에는 상당히 작은 체구를 가진 귀여운 소년 하나가 자신을 올려다보고 있었다.

"네 아버지는 조금 전 너무나 많이 맞아 지금 굉장히 위험한 상태일 수도 있어. 빨리 상태를 확인해야만 돼. 그러니까 어서 네 아버지를 내려놔."

"아, 아버지… 어, 어떻게 하면 좋아요? 흑흑흑."

카렌의 말이 끝나기도 전 어울리지도 않게 러쎌의 눈에는 당장 눈물이 가득 고였다 주르륵 흘러내렸다. 뜻하지 않은 광경에 카렌은 할 말을 잃고 멍한 표정으로 러쎌을 쳐다볼 수밖에 없었다. 웬만한 성인 남자와는 비교도 되지 않을 정도로 훨씬 큰 거의 2미터에 육박하는 근육질의 체격을 가진 러쎌이 커슨을 부둥켜안은 채 눈물과 콧물을 뚝뚝 흘리는 모습은 카렌이 보기에는 너무나도 엽기적인 모습이었다.

"나참, 애도 아니고……. 어서 내려놔 봐, 내가 볼 테니까."

"저, 정말이야? 네, 네가 치, 치료를 하, 할 줄 알아?"

러쎌은 카렌의 말에 커슨을 조심스럽게 경기장에 내려놓으면서도 불안감을 감추지 못했다.

조금은 민망한 모습으로 쭈그려 앉은 카렌은 지그시 눈을 감은 채 커슨의 손목을 잡고는 마나를 불어넣어 커슨의 전체 상태를 점검했다. 얼굴이나 상체가 엉망인 데 비해 내부는 기적이라고 할 정도로 별다른 상처를 발견할 수 없었다. 지그시 눈을 감은 채 아버지의 상태를 점검하고 있는 카렌의 모습에 러셀은 숨도 크게 쉬지 못한 채 쳐다보고 있었다.

"휴우~"

긴 한숨을 내쉬며 카렌이 조금은 굳은 표정으로 눈을 뜨자 러셀은 긴장한 듯 더듬거리는 말투로 다급하게 아버지의 상태부터 물었다.

"아, 아버지가 마, 많이 다, 다쳤어?"

"아니, 다행히도 내장은 그리 다치지 않은 것 같아. 하지만 팔의 부상도 심하고 얼굴도 많이 다쳤으니까 치료를 위해서는 한시라도 빨리 신전의 프리스트를 찾아가는 게 좋을 것 같아."

"프, 프리스트를 차, 찾아가라고?"

"그래. 지금 빨리 프리스트에게 치료를 하면 별 후유증 없이 완치를 할 수 있겠지만 늦으면 완치가 힘들 수 있을지도 몰……."

카렌의 말이 끝나기도 전에 마치 작은 조약돌을 들듯 간단하게 커슨을 품에 안아 든 러셀은 허둥지둥 그 자리를 떠났다. 그 모습을 지켜보던 카렌은 한동안 멍한 표정을 짓다가 피식 웃음을 짓고는 그 자리를 떠났다.

"대단한 힘이군. 정말 믿을 수 없을 정도로 대단해."

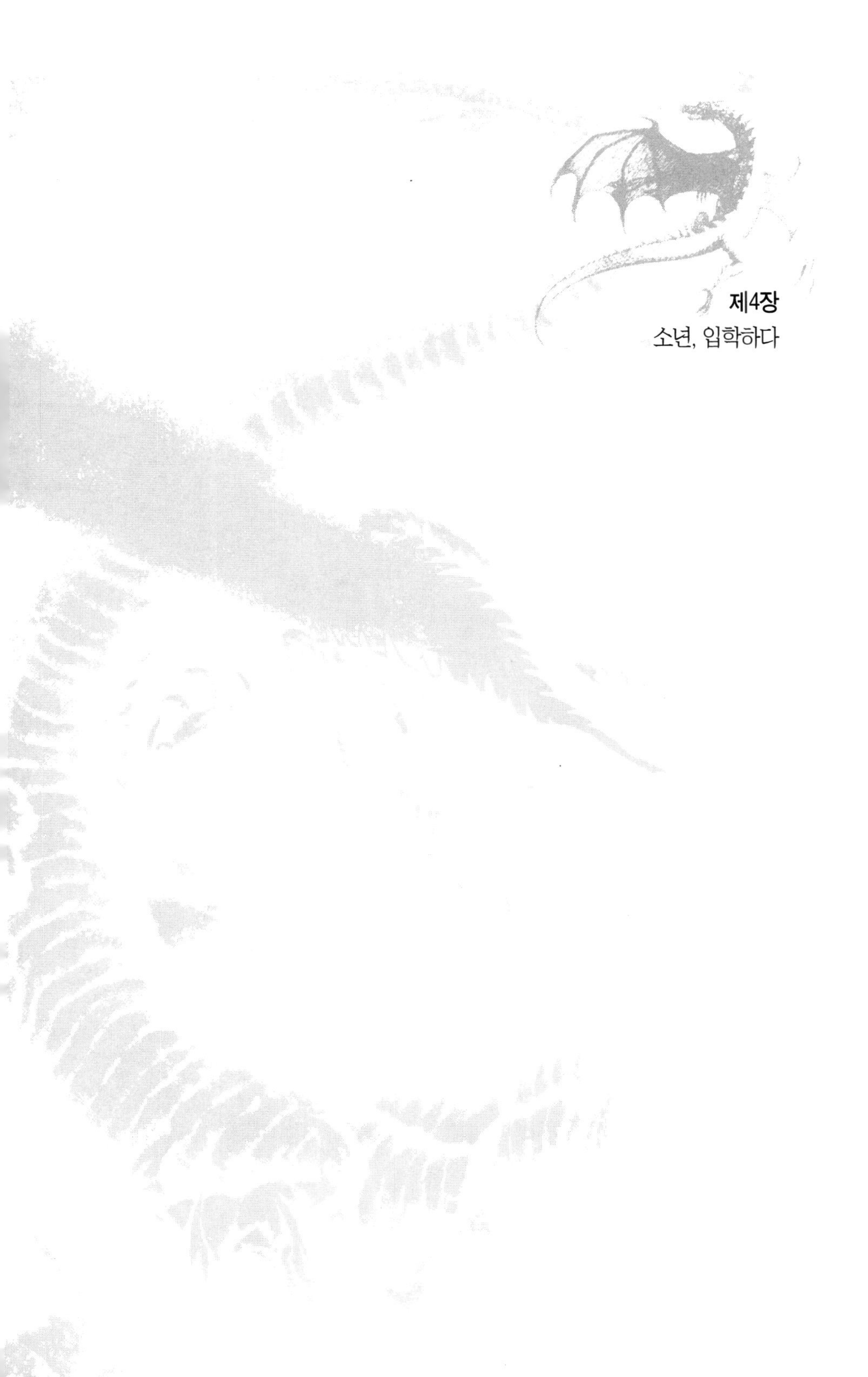

제4장
소년, 입학하다

소년, 입학하다

오늘은 면접이 있는 날.

아침 일찍 일어나 간단한 훈련으로 몸을 푼 카렌은 아침 식사 후 깨끗한 옷으로 갈아입은 후 제국 아카데미로 향했다.

일찍 출발을 한 탓에 시간적인 여유가 있기 때문인지 카렌은 연신 주위를 두리번거리며 걸음을 옮겼다. 하지만 시간이 이른 탓에 대부분 상점의 문은 닫혀 있었고, 오가는 사람들도 저마다 급한 일이 있는지 제 갈 길만 갈 뿐이었다.

제국 아카데미에서 멀지 않은 곳에 여관을 정한 탓에 카렌은 얼마 지나지 않아 제국 아카데미의 정문에 도착할 수 있었다. 하지만 카렌은 바글바글 모여 있는 사람들의 모습을 발견하고는 벌린 입을 다물 수 없었다.

페인야드에 사는 사람들이 모두 모인 듯 정문 앞은 그야말로 북새통을 이루고 있었다. 또한 정문을 지키는 수십 명의 병사들이 고래고래 고함을 지르며 몰려든 사람들의 질서를 잡으려고 했지만 그들만의 힘으로 장내를 정리하기에는 어림도 없는 일이었다.

또래의 다른 소년들에 비해 키가 작은 카렌으로서는 이곳에 대체 얼마나 많은 사람들이 모여 있는지 확인조차 할 수 없었다. 어찌 되었든 간에 면접을 보기 위해서는 정문을 통과해야 하기 때문에 카렌으로서는 단단히 결심을 하지 않을 수 없었다.

"아저씨, 비켜주세요!"

힘껏 소리를 질렀지만 카렌에게 등을 보이고 있던 사내는 듣지 못했는지 꼼짝도 하지 않았다. 몇 번 더 소리를 쳐봤지만 결과는 마찬가지였다. 사람들의 어깨를 밟고 이곳을 통과할 것인지 아니면 창피하기는 했지만 사람들의 다리 사이로 빠져나갈 것인지 한창 카렌이 고민하고 있을 때였다.

"드, 들어갈 거야?"

워낙 커다란 음성이라 카렌은 자신도 모르게 고개를 돌려 상대를 확인하지 않을 도리가 없었다. 고개를 돌리고 보니 이틀 전 지하 도박장에서 본 적이 있던 근육질 소년, 러쎌이었다. 카렌을 만난 것이 반가운 듯 환한 표정을 짓고 있는 러쎌의 얼굴은 지금 보니 그때 보았던 모습보다 훨씬 더 어려 보였다.

"넌 그때……."

"나, 난 러, 러쎌이야. 그, 그때 아버지를 도, 도와줘서 저, 정말 고, 고마워."

꽤나 심하게 말을 더듬는 러쎌의 모습에도 카렌은 참을성있게 기다렸다가 자신이 궁금했던 것을 질문했다.

“참! 아버지는 어떻게 되셨어?”

“라, 라페이시스 신전의 프, 프리스트께서 치, 치료를 해주셔서 이,
이젠 괘, 괜찮아.”

“그럼 다행이네. 그런데 여긴 무슨 일로……?”

“나, 나도 여, 여기 입학하려고……. 오, 오늘 며, 면접을 보, 보러
왔어.”

잔뜩 긴장했는지 그렇지 않아도 더듬던 말을 더욱 더듬어 듣는 사람
으로 하여금 정말 가슴 답답하게 만들었다. 카렌도 답답한 생각이 들
었지만 그런 속내를 드러내지는 않았다.

“어느 학과를 지원했는데?”

“요, 용병이 되, 될 거야.”

“너도?”

“그, 그럼 너, 너도?”

카렌이 고개를 끄덕이자 러쎌은 기쁨을 감추지 못하다가 갑자기 카
렌을 번쩍 들어서는 자신의 어깨 위에 올라놓았다. 그리고는 앞을 가
로막고 있는 사람들을 너무나 간단히 헤치며 앞으로 전진해 갔다. 마
치 아무것도 거칠 것 없는 물속을 걷듯 너무나 쉽게 걸음을 옮기는 러
쎌의 괴력에 카렌은 말문이 막혀 아무런 말도 할 수 없었다.

불과 10분도 안 되어 두 소년은 면접을 보는 장소에 도착할 수 있었
다.

붉은색의 벽돌을 쌓아 세워진 건물 앞에 도착하고 보니, 이미 헤아
릴 수 없이 많은 사람들이 모여 있었는데 16, 7세쯤으로 보이는 소년
들이 대부분이었고, 간혹 20대가 넘는 청년들의 모습도 보였다. 또 상
당수의 소녀들도 그들 무리에 섞여 있는 것을 확인할 수 있었다.

“여기가 면접 대기 장소인가?”

“그, 그런가 봐.”

두 소년은 면접 대기자들을 살피고 있었지만 반대로 두 소년 역시 면접 대기자들의 집중적인 관찰을 당하고 있었다. 2미터에 육박하는 체격의 근육질 소년과 앙증맞게 생긴 작은 소년의 언밸런스한 모습은 사람들의 관심을 끌기 충분했다. 면접 대기자들끼리 웅성거리고 있을 때 건물 안으로부터 중년 사내가 모습을 드러냈다.

“지금부터 면접을 시작한다. 호명한 사람은 신속하게 이 앞으로 나오도록 해라. 한 번만 부를 테니 똑똑히 들어라. 벤, 호슨, 엘, 무스…….”

중년 사내는 빠르게 면접 대기자들의 이름을 호명하기 시작했다.

호명된 소년과 소녀, 혹은 청년들은 재빨리 뛰어가 섰다. 그 뒤로도 한참 동안 이름을 호명한 중년 사내는 집합한 면접 대기자들을 인솔해 건물 안으로 사라졌다. 어느 정도 시간이 지난 후 다시 모습을 드러낸 중년 사내가 일정한 숫자의 면접 대기자들의 이름을 다시 호명했고, 그들과 함께 건물 안으로 사라지기를 여러 차례 반복했다.

기다리다 보니 어느새 드디어 카렌의 차례가 되었다.

“며, 면접 잘해.”

“걱정하지 마. 그리고 러셀, 긴장하지 말고 너도 면접 잘해.”

“응.”

열다섯 명의 소년, 소녀들과 함께 중년 사내의 뒤를 쫓아가던 카렌은 건물이 밖에서 보던 것보다 예상 외로 훨씬 넓고, 창고처럼 크기만 한 것이 대체 어떤 용도로 이렇게 만든 것인지 궁금하기 이를 데 없었다.

　잠시 후 카렌이 도착한 곳은 방들이 줄지어 있는 복도에 기다란 벤치 두 개가 나란히 놓여진 곳이었다.

　소년, 소녀들을 벤치에 앉힌 중년 사내는 간단한 주의 사항을 전달했다.

　"지금부터 다섯 명씩 들어가게 되면 너희들 앞에 앉은 면접관들이 이름을 물은 후 간단한 질문을 할 것이다. 대답이 만족스럽지 못하거나 태도가 불량하다고 판단되면 그 즉시 불합격 판정이 내려질 것이다. 그리고 합격 판정을 받은 사람은 3일 후 등록금 5골드와 이곳에서 지내는 동안 훈련을 받을 때 입을 훈련복 몇 벌, 그리고 간단한 생활 도구를 가지고 집합하도록 해라. 질문있나?"

　소년들이 머뭇거리기만 할 뿐 질문이 없자 중년 사내는 가장 끝 쪽에 앉아 있던 소년, 소녀들에게 지시를 내렸다.

　"거기 너, 너부터 다섯 명 일어서."

　다섯 명의 소년들이 일어서자 중년 사내는 지체없이 문을 열고 방으로 들어갔다. 의자 높이가 높은 탓인지 카렌은 그저 무심하게 다리를 까닥거리며 시간을 보내고 있었다. 그런데 그게 아마도 옆에 앉아 있던 소년의 신경을 자극했나 보다.

　"야, 꼬마. 가만히 안 있을래?"

　낮았지만 그 음성에는 은근한 적의와 짜증스러움이 잔뜩 묻어 있었다. 갑작스러운 말에 카렌은 영문을 모르겠다는 표정으로 주위를 둘러보다가 그 소년을 보곤 자신의 가슴을 가리켰다.

　"지금 나한테 한 말이야?"

　"그럼 여기 꼬마가 너 말고 또 누가 있어? 빌어먹을, 짜증나 죽겠으니까 나한테 박살나기 싫으면 입 닥치고 조용히 찌그러져 있어."

너무나 험악스러운 상대의 말에 카렌은 기가 막혔다.

16세나 17세쯤으로 보이는 그 소년은 곱슬곱슬한 금발에 턱까지 구레나룻이 자라 있는 것이 청년으로 보아도 무방할 듯했다. 하지만 미간이 좁고 입술이 얇은 것이 꽤나 급하고 잔인한 성격을 가진 것 같았다. 그것만 아니라면 상당한 미남이었을 얼굴이었다.

"말 함부로 지껄이지 마. 누가 꼬마란 거야?"

꼬마란 말에 발끈한 카렌은 자신도 모르게 벌떡 일어서며 상대 소년 못지않게 언성을 높였다. 그러자 벤치에 앉아 있던 다른 소년, 소녀들의 시선이 일제히 카렌에게로 쏠렸다. 하지만 카렌은 신경도 쓰지 않았다.

"다시 한 번 날 꼬마라고 불러봐, 그럼 박살이 뭔지, 찌그러지는 것이 뭔지 내가 친절하고 똑똑하게 가르쳐 줄 테니까."

볼이 발갛게 상기된 카렌의 모습은 그가 내뱉는 험악스러운 말과는 달리 너무나도 귀엽게만 보였다.

면접을 기다리고 있던 대기자 가운데 홍일점이었던 소녀는 눈빛을 반짝이며 그런 카렌을 호기심 가득한 눈으로 쳐다보았다. 물론 처음 카렌을 봤을 때부터 그에게서 눈을 떼지 못하고 있었지만 지금 모습은 그때와는 비교가 되지 않을 정도로 귀여웠다.

뜻하지 않은 카렌의 격렬한 반응에 시비를 걸었던 소년은 조금은 의외라는 표정을 짓다가 곧 싸늘하게 표정을 굳혔다.

"이 자식이 건방지게 나 카약스의 성미를 건드려? 좋아, 면접을 본 후 남아, 내가 오늘 죽여줄 테니까."

"죽여줘? 네가? 날? 웃기고 있네. 너나 도망가지 마, 임마!"

카약스가 막 대꾸를 하려는 순간 먼저 면접에 들어갔던 소년들이 방에서 나왔다. 얼굴들이 밝은 것으로 보아 아마도 모두 합격 판정을 받은 모양이었다.

"다음, 일어나."

중년 사내의 지시에 다음 차례인 다섯 명의 소년, 소녀가 자리에서 일어났다. 그 가운데에는 카렌을 눈여겨보던 어린 소녀도 끼어 있었다. 그들이 들어간 후에도 두 소년의 눈싸움은 팽팽하게 이어졌다.

"그만들 해. 면접을 본 후에 싸움을 하든, 부둥켜안고 춤을 추든, 키스를 하든 상관을 안 하겠지만 만약 너희 두 사람 때문에 나까지 피해가 온다면 그때는 절대 그냥두지 않겠어. 네놈들 심장을 도려내 죽을 때까지 네놈들 눈앞에서 씹어줄 테니까. 명심해."

살기를 드러낸 소년은 보기 안쓰러울 정도로 깡마른 소년이었다. 하지만 독사눈을 한 데다가 확연히 드러난 광대뼈나 섬칫해 보이는 다크서클은 왠지 소년을 함부로 대할 수 없게 만드는 살벌하고도 묘한 분위기를 풍기고 있었다.

성질을 내려던 카약스는 소년의 모습을 찬찬히 살펴보고는 무슨 생각에선지 곧 자리에 앉았다. 하지만 카렌은 이렇게 끝내고 싶은 생각이 조금도 없었다. 물론 어렸을 때부터 공작가의 아들로 태어나 자신이 하고 싶은 대로 행동하며 자란 탓도 있겠지만 자신이 콤플렉스로 생각하고 있던 외모를 가지고 놀리는 녀석을 용서할 생각은 눈곱만큼도 없었다.

"뭐야, 자식아? 꼬리를 내리는 거냐? 덤벼, 임마!"

억지로 화를 눌러 참던 카약스는 카렌의 도발에 발끈하며 다시 자리에서 일어섰다. 하지만 거의 동시에 면접실의 문이 열리며 면접을 보기 위해 들어갔던 소년, 소녀들이 방에서 빠져나왔다. 그들의 표정 역시 모두 밝은 것이 모두 합격 판정을 받은 것 같았다.

"다음."

중년 사내의 말에 카렌과 카약스를 포함해 깡마른 소년까지 다섯 명의 소년이 일어섰다. 그리고는 열린 방으로 들어갔다.

방에는 긴 탁자가 놓여 있었고, 면접자들이 앉을 자리의 맞은편에 다섯 명의 중년 사내가 각기 두터운 서류 뭉치를 들여다보고 있었다.

소년들이 조심스럽게 자신의 자리에 앉자 면접관들이 일제히 고개를 들고 소년들을 쳐다봤다. 하지만 소년들이 보기엔 한결같이 자신을 노려보고 있다고 느낄 정도로 날카로운 눈빛이었다.

거의 동시에 소년들 앞에 앉아 있던 면접관들이 입을 열었다.

카약스는 자신 앞에 앉아 있는 면접관의 얼굴을 쳐다보고는 가볍게 몸을 떨었다. 햇볕에 그을린 듯 시커먼 얼굴에는 양쪽 뺨에 깊숙한 상처와 자잘한 상처가 수도 없이 나 있었다. 특히 번들거리는 그의 눈은 나름대로 대범하다고 자부하던 카약스를 단숨에 주눅 들게 만들기 충분했다.

"이름."

"예?"

"이름!"

"카약습니다."

"출신."

"듀레스툽니다."

"희망하는 학과는?"

"용병학과입니다."

"교육 기간은 5년, 세 번 이상 낙제를 하면 자동으로 퇴교 조치한다.

알고 있나?"

"알고 있습니다."

"등록금은 5골드, 수업료는 매달 25실버씩 매년 학기 초에 내야 한다. 물론 등록금을 제외한 수업료는 언제든 대출이 가능하고 졸업 후 납부가 가능하다. 알고 있나?"

"알고 있습니다."

"누구의 추천이 있었는가?"

"그렇진 않습니다."

비로소 안정을 찾은 듯 카약스의 대답은 막힘이 없었다. 그의 답변을 들은 교관은 그의 대답이 마음에 드는 듯 고개를 끄덕이다 그의 얼굴을 한 번 살펴보고는 곧 서류에 뭐라고 적기 시작했다.

"합격이다. 준비물에 대한 것을 들었나?"

"들었습니다."

"빠짐없이 준비해 3일 후 매직 칼리지 연병장에 아침 8시까지 집합하도록. 알겠나?"

"명심하겠습니다."

"앞으로의 교육을 받다 보면 나와도 만나게 될 것이다. 면접 끝."

간단명료한 면접관의 말에 카약스는 그제야 안도의 한숨을 내쉬었다.

그런 반면 카렌 앞에 앉아 있는 면접관은 상당히 특이해 보이는 인물이었다.

먼저 일반적인 용병들과는 전혀 다른 뚱뚱한 체격, 아니, 단순히 뚱뚱하다는 말로는 표현이 불가능할 정도로 살이 찐 면접관이었다. 숨 쉬기조차 쉽지 않은지 씩씩거리는 소리가 맞은편에서도 들릴 정도였다. 하지만 카렌은 그런 뚱뚱한 면접관에게서 결코 무시할 수 없는 날 카로운 예기를 느끼고 있었다.

"후우～ 후우～ 이름이 뭐지?"

"카렌입니다."

"후우～ 출신은?"

"싸일렉습니다."

"호오～ 싸일렉스라… 그럼 후우～ 어디를 지망하길 원하지?"

"제가 지원할 수 있는 학과에는 무엇이 있습니까?"

뜻하지 않은 질문이었기 때문일까? 뚱보면접관의 눈매가 실처럼 가늘어졌다.

"용병, 정령술, 후우～ 마법, 병기 제조, 공병, 군마 조련, 후우～ 군행정, 지도 제작 등등 여러 가지가 후우～ 있다."

"그렇다면 용병학과에 지원하겠습니다. 그리고 가능하다면 정령술도 함께 배우고 싶습니다."

"호오～ 두 가지를 후우～ 다 하겠단 말이냐? 후우～ 정령검사라도 될 셈이냐?"

"전부터 정령술을 꼭 배워보고 싶었습니다."

"좋다. 후우～ 능력이 된다면 두 가지가 아니라 후우～ 세 가지, 네 가지를 해도 상관없지. 대신 후우～ 교육 기간은 5년, 후우～ 세 번 이상 낙제를 하면 자동으로 후우～ 퇴교 조치한다. 알겠나?"

"알겠습니다."

"후우～ 등록금은 5골드, 후우～ 원래는 한 과목당 매달 25실버의 수업료를 후우～ 학기 초에 내야 하지만 넌 정령검사를 목표로 한다니 특별히 그냥 한 과목의 후우～ 수업료만 받도록 하지. 후우～ 등록금을 제외한 수업료는 후일 후우~ 갚는 것을 조건으로 대출도 가능하다. 후우~ 무슨 말인지 알겠나?"

거친 숨소리가 시도 때도 없이 섞인 교관의 설명은 제대로 알아듣기 힘들었다.

"알겠습니다."

"누군가에게 후우~ 이곳을 추천받았는가?"

"아버지께 추천받았습니다."

"아버지가? 후우~ 그렇다면 아버지가 이곳 후우~ 아카데미 출신인가?"

"그렇습니다."

카렌의 대답에 가늘게 눈을 뜨고 있던 뚱보면접관은 곧 고개를 끄덕였다. 그때마다 뺨과 목에 매달린 살들이 사정없이 출렁거렸다.

"좋다, 후우~ 합격이다. 3일 후까지 후우~ 등록금과 교육 기간 동안 후우~ 훈련복으로 사용할 옷과 생활 도구를 후우~ 준비해 오도록 해라. 그날 간단한 후우~ 입교식을 치른 후, 너에게 교육 기간 동안 후우~ 지낼 기숙사가 배정될 것이다. 후우~ 자세한 것은 그날 모두 알 수 있을 테니 후우~ 궁금한 것이 있어도 그때까지 참아라. 후우~ 알겠나?"

"알겠습니다."

"이상으로 면접을 끝내겠다. 모두 나가라."

합격 판정을 받은 소년들은 하나같이 입가에 미소를 띤 채 방을 빠져나왔다.

카렌은 자신이 합격 판정을 받았다는 사실을 조금이라도 빨리 러셀에게 알려주고 싶은 마음에 저절로 걸음이 빨라졌다.

“이봐, 꼬마. 도망치는 거냐?”

카약스의 시비에 잠시 발걸음을 멈춘 카렌은 몇 번의 심호흡을 통해 겨우 치미는 화를 억눌렀다.

“까불지 말고 오늘은 그냥 가라. 그렇지 않아도 아카데미에 합격을 했으니 앞으로도 얼마든지 만날 수 있을 테니까.”

“흐흐흐, 건방진 꼬마 놈. 그래, 어디 두고 보자. 흐흐흐.”

카약스의 비웃음을 뒤로한 채 카렌은 발걸음을 빨리 해 건물을 빠져나갔다. 자신의 순서를 기다리고 있던 러쎌은 카렌이 환하게 웃는 얼굴로 나오는 것을 발견하고는 특유의 더듬거리는 목소리로 입을 열었다.

“카, 카렌. 우, 웃는 걸 보니까 하, 합격한 모양이구나.”

“당연하지. 어려울 것 없으니까 너도 침착하기만 하면 충분히 합격할 수 있어.”

“내, 내가 하, 합격할 수 이, 있을까?”

“충분하다니까. 기다리고 있을 테니까 빨리 면접 보고 나와.”

러쎌이 막 뭐라고 대꾸하려는 순간 중년 사내의 호명이 있었다.

“러쎌, 러쎌 없나?”

“여, 여기 이, 이, 있습니다.”

너무나 당황한 나머지 그렇지 않아도 더듬거리던 러쎌의 말투가 더욱 더듬거려졌다. 하지만 워낙 큰 목소리였기에 중년 사내는 곧 러쎌을 발견할 수 있었다. 또래의 소년들과는 비교도 할 수 없을 정도로 크고 커다란 덩치를 가진 러쎌을 본 중년 사내는 내심 놀라면서 고개를 끄덕였다.

“따라오도록.”

러셀을 포함한 열다섯 명의 소년이 중년 사내의 뒤를 따라 들어간 후 카렌은 땅바닥에 털썩 주저앉아 그때까지 건물 앞에 남아 있는 소년, 소녀들을 살펴보았다. 하지만 누구를 봐도 자신보다 어려 보이는 사람은 한 사람도 보이지 않았다.

개중에는 합격 판정을 받고 기뻐하는 사람도 있었고, 또 불합격 판정을 받아 낙심하고 있는 소년과 부모의 모습들도 간혹 보였다. 하지만 면접을 본 소년, 소녀들은 대부분 돌아간 후였기에 건물 앞은 거의 텅 비다시피 한산하게 변했다.

"네 이름이 카렌이니?"

누군가의 말에 고개를 돌리고 보니 자신만큼(?)이나 앙증맞게 생긴 얼굴을 내밀고 있는 사람은 13, 4세쯤으로 보이는 소녀였다. 허리까지 내려오는 긴 녹색의 머릿결이 너무나 아름다워 보이는 소녀는 연신 눈을 반짝이며 카렌의 대답을 기다리고 있었다.

"그래, 내가 카렌인데 넌 누구지?"

"나? 난 니오브야."

카렌의 질문이 기쁜지 환한 웃음을 지으며 자신의 이름을 밝힌 소녀는 흙바닥에도 아랑곳하지 않고 카렌 근처 지면에 털썩 주저앉았다.

"어쩌면 그렇게 강할 수 있니?"

"너 엘프지?"

거의 동시에 터져 나온 질문에 깜짝 놀라던 두 소년, 소녀는 대답 역시 거의 동시에 했다.

"어? 어떻게 알았지?"

"어? 어떻게 알았어?"

"하하하."

"호호호."

잠시 서로의 얼굴을 쳐다보며 웃음을 터뜨리던 두 아이, 카렌은 우선 자신이 궁금하게 생각했던 것을 질문했다.

"뭘 보고 내가 강하다고 생각한 거야?"

"네가 말한 것처럼 난 엘프야, 비록 반쪽이긴 하지만. 마나를 느끼는 데 엘프를 따라올 종족이 없다는 것쯤은 너도 잘 알지? 네 몸 주위의 마나가 약간 일그러져 있는 것이 이상해 바디 스캔 스펠로 네 몸의 마나를 확인해 봤지. 그래서 네 아랫배에 있는 엄청난 양의 마나를 확인할 수 있었던 거야. 기사들이 사용하는 마나 양으로 보면 거의 소드 익스퍼트 최상급이나 소드 마스터의 실력을 가진 기사라야 겨우 가질 수 있을 만큼 어마어마한 양인데 어떻게 그렇게 막대한 양의 마나를 몸속에 가두어둘 수 있는 거지? 그리고… 내가 엘프라는 것은 어떻게 알았어?"

"아랫배의 마나는 아버지가 가르쳐 준 대로 훈련을 하다 보니 마나 홀이라는 곳에 마나가 쌓인 거고……."

"마나 홀? 마나 홀이 뭐야?"

"이건 아버지가 체계를 세우신 검술의 이론을 먼저 알아야 하는데… 쉽게 말해서 내 몸 중에서 가장 쉽게 마나를 모아둘 수 있는 곳이 바로 마나 홀이야. 그리고 네가 엘프라는 것을 안 것은 어렸을 때부터 엘프들과 함께 어울려 지냈기 때문에 그들의 독특한 느낌에 익숙해 있기 때문에 네가 엘프라는 것을 안 거야. 그런데……."

"그런데 뭐?"

"엘프인 네가 인간들에게서 무엇을 배우려는 거지? 보통은 마을에서 검술이나 정령술, 마법 같은 걸 배우잖아."

"난 순수한 엘프가 아닌 이상 결코 엘프들의 마을에서 살 수 없어."

대답을 하는 니오브의 얼굴에 희미한 그림자가 스치고 지나갔다. 하지만 곧 본래의 환한 표정으로 돌아왔다.

"내가 봤을 때 넌 기사단에 소속된 기사들보다 훨씬 강한데 여기엔 뭘 배우러 온 거야?"

"난 강하지 않아. 특히 아버지와 비교하면 말이야. 이곳에서 무엇이든 배워 앞으로 더욱더 강해지고 싶어. 그리고 강해질 수만 있다면 뭐든 배울 거야."

니오브 역시 카렌의 얼굴에 드리워진 어둠을 읽을 수 있었다.

"그러는 넌 뭘 배우려고 제국 아카데미에 온 거지?"

"검술. 하지만 그보다는 인간들에 대해 먼저 알고 싶어."

"인간들에 대해서?"

"그래. 그래서 아버지가 왜 원하는 것이라곤 함께 사는 것뿐인 엄마의 간절한 염원을 뿌리치고 엄마 곁을 떠난 것인지 꼭 알고 싶어."

"아버지가 없었다면 꽤 외로웠겠다. 그럼 친구들이 많았니?"

카렌의 말에 니오브는 조금은 슬픈 표정을 지으며 고개를 저었다.

"난 하프 엘프이기 때문에 엘프들의 마을에서도, 그렇다고 인간들의 마을에서도 살 수 없었어."

"엘프들이야 너의 정체를 꿰뚫어 볼 수 있을지 모르지만 인간은 아니잖아. 그런데 왜 인간의 마을에서 살 수 없다는 거지?"

"내가 태어나는 해 몬스터 토벌에 참가하셨던 아버지는 싸늘한 시신으로 돌아오셨고, 인간의 아이를 밴 탓에 엘프들의 마을에서 추방되신 엄마는 어떤 엘프들의 마을에서도 받아주지 않았어. 그렇다고 인간의 마을에서 살 수도 없었어. 엘프인 엄마의 미모를 노리는 자들이 너무

많았거든. 게다가 무엇보다 인간들의 마을에서 살려면 돈이라는 것이
필요하잖아. 아무것도 가진 것 없이 마을에서 쫓겨난 엄마에게 무슨
돈이 있겠어? 게다가 스스로의 안전은 물론 내 생명까지 지켜야 되니
엄마로서는 어느 쪽에서도 살 수 없었어.”

“그럼……?”

“난 엄마하고 산속에서 둘이서만 살았어.”

“산속에서? 위험하지 않아? 몬스터는 말할 것도 없이 맹수들도 많잖
아?”

“호호호, 넌 우리 엄마가 누구라는 것을 잊었어? 몬스터들이 좀 위
험하긴 했지만 맹수는 전혀 위험하지 않아. 오히려 우리 엄마를 많이
도와줬어.”

카렌이 고개를 끄덕이고 있을 때 누군가 자신을 부르는 음성을 들었
다.

“카, 카렌.”

고개를 돌려 상대를 확인하니 기쁨을 감추지 못하고 있는 러셀의 모
습이 보였다.

“합격했어?”

“으, 응.”

“정말, 잘됐다. 가만, 이럴 것이 아니라 내가 묵고 있는 여관으로 가
자. 거기 아는 형이 있는데 요리 솜씨가 진짜 끝내줘. 우리가 만난 기
념으로 내가 한턱 낼 테니까 어서 가자.”

카렌의 제의에 잠시 망설이던 두 사람은 곧 고개를 끄덕였다.

그렇게 세 명의 소년, 소녀는 보무도 당당히 여관을 향해 걸음을 옮
겼다.

한낮의 따스한 햇살을 느끼며 걸음을 옮기던 세 명은 곧 여관, 볼케이노에 도착할 수 있었다. 여관에 도착하고 보니 점심때가 되기 전이기 때문인지 식당은 텅 비어 있었다.

바닥 청소를 하느라 열중이던 센드럭은 카렌은 비롯한 세 아이가 환한 얼굴로 가게 안으로 들어서자 곧 짐작을 했는지 환한 얼굴로 아이들을 맞이했다.

"카렌, 합격한 모양이구나. 진심으로 축하한다."

"고마워요, 형. 인사해. 이 형은 이 여관 겸 식당의 주인인 센드럭 형이야. 그리고 여기 애들은 오늘 나랑 같이 면접을 본 친구들이에요. 얘는 니오브, 그리고 얘는 러셀이에요."

카렌의 소개에 센드럭은 러셀의 체격에 잠시 놀랐지만 곧 고개를 끄덕였다.

"이렇게 만나게 되어 반갑구나. 난 방금 소개받은 센드럭이다."

"안녕하세요, 전 니오브예요."

"저, 전 러, 러셀이에요."

"제가 이 친구들을 데리고 온 이유는 센드럭 형의 그 환상적으로 맛있는 음식을 맛보게 해주고 싶었기 때문이에요."

"그래? 그럼 오늘은 특별히 좀 더 솜씨를 부려야겠는걸."

소매를 걷어붙인 센드럭이 주방 안으로 들어가자 카렌은 근처의 테이블에 앉아서는 니오브와 러셀에게 손짓했다. 카렌은 두 사람이 자리에 앉자 서로에게 서로를 소개시켰다.

"러셀, 여기는 니오브야. 니오브, 이쪽은 러셀이야. 서로 인사해."

"러셀, 만나서 반가워. 난 니오브라고 해."

"바, 반가워. 난 러셀이야."

니오브는 심하게 말을 더듬는 러쎌의 모습에 잠시 그의 얼굴을 쳐다 보았지만 그것뿐이었다. 하지만 러쎌의 얼굴은 무엇 때문인지 심하게 붉어져 있었다. 그 모습을 재미있는 듯 쳐다보던 카렌은 빙그레 미소를 지었다.

"난 남쪽 싸일렉스에서 왔고, 나이는 올해 열다섯이야."

"나, 난 서, 서북쪽 모, 몬테야에서 왔어. 나, 나이는 여, 열여섯이고."

"그래? 난 동북쪽에 있는 갈리온 산맥에서 왔는데. 그리고 나이는 열여섯이야."

"정말 열여섯이나 됐단 말이야? 아무리 봐도 그렇게 안 보이는데?"

카렌의 말에 니오브는 기가 막히다는 표정을 지었다.

"나참, 기가 막혀서. 그러는 너는 뭐 열다섯 살처럼 보이는 줄 알아? 귀엽게 생겨서 이제 겨우 열두 살밖에 안 된 것처럼 보인단 말이야."

"하하하, 두 녀석은 너무 어려 보이고, 다른 녀석은 너무 커서 오히려 징그러워 보일 정도이고… 참으로 달라도 너무나 다른 녀석들이구나."

양손에 음식을 가득 들고 있던 센드럭은 기가 막히다는 듯 고개를 혼들었다. 하지만 곧 가지고 온 음식을 테이블 위에 내려놓은 센드럭은 자신만만한 표정을 지었다.

"이 센드럭님의 특제 소스가 곁들여진 바비큐 포크란다. 어서 먹어 보거라. 틀림없이 만족할 게다."

"저는 이런 고기보다는 야채와 과일이 좋아해요. 야채와 과일을 좀 가져다주시겠어요?"

"엥? 내 요리를 맛도 안 보고 무조건 거부하다니… 니오브라고 했니? 이거, 자존심 상하는구나. 싱싱한 야채와 과일은 곧 가져다 줄 테니 먼저 내 요리부터 맛을 보거라."

센드럭의 말에 내키지 않는다는 표정으로 바비큐를 집어먹던 니오브의 표정이 금세 변했다. 자신의 접시에 담긴 바비큐와 센드럭의 얼굴을 번갈아 쳐다보던 니오브는 터져 나오는 탄성을 금할 수 없었다.

"대체 어떻게 요리를 했기에 이렇게 고기가 부드럽고 과일의 향기와 맛까지 나는 거죠? 이렇게 맛있고 부드러운 고기는 처음 먹어봐요!"

"후후후, 그러기에 내가 뭐라고 하든. 이 센드럭님의 요리를 한 번 먹어보기만 하면 모두들 금방 반한다니까."

니오브의 탄성에 카렌과 러셀은 자신의 접시에 담긴 바비큐를 맛보기 시작했다. 그리고는 곧 니오브처럼 탄성을 터뜨렸다.

특히 카렌은 지금까지 상당히 맛있는 소고기 요리를 많이 먹어봤었다. 하지만 센드럭이 지금 내놓은 맛있는 돼지 고기 요리는 별로 먹어본 적이 없었다. 얼마나 맛있으면 육류는 즐기지 않는, 아니, 전혀 먹지 않는다고 알려진 하프 엘프인 니오브가 바비큐를 연신 집어먹으며 맛있다는 말을 다 하겠는가?

잠시 후 센드럭이 가져온 야채와 과일을 곁들여 세 소년, 소녀는 맛있게 식사를 마칠 수 있었다. 봉긋 솟아오른 배를 두드리며 입맛을 다시고 있을 때 센드럭이 다시 뭔가가 담긴 컵을 들고 왔다.

"그건 뭐예요?"

"이거? 음료수란다."

"웬 음료수? 지금 배가 너무 불러서 물 한 모금도 못 마셔요."

"후후후, 이 음료수를 여태껏 너희들이 마셔본 음료수와는 비교도 하지 마라. 여러 가지 과일의 엑스기만 골라 섞어서 만든 특제 음료수라 아마 소화시키는 데 큰 도움이 될 거다. 그러니 어서 마셔보거라.”

센드럭의 권유에 세 아이들은 몇 모금 마셨다. 약간 단맛이 나긴 했지만 그보다는 입 안을 상쾌하고 시원하게 만드는 뒷맛 때문에 나중에는 단숨에 마셔 버렸다. 잠시 후 약간 더부룩하고 거북했던 속이 가라앉으며 기분이 상쾌해지는 것을 느끼고는 신기한 듯 센드럭의 얼굴을 쳐다보았다.

“센드럭 형의 요리 솜씨는 정말 대단한 것 같아. 너희들은 어땠어?”

“두말하면 잔소리지. 오빠, 어쩌면 요리 솜씨가 이렇게 좋아요? 무슨 비결이 있는 거예요?”

“후후후, 어떠냐? 이 센드럭님의 요리가 마음에 드냐?”

“물론이죠. 태어나서 이렇게 맛있는 음식은 처음 먹어보는 것 같아요!”

아이들의 환한 표정이 마음에 드는지 센드럭도 자신이 마시기 위해 가져온 볼케이노를 조금씩 마시기 시작했다.

제국 아카데미에 입학하는 날 아침 카렌은 여느 때처럼 가볍게 새벽 운동을 마치고 목욕을 한 후 미리 준비한 깨끗한 여행복으로 갈아입었다. 아침 식사를 하기 위해 아래층으로 내려가자 역시 깨끗한 여행복 차림을 한 니오브가 테이블에 앉아 있는 모습이 보였다.

“언제 왔어?”

“방금. 그런데 넌 오늘 같은 날에도 새벽 훈련을 한 거야? 앞으로 몇 년 동안 지겹게 할 텐데 말이야.”

“버릇이 돼서 말이야. 주문은 했어?”

“응, 너도 빨리 시켜.”

"센드럭 형! 나도 니오브랑 같은 것을 줘!"

"알았다."

주방에서 센드럭의 대답 소리가 들렸다.

"카렌, 러쎌은?"

"아카데미 정문에서 만나기로 했어."

"왜? 여관으로 안 오고?"

"러쎌 아버지가 좀 다치셨거든. 그런데 오늘 입학식에는 꼭 참석하고 싶다고 하셨나 봐. 그래서 아버님을 모시고 가야 한다고 신전에서 아카데미로 직접 가기로 했대."

"그랬구나. 그래도 러쎌은 좋겠다, 아버지가 입학식에 오셔서……"

대꾸를 하는 니오브의 음성에는 쓸쓸함이 묻어 있었다. 잠시 그런 니오브의 모습을 바라보던 카렌은 그녀를 위로하려다가 곧 자신의 처지를 떠올리고는 갑자기 긴장하기 시작했다. 지금까지 잊고 있었는데 오늘이 아카데미의 입학식이니 가출한 자신을 찾기 위해 아버지는 물론이고, 빌리스턴과 아버지의 명령을 받은 화이트 라이온 기사단의 기사들 역시 입학식장에 나타나 자신을 찾을 것이 분명하기 때문이었다.

혹시 빨리 간다면 그들의 시선을 피해 식장 안으로 들어갈 수도 있을지 모른다는 생각이 들자 카렌은 지체없이 자리에서 일어났다. 니오브가 영문을 모르겠다는 얼굴로 자신을 쳐다보자 카렌은 서둘러 변명을 늘어놓았다.

"나 먼저 아카데미로 가봐야 할 것 같아. 아버지가 혹시 입학식에 참석할지 모른다고 하셨거든."

"그래? 그래도 아침은 먹어야지."

"아니야, 그렇게 배고프지는 않아. 배가 고프면 나중에 입학식이 끝난 다음에 사 먹지 뭐. 그럼 나 먼저 갈 테니까 센드럭 형에게는 네가 말 좀 잘해줘."

카렌은 니오브가 뭐라고 할 틈도 없이 빠르게 식당을 빠져나갔다. 니오브는 그런 카렌의 행동을 그저 멍하니 보고 있을 뿐이었다.

식당을 빠져나온 카렌은 제국 아카데미를 향해 거의 달리다시피 걸음을 옮겼다. 그러면서도 주위를 살피는 것을 잊지 않았다. 조마조마한 심정으로 아카데미를 향해 달려가던 카렌은 정문에 도착할 때까지 아무도 발견하지 못하자 그제야 마음을 놓을 수 있었다.

아카데미의 정문은 신입생들과 그들을 따라온 부모와 입학을 축하하기 위해 모인 축하객들, 그리고 갖가지 기념품과 물건들을 파는 잡상인들로 넘쳐 나고 있었다. 재빨리 그들 사이로 몸을 감춘 카렌은 주위를 살피면서 천천히 전진해 마침내 입학식이 열리는 연병장에 도착할 수 있었다.

제국 아카데미에 소속된 병사들이 연신 고함을 지르며 신입생들의 줄을 세우려 했지만 만 명이 넘는 신입생들을 통제하기엔 역부족이 아닐 수 없었다.

매직 칼리지가 이렇게 소란스러운 반면 반대편에 위치한 귀족가의 자식들이 입학하는 노블 칼리지는 조용하기만 했다. 입학을 하는 신입생이 100명도 안 되는 탓도 있지만 입학식에 대해 사전에 충분히 숙지하고 있었기 때문이다.

정해진 시간에 입학식이 열리지 못할 것이란 생각에 카렌은 입학식이 열리는 곳의 연병장이 한눈에 내려다보이는 건물의 지붕 위로 사람들의 눈을 피해 올라갔다.

따스한 햇살이 내리쬐는 오늘은 그야말로 입학식을 치르며 보내기엔 너무나도 아까운 날이었다. 지붕 위에 있던 카렌은 햇살을 한껏 즐기며 드디어 자신이 제국 아카데미에 입학하는구나 하는 생각이 들자 갑자기 쓸쓸한 생각이 들었다.

지금껏 단 한 번도 부모 곁을 떠나 생활해 본 적이 없었다. 물론 부모보다는 할아버지 부부인 자렌토와 마리안느하고 보낸 시간이 많았지만, 그래도 지금까지 누군가의 보살핌을 항상 받아왔었는데 지금부터는 혼자서 모든 일을 결정하고, 또 목표를 향해 노력하는 생활을 해야만 하는 것이다. 과연 자신이 잘할 수 있을까 하는 생각이 들었지만 닥치면 어떻게든 될 것이란 생각에 금방 낙천적인 표정을 지을 수 있었다.

잠시 아래쪽을 내려다보니 아직까지 신입생들이 완전히 모이지 않았는지 병사들과 축하객들의 실랑이가 벌어지는 곳이 여러 곳에서 보였다. 무료하게 시간을 보내던 카렌은 이럴 바에야 명상이나 하자는 생각에 가부좌를 튼 채 눈을 감았다. 그리고는 천천히 호흡을 가다듬기 시작했다.

붉은 머리를 한 중년 사내 한 명이 창가에서 뒷짐을 진 채 연병장을 바라보며 서 있었고, 조금 떨어진 곳에는 머리가 훌렁 벗겨진 장년인 하나가 연신 손바닥을 비비며 긴장을 풀지 못하고 있었다. 또 근처에 있는 소파에는 화사한 여행복을 입은 30대 중년의 여인이 걱정스러운 표정으로 앉아 있었다.

이곳은 제국 아카데미의 운영을 책임지고 있는 원장의 방이었다. 하지만 대머리 원장은 갑자기 방문한 중년 부부 때문에 자리에 앉기는커녕 지금 제대로 숨조차 쉬기 힘들 지경이었다. 원장실을 방문한 사람들이 다름 아닌 트레슈나 제국의 영웅인 싸일렉스 공작 부부였기 때문이다.

"공작 전하, 자리에 앉아서 기다리심이……."

"난 괜찮소."

'제가 안 괜찮단 말입니다. 빌어먹을, 이 자식들은 왜 아직도 안 나타는 거야?'

데미안의 담담한 대꾸에 대머리 원장은 연신 굽실거리면서도 벌써 소식을 가지고 와야 할 부하 직원들이 좀처럼 나타나지 않자 등에서 식은땀이 흘러내리는 것을 느끼며 어쩔 줄 몰라 했다.

똑똑똑.

"원장님, 파이야 드 슬렉슨 백작님께서 오셨습니다."

"어서 안으로 모시게."

원장실의 문이 열고 안으로 들어서던 파이야는 자신을 보고 반색하는 원장의 모습을 보고는 쓴웃음을 짓지 않을 수 없었다. 그가 무엇 때문에 저렇게 전전긍긍하고 있는지 그 이유를 너무나도 잘 알고 있었기 때문이다.

"찾았나?"

"아직 찾는 중입니다. 죄송합니다, 공작 전하. 알아본 바로는 아직까지 노블 칼리지에 등록하지 않은 것 같습니다."

"흐음."

긴 한숨을 내쉬던 데미안은 갑자기 고개를 들어 주위를 두리번거리기 시작했다. 파이야의 대답에 실망감을 감추지 못하던 데보라는 데미안이 갑자기 주위를 살피자 의아함을 감추지 못했다.

“왜 그래?”

“근처에서 녀석의 마나가 느껴져.”

“그래? 어디야? 어딘데?”

“뷰 마나 포스!”

비정상적으로 마나가 모여 있는 곳을 찾기 위해 시동어를 외친 데미안은 주위를 살펴보다가 곧 한곳을 뚫어져라 쳐다봤다. 그리고는 피식 미소를 지었다.

“후후후, 어디 있나 했더니 기껏 숨은 곳이 지붕이냐?”

“지붕이라니?”

“보이지는 않지만 바로 지금 저쪽 지붕 위에서 그 녀석의 마나가 느껴져.”

데미안이 손으로 가리킨 곳을 쳐다보던 데보라는 카렌의 모습을 발견할 수 없자 당장 조바심을 드러냈다.

“카렌이 왜 노블 칼리지가 아닌 여기 매직 칼리지에 있는 거지? 하여튼 내가 카렌에게 가볼 테니까 데미안은 여기 있어줘.”

“같이 가는 것이 어때?”

“아니야. 카렌이 무슨 이유로 또다시 가출을 한 것인지, 또 왜 이곳 매직 칼리지에 숨어 있는 건지 오늘은 꼭 물어봐야겠어.”

데미안이 미처 대답도 하기 전 데보라는 원장실을 빠져나갔다. 그 모습에 가볍게 한숨을 내쉬던 데미안은 자신을 바라보고 있는 파이야를 쳐다봤다.

“빌리스턴님은?”

“아마 카렌님을 찾기 위해 근처를 돌아다니고 있을 겁니다.”

“으음~ 카렌을 찾았다고 알려 드리고, 이곳으로 모시고 오겠나?”

"알겠습니다, 공작 전하."

대답을 한 파이야는 원장실을 빠져나갔고, 데미안은 다시 뒷짐을 진 채 연병장에 모여들고 있는 신입생들의 모습을 내려다보았다.

명상(운기행공)에 열중하고 있던 카렌은 뭔가 친숙한 느낌을 가진 무엇인가가 자신을 향해 빠르게 다가오는 것을 느끼고는 서둘러 명상을 끝냈다. 눈을 떴을 때 카렌이 제일 먼저 발견한 것은 작고 예쁜 가죽 부츠였다.

설마 하는 생각에 고개를 들었을 때 표현하기 힘든 표정을 짓고 있는 데보라의 모습이 보였다. 그녀를 발견하자마자 도망쳐야겠다고 생각을 했지만 금방이라도 울음을 터뜨릴 듯 눈물이 글썽한 그녀의 눈을 발견하는 순간 카렌은 전신의 힘이 쭉 빠지는 것을 느끼며 그 자리에서 꼼짝도 할 수 없었다.

한동안 카렌을 쳐다보던 데보라는 아무 말 없이 카렌 곁에 앉았다. 무거운 침묵이 한동안 그들 모자 사이를 짓누르다가 슬그머니 사라졌다.

"카렌, 엄마가 그렇게 싫니?"

"예? 아, 아니에요. 그럴 리가 있겠어요?"

"그럼 왜 자꾸 가출을 하는 거니? 엄마와 함께 있기 싫어서 그런 것 아니야?"

"그, 그건……."

데보라의 말에 카렌은 대답이 궁해졌다. 다시 침묵이 두 사람의 입을 가로막았다. 카렌의 입이 열린 것은 한참의 시간이 지난 후였다.

"그냥… 넓은 곳을 보고 싶었어요. 세상에는 제가 모르는 곳도, 또 모르는 사람들도 너무나 많잖아요. 전 그곳에 가고 싶고, 또 그 사람들을 만나보고 싶어요."

"그럼 왜 노블 칼리지가 아닌 이곳에 있는 거지? 설마 매직 칼리지에 입학하려는 거니?"

"엄마도 제가 귀족가의 자식이니까 꼭 노블 칼리지에 입학해야 한다고 생각해요?"

카렌의 반문에 데보라는 카렌의 얼굴을 빤히 처다보았다. 그리고는 카렌의 뺨을 사랑스러운 손길로 조심스럽게 쓰다듬었다.

"알고 있는지 모르겠지만 나도 트레슈나 제국의 입장에서 보자면 평민이란다. 그런 내가 노블 칼리지를 꼭 고집할 리가 있겠니? 다만 네가 왜 노블 칼리지를 지원하지 않고 매직 칼리지를 지원했는지 그 이유를 알고 싶기 때문에 묻는 거란다."

"어차피 검술은 아버지에게 배운 것으로 충분하다고 생각해요. 엄마도 알고 있지만 우리 제국에서 아버지보다 검술이 뛰어난 사람은 없잖아요. 해서 다른 것을 배우고 싶어서 매직 칼리지에 온 거예요."

"다른 것? 무엇을 배우겠다는 거니?"

"전 정령술을 배우고 싶어요."

"정령술?"

"예. 전 이곳에서 꼭 정령술을 배울 거예요."

"그럼 노블 칼리지에서 정령술을 배우면 안 되는 거니?"

"노블 칼리지에서도 배울 수는 있을지 모르지만 정령학과가 있는 매직 칼리지에서 배우는 것이 더 좋을 것 같아서 노블 칼리지로 왔어요. 그리고 용병들이 배우는 검술이 어떤 지 궁금하기도 하고…… 그리고 가능하다면 검술에 정령술을 접목시키고 싶어요, 꼭."

　단단히 결심한 듯한 카렌의 대답에 데보라는 곰곰이 뭔가를 생각하
더니 다시 그의 얼굴을 쳐다보았다.

“그렇게 결심한 이유가 아버지 때문이니?”

“예?”

　설마 데보라가 자신의 내심을 짐작할 줄은 몰랐기 때문에 카렌은 깜
짝 놀란 얼굴을 전혀 숨길 수 없었다.

“역시 그랬구나. 하지만 네 나이 때의 아버지보다 네가 훨씬 강한데
왜 그렇게 조바심을 내는지 엄마는 이해가 안 되는구나. 물론 너도 너
나름대로의 이유가 있기 때문에 아버지만큼 강해지려는 것이겠지. 알
고 있는지 모르겠지만 아버지는 목숨을 건 수많은 싸움을 경험했기 때
문에 오늘날의 실력을 가지게 된 것이란다. 앞으로 너도 많은 경험을
하게 된다면 네 아버지만큼 강해질 수 있으니 너무 조급하게 생각하지
는 말았으면 좋겠구나.”

‘하지만 엄마, 난 아버지보다 더 강해지는 것을 원하는 것이 아니라
당장 아버지와 대등하게 대결을 하고 싶단 말이에요. 아버지가 결코
저를 봐주면서 싸우지 않아도 될 만큼의 실력을 가지고 싶을 뿐이에요.
그러려고 일부러 매직 칼리지에 온 것이고요. 게다가 이젠 방법까지
알았기 때문에 제가 얼마나 빨리 강해지느냐가 문제일 뿐이에요.’

　카렌의 얼굴이 굳어 있는 것을 보고 데보라는 위로의 말을 건네려고
하다가 곧 그만두었다. 자신의 아들이긴 하지만 여자인 자신으로서는
모르는 남자들만의 세계가 있다는 느낌이 들었기 때문이다.

“그럼 내가 도와줄 일은 없니?”

“에이~ 전 벌써 열다섯 살이라고요. 더 이상 애가 아니란 말이에
요.”

카렌의 대답에 데보라는 어이가 없었지만 그렇다고 카렌을 나무라지는 않았다. 하지만 확실히 네로브를 키울 때와는 판이하게 다르다는 것을 데보라는 느꼈다.

"알았다. 아버지에게는 내가 이야기를 할 테니 걱정하지 말아라. 대신 할아버지나 아버지에게 절대 불명예를 안겨 드려선 안 된다. 누가 뭐라고 해도 넌 대륙의 영웅이신 아버지의 아들이니까. 알겠니?"

'이젠 엄마마저 그런 말씀을 하시나요? 왜 나를 영웅인 데미안 싸일렉스의 아들이 아닌 카브렌시스 그 자체로 보아주지 않는 거죠? 왜 자꾸 나에게서 아버지의 흔적을 찾으려고 하느냔 말이에요?'

카렌이 어두운 표정으로 대답을 하지 않자 고개를 돌렸던 데보라는 카렌의 얼굴에 그림자가 드리워진 것을 발견하고는 가슴이 철렁 내려앉았다.

"엄마, 갈게요. 나중에 봐요."

그 말만을 남기고 카렌은 힘없이 그 자리를 떠났다.

데보라는 손을 들어 카렌을 부르려다가 결국 아무 말도 하지 못한 채 그대로 카렌을 보내고야 말았다. 카렌에게 한 말을 다시 한 번 되새겨 보았지만 도대체 무슨 말이 아들을 괴롭게 만든 것인지 알 수 없었다. 카렌을 만났지만 데보라는 만나기 전보다 오히려 더 가슴이 답답했다.

그래서인지 데보라의 발걸음 역시 힘이 하나도 없었다.

"우리 제국 아카데미는 그동안 용맹한 용병들과 유능한 관료들을 수도 없이 배출해 오랜 세월 동안 그 영광을 이어오고 있습니다. 오늘 입학한 신입생 여러분들도 선배들의 전통을 이어받아 유능한 인재들로 거듭나기 바랍니다. 오늘 뽑힌 신입생의 수는 만 명입니다. 이렇게 많은 수의 신입생을 뽑은 이유는 보다 많은 학생들에게 기회를 주기 위함이며, 기본 교육 기간 동안 성적이 우수한 신입생들은 우선적으로 선발하여 집중적으로 교육을 받게 될 것입니다. 부디 기본 교육 기간을 충실히 이수해 입학한 신입생 모두가 제국 아카데미에 남을 수 있게 되기를 바랍니다. 신입생 여러분의 입학을 다시 한 번 축하하며 모두 제국을 빛내는 인물이 될 수 있기를 진심으로 바랍니다.”

짧지 않은 아카데미 원장의 말이 끝나자 따분해하던 아이들의 얼굴이 비로소 밝아지기 시작했다.

원장이 단장에서 내려오자 검은색의 하드 레더를 걸친 험상궂은 인상의 중년 사내가 단상 위로 올라갔다. 사내의 인상이 워낙 무시무시한 탓인지 원장이 말이 끝난 후 시작된 아이들의 웅성거림이 순식간에 사라졌다.

“기본 교육 기간은 3개월 동안이며, 정상 수업은 내일부터 시작된다. 각자 자신이 앞으로 공부하게 될 교실을 확인한 후 인솔 교관에게 자신에게 할당된 기숙사를 확인하도록. 모두 신속하게 해산하도록 해라. 해산!”

마지막 말은 그야말로 맹수가 으르렁거리는 듯 살벌했다. 그 모습에 겁을 먹었는지 신입생들은 조금 전 자신들을 인솔했던 교관들에게 자신의 교실과 기숙사를 확인하고는 황급하게 연병장을 떠났다. 그런 아이들 사이에는 카렌과 니오브, 그리고 러쎌도 섞여 있었다.

“용병 훈련장이 이곳인 것은 알겠는데, 왜 교실까지 확인하라는 거지?”

“그걸 몰라서 묻는 거야?”

"그럼 넌 뭘 알고 있는 것이 있어?"

니오브의 질문에 카렌은 한심하다는 듯 그녀의 얼굴을 쳐다보았다.

"당연하지. 그저 무식하게 싸움만 할 줄 아는 용병은 누구든 될 수 있어. 게다가 이곳이 아닌 어느 곳에서든 적당한 검술만 배운다면 용병이 될 수 있고 말이야. 이곳 제국 아카데미가 교육 과정이 유명한 이유는 체계적으로 용병 생활을 하는 데 필요한 모두 제반 지식을 배울 수 있다는 점이지. 검술은 물론 독도법, 응급처지, 각종 무기 활용법, 지형 분석법, 추적법, 도주법, 각종 상황에 대한 대응 방법, 길드 설립 및 운영 방법 등등 5년 동안 배워야 할 것이 한두 가진 줄 알아? 여러 가지 훈련이 필요한 것도 사실이지만 배워야 할 지식도 하나둘이 아니야."

카렌의 장황한 설명에 니오브는 고개를 끄덕였지만 러셀의 얼굴에는 걱정이 가득했다. 지금껏 아버지를 따라다니느라 공부는커녕 글조차 배우지 못했기에 전혀 읽고 쓸 줄 몰랐기 때문이다. 물론 제국에서는 아주 적은 수업료만 받고 글을 가르쳤지만 집조차 없어 제국 내를 떠돌아다니며 지내는 유랑민의 수도 적지 않았기 때문에 러셀처럼 글을 모르는 사람들의 수도 적지 않았다.

카렌들이 수업을 받게 될 교실은 가장 큰 건물의 5층에 위치하고 있었다.

반원형의 아래쪽으로 비스듬한 경사면에 작은 책상과 의자들이 배치된 교실은 카렌을 압도할 만큼 엄청나게 컸다. 비록 책상과 의자, 그리고 칠판이 새것은 아니었지만 깨끗하게 청소가 되어 있었다. 최소 500명 정도 되는 학생들이 동시에 수업을 받을 만큼 커다란 교실에서 자신들이 수업을 받게 될 것이란 생각이 들자 심장이 두근거리는 것이 카렌은 흥분을 감출 수 없었다.

"와~ 우리가 배울 교실이 여기란 말이야?"

"그래. 정말 크지?"

"세상에~ 이렇게 큰 교실이 있을 거라고는 난 생각도 못해 봤어!"

"나, 나도……."

니오브의 탄성에 러셀도 열심히 고개를 끄덕였다.

"어이, 촌놈들!"

뒤쪽에서 들린 누군가의 음성에 고개를 돌려 보니 면접을 볼 때 자신과 싸울 뻔했던 성질 더러운 소년 카약스가 서너 명의 친구들과 함께 서 있었다.

"교실만 보고도 계집애들마냥 꺅꺅 소리나 지르다니. 넌 여기가 놀이터인 줄 아는 모양이구나, 꼬마야."

카렌의 약을 올리려는 듯 일부러 '꼬마' 라는 말에 힘을 주어 말하는 카약스의 행동에 카렌은 화를 내려다가 애써 참았다. 하지만 그런 카렌의 행동을 겁을 먹었기 때문이라고 생각했는지 카약스는 카렌을 놀리기를 멈추지 않았다.

"호호호, 그땐 겁없이 까불더니 이젠 겁이 나는 모양이지? 어디, 그때처럼 다시 한 번 까불어보지 그래."

"저 꼬마야, 너한테 시비를 걸었다는 꼬마가?"

"그래."

"저 꼬맹이가 죽으려고 발악을 하는구나, 발악을 해."

"아니지, 아직 저렇게 팔팔한 것을 보면 카약스가 꽤나 참은 모양인데?"

"그게 아니야. 앞으로 5년 동안 지긋지긋할 정도로 괴롭히려고 그냥 뇌둔 거니까 내 허락 없이 건드릴 생각 하지 마. 나만 보면 설설 기도록 내가 만들어줄 거니까."

"에구~ 꼬마야, 불쌍하게 됐구나. 이 녀석이 생긴 건 이렇게 멀쩡하게 생겼어도 사람 괴롭히기엔 아주 도가 튼 놈이거든. 너 앞으로 어떻게 살래? 불쌍해라."

"어쩌긴 뭘 어째. 그냥 모든 걸 그만두고 여길 떠나면 되지."

"하긴 그 방법도 있겠다."

"카, 카렌을 괴, 괴롭히는 놈들은 내, 내가 그냥 두, 두지 않을 테다."

러쎌이 한 발 앞으로 나서며 카렌의 앞을 가로막았지만, 오히려 그 자신이 놀림감이 되었을 뿐이다.

"뭐야, 저 어벙한 놈은?"

"그러게나 말이야. 아카데미에서 이젠 말도 제대로 못하는 녀석들까지 받아주는 모양이군. 하여튼 재수없어."

"계집애에 꼬맹이, 말도 제대로 못하는 멍청이라… 아주 골고루 모이셨군."

"하하하, 아카데미 생활이 정말 재미있겠어."

"헤헤헤."

소년들은 갖가지 웃음을 터뜨리며 사라졌고, 커다란 주먹을 움켜쥔 채 부들거리는 러쎌의 눈에서는 살의에 가까운 적의가 드러나 있었다.

"러쎌, 일단은 참아. 언젠가 내가 따끔한 맛을 보여줄 테니까."

"그, 그게 아니라……."

"저 녀석들은 대체 뭐야? 그리고 왜 우리에게 괜한 트집을 잡는 거지?"

“야, 약한 사람을 괴, 괴롭히는 것은 나, 나쁜 짓이야.”

“맞아, 러셀. 우리를 우습게 여기다가 언젠가는 큰코다치게 될 거야. 언젠가는 말이야. 니오브, 내가 반드시 약속할게.”

카렌의 말에 니오브는 고개를 끄덕였지만 러셀은 자신이 반드시 복수를 하겠다고 결심을 했다.

기숙사로 간 카렌과 두 아이는 자신들의 방을 확인했다.

그들이 앞으로 지내게 될 기숙사의 규모는 그야말로 어마어마했다.

8층 규모의 옆으로 길게 지어진 건물에는 만 명 가까운 수의 학생들이 지내게 되는데, 그런 건물은 모두 다섯 동이나 되었다. 물론 그렇다고 만 명이나 되는 신입생들이 모두 상급반으로 진학하는 것은 아니다.

지내다 보면 힘든 훈련을 견디지 못하고 스스로 포기하는 신입생들도 생기고, 또 몇 번의 유급으로 퇴학 처분을 받는 학생들도 생겨나게 된다. 또 교칙을 어겨 쫓겨나는 신입생의 수도 적지 않았다. 게다가 제국에서 입학생들의 학비 중 일부를 지원하는 탓에 기숙사에서 학생들이 엄수해야 할 규칙들은 지독하다는 말이 나올 만큼 엄격하기 이를 데 없었다.

때문에 해마다 규칙을 위반하는 학생들은 생겨날 수밖에 없고, 몇 번의 경고가 누적된 학생들은 그 즉시 퇴학 처분을 받게 된다. 퇴학생들에게는 제국 아카데미에 재입학할 수 있는 자격이 박탈된다. 그럼에도 불구하고 해마다 상당한 숫자의 퇴학생들이 생기게 되는데, 가장 큰 퇴학 이유는 집단 패싸움 때문이었다.

그렇게 갖가지 이유를 들어 싸우다 퇴학당하는 학생들의 수가 해가 지나도 전혀 줄어들지 않자 아카데미 운영진은 해결책 마련에 골머리를 앓지 않을 수 없었다. 해서 궁여지책으로 마련한 것이 매직 아카데미의 축제였는데, 그 축제 기간 동안 평소 사이가 좋지 않던 학생들은 아카데미 측에서 마련한 경기장에서 평소 쌓였던 불만과 앙금을 풀도록 한 것이었다.

궁여지책으로 마련한 방법이지만 그 결과는 아카데미 운영진도 놀랄 정도로 흡족한 결과를 보인 것이었다.

축제를 개최한 후부터 학생들 간의 패싸움도 급격히 줄어들었고, 학생끼리의 결투는 원래의 취지와는 달리 축제 기간 동안 가장 인기있는 코너로 자리잡게 되었다.

카렌과 러쎌은 다행히도 같은 방을 배정받았지만 니오브는 여자인 탓에 2층의 여성 전용 기숙사 방을 배정받았다. 아침에 다시 만나기로 약속한 후 헤어져 자신의 방이 있는 3층으로 가 방을 확인하고 보니 네 명씩 사용하게 되어 있는 모양이었다. 방문에 적혀 있는 자신의 이름을 확인한 카렌은 러쎌을 쳐다봤다.

"여긴가 봐."

방에 들어가 보니 두 소년이 방을 둘러보고 있었고, 그들을 발견한 카렌은 빙그레 미소를 지으며 먼저 인사를 했다.

"안녕, 너희도 이 방을 배정받았니?"

느닷없는 카렌의 인사에 작은 테이블에 앉아 대화를 나누고 있던 두 소년은 엉겁결에 인사를 받았다.

"으응."

"그, 그래."

"만나서 반갑다. 오늘부터 이 방에서 지내게 된 카렌이야. 그리고 이쪽은 러쎌이고."

카렌이 자신과 러쎌을 소개하자 소년들도 자신을 소개했다.

"우리도 반가워. 난 세자르라고 하고 얘는 린네라고 해."

세자르란 소년은 16, 7세 정도로 보였고, 린네라는 소년은 17, 8세 쯤으로 보였는데 카렌이 보기엔 대단한 미남(?)이었다.

잠깐 카렌이 생각하는 미남에 대해 설명을 하자면, 남자답게 생긴 얼굴에 큰 키, 근육질의 몸매를 가진 남자를 칭하는 말이었다. 그런 탓에 린네란 소년을 바라보는 카렌의 눈에는 부러움이 가득했다.

별안간 카렌이 자신을 느끼한(?) 눈으로 쳐다보는 것을 발견한 린네는 갑자기 온몸에 소름이 오싹 끼치는 것을 느껴야만 했다. 두 소년과 마주 보고 앉은 카렌은 뭐가 그렇게 좋은지 얼굴에서 미소를 지우지 않았다.

"아직 저녁 식사까지는 시간이 있으니 우리 이야기나 하자. 난 올해 열다섯이 되었고, 싸일렉스에서 용병이 되기 위해 왔어."

"나, 난 여, 열여섯이고, 모, 몬테야에서 왔어. 요, 용병이 될 거야."

"몬테야에서 왔다고? 난 후로츄에서 왔는데… 나이는 열여섯이고, 린네와는 친구야."

"나이는 열일곱이고 세자르와는 동네 친구야. 나 역시 용병이 되려고 이곳에 왔어."

"그럼 우리 방에는 용병 지원자들만 있는 거네. 잘됐다. 서로 도우면서 지내면 되겠네."

"그래. 그런데 카렌이라고 했니? 그런데 너 부모님한테 허락은 받고 온 거야?"

세자르의 질문에 카렌의 귀여운 얼굴이 사정없이 일그러졌다. 치미는 화를 억지로 눌러 참은 탓인지 카렌의 음성에는 짜증스러움이 잔뜩 묻어 있었다.

"너는 부모님한테 허락을 받지 않으면 아카데미에 오지도 못하냐? 넌 그런지 몰라도 난 아니야. 내 인생은 내가 선택하고 내가 결정하는 거야. 용병이 되는 것은 내가 원해서 선택하고 결정한 거야. 누구도 내 결정에 대해서 뭐라고 할 수 없어."

카렌의 예상 밖의 반응에 세자르는 멍한 얼굴을 하고 있었고, 다른 두 소년 역시 조금은 놀란 얼굴로 카렌을 쳐다보았다. 카렌은 자신이 순간적이지만 평정심을 잃고 친구의 말에 화를 냈다는 사실에 한숨부터 나왔다.

비록 이 선택이 자신의 결정임을 밝히기기는 했지만 그렇다고 아버지인 데미안의 의견이나 생각을 무시하거나 싫어하는 것은 절대 아니었다. 아니, 뮤란 대륙의 영웅이 자신의 아버지란 사실을 어느 누구보다 자랑스럽게 생각하고 또한 아버지를 존경해 왔다. 하지만 존경하는 것과 그 사람 앞에 당당히 서겠다는 것은 엄연하게 다른 문제였다.

아버지 앞에 당당히 서겠다는 생각 때문에 스스로 결심하고 선택한 것을 어린 치기로만 여기는 주위의 시선이 카렌은 정말 싫었다. 그래서인지 아버지가 거론되는 상황만 닥치면 평정심을 잃고 이렇게나 쉽게 흥분을 하고 분노를 터뜨리는 자신을 발견하는 카렌이었다.

어색한 표정으로 자신을 바라보는 친구들에게 카렌은 미안한 생각에 사과를 하지 않을 수 없었다. 사과를 하는 카렌의 표정도 어색하기는 마찬가지였다.

"갑자기 흥분해서 미안해. 하지만 난 반드시 강해지지 않으면 안 될 이유가 있거든. 그것도 반드시 말이야."

"강해져야만 한다고? 복수를 해야 되는데 원수가 너무 강해서 강해지기 위해 이곳으로 왔다, 설마… 이런 것은 아니겠지?"

"지금 소설 쓰냐?"

"그럼 아니야?"

"넘겨짚지 마. 그냥 당당하게 변한 내 모습을 보여주고 싶은 사람이 있기 때문이야."

카렌의 대답에 세 소년은 더욱 영문을 모르겠다는 표정을 지었다. 그도 그럴 것이 조금 전 무슨 짓을 하더라도 꼭 강해지고 싶다고 한 이유가 고작 누군가에게 당당한 모습을 보이고 싶은 것뿐이라니… 그런 카렌을 세 소년은 도저히 이해가 되지 않았다.

"그럼 너희들은 왜 용병이 되려는 거야?"

"나? 난 린네와 함께 트레져 헌터가 될 거야."

"트레져 헌터? 마법사들의 던전이나 드래곤의 레어에서 보물을 찾는 것 말이야?"

"그래. 용병 생활을 해봐야 얼마나 돈을 벌 수 있겠어? 내가 용병이 되려는 건 돈을 많이 벌고 싶기 때문이야. 고향에서 고생하시는 부모님과 형제들을 단 한 번만이라도 이름난 식당에 데리고 가서 배가 터질 정도로 마음껏 먹게 해주고 싶어. 그리고 크고 좋은 집에서 아무 걱정 없이 편히 지내게 해주고 싶어. 이게 내가 용병이 되려는 이유야."

"나도 처음엔 세자르와 같은 이유에서 용병이 되려고 했어. 하지만 지금은 아니야."

린네의 말에 세자르는 놀란 듯 그의 얼굴을 쳐다보았다.

"그런 이야기는 지금까지 한 번도 안 했었잖아."

"할 필요가 없었으니까. 돈을 벌어 가족을 편하게 지낼 수 있도록 해주고 싶은 것은 이제는 작은 목표에 불과해. 진짜 내 목표는……."

린네가 말을 하다 말고 갑자기 얼굴을 딱딱하게 굳히자 세 소년은 어리둥절한 표정을 짓지 않을 수 없었다.

"용병 가운데 누구보다 강한 용병이 되는 거야. 그래서 절대 남에게 무시당하지도 않고, 굽실거리지도 않을 만큼 강한 용병이 반드시 될 거야."

"귀족이라도 되겠다는 거야?"

"귀족? 흥! 귀족 따위는 내 쪽에서 거부할 거야. 귀족도 감히 우습게 여기지 못할 정도로 유능하고 강력한 힘을 가진 그런 용병이 되는 것이 바로 내 목표거든."

린네의 말을 듣고 있던 카렌은 왠지 그의 목표가 자신의 생각보다 더 근사하다는 생각이 들었다. 그래서일까? 그렇지 않아도 린네가 가진 몸매 때문에 그를 부러워했던 카렌은 더욱 그가 부럽다는 생각이 들었다.

"나, 나는 어, 어렸을 때부터 자, 잘하는 것이 하, 하나도 없었어. 아, 아빠가 그러는데 난 요, 용병이 되는 것이 제일 조, 좋다고 하셨어."

"그것보다 말투부터 고치는 것이 어때? 네 덩치 때문에 겁을 먹었다가도 더듬거리는 말을 들으면 배를 잡고 웃고 말걸?"

"나, 나도 고치려고 노, 노력을 해봤지만 자, 잘 안 고쳐져."

세자르의 지적에 대답을 하던 러쎌의 표정은 시무룩하기 이를 데 없었다. 러쎌을 놀려주기 위해 말을 꺼냈던 세자르는 그런 러쎌의 모습에 더 이상 그를 놀릴 수 없었다.

"내가 보기엔 네 성격이 너무 소극적인 것 같은데 말이야… 고쳐 볼 생각은 없어?"

"내, 내가 너무 소극적이라고?"

"내가 보기엔 그래. 게다가 조금 급한 것 같기도 하고 말이야. 너희들 생각은 어때?"

"나도 어디선가 들어본 적이 있는 것 같아. 소극적인데다 급한 성격을 가진 사람들이 말을 많이 더듬는다고 말이야."

"내 말이 바로 그 말이야. 그러니까 그 급한 성격만 고치면 말을 더듬는 버릇도 고칠 수 있을 거야."

"그럴까?"

세자르의 자신만만한 말에 카렌은 고개를 갸웃거리지 않을 수 없었다. 하지만 크게 걱정하지는 않았다. 세자르가 제시한 방법으로 성격을 고쳐 보고 말 더듬는 증상이 고쳐지면 다행이고, 안 되면 지금은 라페이시스의 하이 프리스트가 된 로빈 아저씨를 찾아가면 그만이다.

적어도 자신이 아는 범위 내에서 로빈이 고치지 못하는 병은 없었으니까 말이다.

걱정이 사라졌기 때문일까? 갑자기 배가 고팠다.

"얘들아, 밥 먹으러 가자!"

제5장
아카데미에서의 생활

아카데미에서의 *생활*

"기상! 기상!"

"지금 즉시 연병장에 집합한다! 즉시 침대를 정리하고 연병장으로 집합해라!"

복도를 쩌렁쩌렁하게 울리는 교관과 조교들의 고함 소리에 깜짝 놀라 잠자리에서 일어난 소년들은 채 잠이 깨지 않은 얼굴로 하나같이 어리둥절한 표정을 지었다.

"아침 집합 시간에 늦은 녀석은 무조건 감점 1점이고, 침대 정리가 안 된 녀석 역시 무조건 감점 1점이다! 누적된 감점이 50점을 넘으면 예외없이 무조건 퇴교당한다는 것을 명심하면서 지금 즉시 집합해라!"

교관의 말에 소년들은 깜짝 놀라 자리에서 일어나 침대를 대충 정리하고는 연병장을 향해 무조건 달려나갔다. 카렌이 배정받은 방도 어수선하기는 마찬가지였다.

새벽에 일어나 간단하게 몸까지 푼 카렌으로서는 급할 것이 전혀 없었다. 하지만 교관의 고함 소리에 놀라 잠에서 깬 린네와 세자르, 그리고 러셀은 잠이 덜 깼는지 무엇부터 해야 좋을지 몰라 허둥대고만 있었다.

"빨리 일어나 옷부터 입어. 침대 시트는 내가 정리할 테니까."

카렌의 말에 세 소년은 황급히 옷을 입었고, 그사이 카렌은 침대 정리를 마쳤다. 소년들이 옷을 다 입은 것을 확인한 카렌은 그들과 함께 연병장을 향해 달려갔다.

연병장에는 적지 않은 수의 소년, 소녀들이 집합해 있었지만 하나같이 얼떨떨한 표정을 감추지 못하고 있었다. 또 그들 가운데에는 아직까지 잠에서 덜 깨 연신 눈을 부비는 소년들도 상당히 많았다.

전날 보았던 험악한 인상의 교관이 교단 위에서 그 모습을 묵묵히 지켜보고 있었는데 워낙 무표정해 그가 지금 무슨 생각을 하는지 도무지 짐작을 할 수 없었다. 하지만 표정이 굳은 것을 보면 지금 상황을 별로 마음에 들지 않아 하는 것 같았다.

"거기까지!"

중년 교관의 외침이 들리자 기숙사의 문 양쪽에서 대기하고 있던 서너 명의 교관이 즉시 문을 가로막고 밖으로 나오려는 학생들을 제지하기 시작했다. 영문도 모르는 소년들과 소녀들은 교관들에 의해 연병장 한쪽에 따로 집결해야만 했다. 시간이 지나면 지날수록 연병장에 집합한 학생들보다 지각해 따로 집합한 학생들의 수가 훨씬 많아졌다.

기다려도 더 이상 나오는 학생이 없자 중년 교관이 교관들에게 지시를 내렸다.

"즉시 인원 파악을 하도록. 지각한 녀석들은 모두 감점 1점씩이다.

지금부터 구보를 실시한다. 지각하지 않은 녀석들은 연병장 세 바퀴, 지각한 녀석들은 다섯 바퀴를 뛴다. 구보 중 낙오한 녀석들은 추가로 두 바퀴를 더 뛴다. 구보를 마친 녀석들부터 여덟시까지 아침 식사를 마치도록 해라. 구보에서 늦는 녀석은 당연히 식사에서 제외한다. 여덟시 반부터 교육이 시작하니 늦지 않도록 해라. 그리고 식당에 교육 기간 동안 너희들이 반드시 지켜야 할 각종 규칙들을 자세히 설명한 규율집이 비치되어 있다. 무사히 기본 교육 기간을 통과하고 싶다면 한 번 정도는 읽어보기를 권하는 바이다. 교관과 조교의 인솔에 따라 구보를 시작한다. 실시!"

중년 교관의 지시에 우선 먼저 집합해 있던 학생들부터 교관이나 조교의 뒤를 따라 구보를 시작했고, 그 뒤를 이어 지각한 학생들이 뒤를 이어 연병장을 뛰기 시작했다. 만여 명의 신입생들이 일제히 달리는 모습은 그야말로 장관이 아닐 수 없었다. 하지만 빠른 속도로 앞서 달리는 교관이나 조교의 뒤를 제대로 쫓아가는 학생들은 그야말로 전체에 비하면 극히 일부분에 불과했다.

물론 인솔하는 교관이 달리는 속도가 워낙 빠른 탓도 있지만 훈련이라고는 거의 받아보지 못한 학생들이 훈련으로 단련된 교관의 뒤를 제대로 따라갈 수 있을 리 만무했다. 하지만 예외도 있는 법, 만여 명의 신입생 가운데 약 300여 명의 학생들은 자신의 페이스를 지키며 교관 뒤를 따라 연병장을 돌았다.

그 가운데에는 카렌과 러쎌도 끼어 있었는데, 두 사람의 달리는 속도는 시간이 지날수록 점점 느려지고 있었다. 그럴 수밖에 없는 것이 처음에 자신들의 체력만 믿고 초반 너무 속도를 낸 세자르와 린네가 마지막 바퀴를 뛸 때쯤에는 극도로 지쳐 점점 뒤로 처지기 시작했기 때문이다.

곁에서 두 사람을 응원하면서 달리던 카렌과 러셀은 서로의 체력에 은근히 놀라고 있었다. 카렌은 육중하다고 할 수 있는 러셀이 너무나도 가볍게 달리는 모습에, 러셀은 덩치도 작은 카렌이 상당히 빠른 속도로 달리면서도 땀 한 방울 흘리지 않는 모습에 놀랐다.

세자르와 린네는 쓰러질듯이 결승점에 도착해서는 그대로 그 자리에 주저앉아 터질 듯한 가슴을 억누르며 가쁜 숨을 몰아쉬었다.

그 모습을 안쓰러운 눈으로 바라보던 카렌은 고전하리라고 생각했던 러셀이 뜻밖에도 너무나 간단하게 구보를 마치자 러셀을 다시 한 번 유심히 살펴보았다.

옷 밖으로 보이는 러셀의 몸매는 갑옷을 입었다고 표현할 만큼 탄탄하고 힘을 느끼게 만드는 근육으로 뒤덮여 있었다. 보통 러셀처럼 근육질의 몸매를 가진 사람치고 잘 달리거나 빠른 몸놀림을 보이는 사람은 거의 없었다. 하지만 러셀은 어떻게 근육을 만든 것인지, 아니면 선천적으로 타고난 것인지 몸놀림마저 무척이나 가벼웠다. 그런 러셀의 몸매가 카렌으로서는 부러울 수밖에 없었다.

린네와 세자르가 겨우 숨을 골라 안정을 되찾았을 무렵 학생들을 인솔했던 교관들 가운데 한 사람이 나서며 조금은 고압적인 음성으로 지시를 내렸다.

"구보를 마친 학생들은 지금 즉시 세면을 마치고, 식당에서 식사를 하도록 해라. 교육 시간에 늦지 않도록 미리미리 준비해라. 해산!"

교관의 지시에 구보를 마친 학생들은 일제히 자신의 방을 향해 달려갔다. 카렌도 친구들과 방으로 향하면서 슬쩍 고개를 돌려 아직까지 연병장을 돌고 있는 학생들을 쳐다봤다.

비록 연병장 세 바퀴라고는 하지만 5킬로미터가 넘는 거리였기에 아직 육체적으로 단련이 안 된 학생들에게는 그야말로 지옥처럼 먼 거리가 아닐 수 없었다. 때문에 아직까지 연병장을 뛰고 있는 학생들은 거의 없었고, 걷다시피 걸음을 옮기는 학생들이 대부분이었다.

개중에는 걸음을 멈추고 헛구역질을 하는 학생들도 있었고, 구토를 하거나 아예 연병장에 드러누워 금방이라도 터질 듯 쿵쾅거리는 가슴을 달래기에 여념이 없는 학생들도 많았다. 한창 근육이 형성되는 나이 때라고는 하지만 훈련도 없이 이렇게 먼 거리를 완주할 수 있을 리 만무했다. 단련도 되지 않은 근육을 가지고 2킬로미터에 가까운 연병장을 세 바퀴 이상을 뛰었으니 저렇게 고생하는 것도 어찌 보면 당연한 일이었다. 하지만 창백한 안색으로 고통스러워하는 학생들을 보면 불쌍한 생각이 드는 것도 사실이었다.

훈련 첫날 아침부터 이렇게 심하게 구보를 시키는 것을 보면 앞으로의 교육 과정도 그리 만만하지는 않을 것이란 생각이 불현듯 들었다.

첫 번째 교육 시간.

연병장에서 교육이 시작되기를 기다리던 카렌은 무엇을 배우게 될 것인가 은근히 기대가 되었다. 물론 아버지에게서 배운 것처럼 대단한 뭔가를 배울 수 있으리란 생각은 하지 않았지만 그래도 노블 칼리지의 교육 과정에서는 배울 수 없는 뭔가를 배울 수 있을 것이라 생각하고 있었다.

카렌과 함께 연병장에서 수업이 시작되기를 기다리는 학생들의 수는 모두 400여 명, 일부는 아침에 실시했던 구보의 여파가 회복되지 않았는지 아직까지 안색이 창백했다.

오늘부터 3개월 동안은 기초 교육 기간이다. 본인이 선택한 과목과는 상관없이 공통적으로 반드시 들어야만 하는 필수 교양 과목이 대부분이었다. 제국의 역사와 기초 체력 훈련, 마법에 대한 기초적인 이해, 간단한 문학과 수학들을 배워야 한다. 물론 글을 모르는 신입생들에게는 따로 말과 글도 가르친다. 하지만 그들이 지금부터 배워야 할 과목은 말과 글을 알든 모르든 모두 배워야만 한다.

제국 아카데미를 지원한 신입생들의 절반 정도는 용병이 되기 위해, 남은 절반의 절반 정도는 마법사가 되기 위해, 그리고 그 나머지는 행정관이나 상인이 되기 위해 지원한 아이들이 대부분이었다. 물론 기본 교육 기간을 무사히 이수해 살아남아야 한다는 전제 조건이 충족되어야만 하겠지만 말이다.

카렌이 흥분된 마음을 억누르며 교관이 나타나기를 기다리고 있을 때 드디어 한 사람이 모습을 드러냈다.

나타난 사람은 도저히 무엇을 가르치는 사람인지 짐작이 되지 않았다.

무엇보다 보기 부담스러울 만큼 파도치는 살덩이가 그랬다. 그리 크지 않은 키에 금방이라도 옷을 찢고 튀어나올 듯 보이는 살집을 가진 사내는 그 피둥피둥한 살들 때문에 몇 살이나 되었는지도 짐작하기조차 하기 힘들었다. 살에 파묻힌 눈은 그야말로 새끼 손톱만했고, 코나 입도 겨우 식별될 뿐이었다.

그는 카렌을 면접했던 면접관이었다.

"하아~하아~ 여러분~ 하아~ 안녕?"

듣는 사람이 다 숨이 찰 지경이었다.

뚱보사내의 인사에 대한 학생들의 반응은 대부분 대동소이했다.

세상에, 인간이 저렇게 뚱뚱할 수가……?!

대체 얼마나 많은 음식을 먹었으면 저런 몰골이 될 수가……?!

어떤 음식을 먹으면 저렇게 될 수 있을까? 등등.

겨우 숨을 돌린 뚱보사내는 아마도 학생들을 향해 미소를 지으려고 한 모양인 것 같았다. 볼 살이 저렇게 심하게 푸들거리는 것을 보면 말이다.

“이렇게 여러분을 만나게 되어 하아~ 무척이나 반갑다. 하아~ 그리고 여러분을 진심으로 환영하는 바이다. 후우~ 나는 여러분에게 기초 체력이란 하아~ 과목을 가르칠 라사르라고 한다. 하아~ 하아~”

자신을 소개하면서도 몇 번이나 심호흡을 했는지 모를 정도였다. 더구나 겨우 이곳까지 걸어온 것만으로도 숨이 차 저리도 호흡이 가쁜 사람이 대체 누구에게 기초 체력을 가르친단 말인가? 학생들의 얼굴에는 노골적인 비웃음이 걸려 있었다.

그런 생각이 그대로 드러난 학생들의 얼굴을 미처 발견하지 못했는지 라사르의 얼굴은 표정의 변화가 전혀 없었다. 아니, 표정의 변화가 있어도 그 미세한 변화를 읽을 수 있는 능력이 신입생들에게는 없었다.

하지만 신입생들이 어찌 알겠는가? 학생들을 가르치는 교관 중 최악의 명성을 날리고 있는 교관 가운데 하나인 ‘악마 오크 라사르’ 라 불리는 이가 바로 그라는 것을 말이다.

만약 집합해 있는 사람이 신입생들이 아닌 선배들이었다면, 감히 라사르 앞에서 그를 비웃거나 이를 보이는 미친 짓을 할 사람은 단 한 사람도 없었을 것이었다.

오직 카렌만이 라사르의 겉모습과는 달리 그에게서 전해지는 팽팽한 기운을 느끼며 조금은 긴장하고 있었다. 이전 순전히 카렌의 짐작이긴 하지만 아마도 라사르는 소드 익스퍼트 상급은 훨씬 상회하지 않을까 하는 느낌이 들었다. 그리고 제국 아카데미가 어떤 곳인데 실력도 없는 비곗덩어리를 교관으로 임명하겠는가?

학생들을 둘러보던 라사르는 가장 앞쪽에 앉아 초롱초롱 눈빛을 빛내며 자신의 멋있게(?) 생긴 얼굴을 빤히 쳐다보고 있는 어린 소년의 모습을 발견하고는 뜻 모를 미소를 지었지만, 그 미소조차 살에 묻혀 보이지도 않았다.

"오늘은 이 조의 명칭과 조장을 하아~ 뽑는 것으로 수업을 대신할까 한다. 먼저 하아~ 좋은 이름이 생각난 하아~ 사람은 의견을 제시하도록. 하아~"

"그린 윙이 좋을 것 같습니다."

"아닙니다, 블러디 그리핀이 좋습니다."

"무슨 소리, 그레이 울프를 제안합니다."

"화이트 문이……."

"골드 로드가……."

학생들이 중구난방으로 떠들자 잠시 머리를 흔들던 라사르는 앞쪽에 앉아 있던 학생들에게 지시를 해 칠판을 들고 오도록 했다. 잠시 후 칠판이 오자 라사르가 다시 질문을 했다.

"글을 쓸 줄 아는 사람?"

"……."

"하아~ 이 조에는 글을 쓸 줄 아는 사람이 하아~ 아무도 없나?"

아무도 손을 들지 않자 라사르는 여전히 자신의 얼굴을 빤히 쳐다보고 있는 카렌에게 시선을 돌렸다.

"제군은 글을 쓸 줄 모르나?"

“알긴 알지만 잘 쓰지는 못합니다.”

“상관없다. 알아볼 수만 있으면 된다. 하아～ 하아～ 나와서 학생들이 방금 말한 하아～ 내용을 칠판에 적도록 해라.”

“알겠습니다.”

카렌은 어쩔 수 없이 일어나 학생들이 마구 떠들어대는 소리 가운데 일부 이름들을 칠판에 차례로 적기 시작했다. 칠판이 작은 탓도 있었지만 워낙 많은 학생들이 자신이 좋아하는 이름을 중구난방으로 외쳐댔기에 칠판은 금세 학생들이 말한 희한한 이름들로 꽉 들어찼다.

“교관님, 더 이상은 적을 공간이 없습니다.”

잠시 카렌의 필체를 바라보던 라사르는 쓴웃음을 지으며 고개를 끄덕였다. 물론 글을 안다는 것만 해도 대단한 일이긴 했지만 카렌의 필체는 그야말로 집중하며 신경을 써야만 겨우 알아볼 수 있을 정도로 악필 중의 악필이었다.

“각 이름에 대한 투표를 하겠다. 하아～ 방법은 마음에 드는 이름을 호명할 때 하아～ 손을 드는 것으로 자신의 의견을 하아～ 표시하면 된다. 앞으로 3개월 동안 하아～ 너희들은 너희가 가장 많이 손을 든 이름으로 부르게 하아～ 될 것이니 신중하게 결정을 하도록. 하아～ 먼저 그린 윙이란 이름이 마음에 하아～ 드는 사람은 손을 들어라.”

학생들 가운데 일부가 손을 들었고, 재빨리 그 수를 헤아린 카렌이 칠판의 그 이름 옆에 숫자를 적었다. 카렌의 재빠른 행동이 마음에 드는지 라사르는 흡족한 미소를 지었지만 카렌이 발견한 것은 출렁거리는 그의 살들뿐이었다.

“다음, 블러디 그리핀!”

역시 카렌이 손을 든 학생들의 수를 헤아린 후 칠판에 적고, 라사르가 다시 다음 이름을 부르는 단조로운 상황이 몇 번인가 반복되었다.

카렌이 속한 학급에도 글자를 모르는 학생들은 상당히 많았지만 숫자를 모르는 학생은 그리 많지 않았다. 잠시 후 손을 적게 든 이름을 차례로 지워 나가며 집계가 끝나자 뜻밖에도 가장 요상하고 이상한 이름 옆에 적힌 숫자가 가장 많다는 것을 모두는 확인할 수 있었다.

학생들에게 폭발적인 지지를 받은 이름은 바로 '술 취한 고블린'이었다.

다소 황당한, 게다가 용맹한 용병을 지원하려고 한 패기만만한 학생들에게는 전혀 어울리지 않는 이름을 선택한 학생들의 행동을 라사르는 그저 무심한 눈길로 바라볼 뿐이었다.

"지금부터는 비록 3개월 동안이지만 하아~ 너희들을 인솔할 조장을 선출하도록 하아~ 하겠다. 스스로 지원해도 좋고, 하아~ 아는 사람을 추천해도 좋다. 방식은 조의 하아~ 이름을 투표한 방법과 동일하다. 하아~ 시작해라."

라사르의 말에 학생들은 조금 전과 다름없이 떠들어댔고, 카렌은 외쳐 대는 소리 가운데 확인이 가능한 이름을 칠판에 써 내려갔다. 그 이름 가운데에는 카렌의 이름도 있었다. 약 50여 명의 이름이 칠판에 빼곡하게 적힌 것을 확인한 라사르는 칠판에 적힌 학생들의 이름을 차례로 호명했고, 카렌은 손을 든 학생들의 수를 확인해서는 이름 옆에 표기했다.

그런 확인 작업은 생각보다 시간이 걸려 한참 후에야 끝이 날 수 있었다.

"라메시스, 자리에서 일어나라. 하아~ 네가 오늘부터 이 '술 취한 고블린' 조의 조장이다. 하아~ 네가 할 일은 너희들을 가르칠 교관들에게 하아~ 수업하기 전 조원들의 변동 사항을 파악해 보고하는 것이다. 하아~ 또 수업 시간을 항상 확인해 하아~ 교관의 지시를 학생들에게 전달하면 된다. 하아~ 그리고 퀘헬, 샤린, 카렌, 카약스, 자리에서 일어서라. 하아~ 하아~ 너희들을 4대 부조장으로 임명한다. 너희들은 라메시스를 하아~ 도와 학생들을 통솔하도록 해라. 하아~ 각기 부조장에게 속한 인원이 100명 정도씩이 될 수 있도록 나누도록. 하아~ 하아~ 이번 수업은 이것으로 마치겠다.”

그 말을 하는데도 라사르는 몇 번이나 숨을 몰아쉰 것인지 셀 수조차 없었다. 그의 말을 듣고 있다 보면 듣는 사람까지 숨이 콱콱 막힐 지경이었다.

“전체 차렷!”

갑작스런 고함 소리에 학생들이 깜짝 놀라며 고함 소리가 들린 곳으로 고개를 돌렸다. 그곳에는 약 십칠 세 정도로 보이는 건장한 체격의 소년 한 명이 서 있었다. 적갈색의 머릿결에 각이 진 턱 선이나 큰 눈, 두툼한 입술을 보면 조금은 고집스러워 보였지만 남자답게 생긴 얼굴에 호쾌한 성격을 가진 듯 보였다. 학생들이 자신을 쳐다보고 있다는 것을 아는지 모르는지 소년은 오직 라사르만을 쳐다보고 있었다.

마침내 라사르와 눈이 마주친 라메시스는 가볍게 고개를 숙이며 인사를 했다.

“수고하셨습니다, 라사르 교관님.”

“응? 후후후.”

라메시스의 인사에 라사르는 그저 뜻 모를 미소만 짓고 있을 뿐이었다.

“다음 교육 내용과 교관은 하아~ 교관실의 수업 진행표를 보고 확인하도록."

"알겠습니다, 교관님."

묘하게 물결치는 살들의 흔들림을 타며 멀어지는 라사르의 모습을 바라보던 라메시스는 조금 전 자신과 함께 호명된 네 명의 학생을 불렀다.

"쿼헬, 샤린, 카약스, 그리고 또 한 사람은… 누구지?"

"나야, 카렌."

"알았어. 잠시 모여봐."

라메시스의 호출에 네 소년이 그의 곁으로 모였다. 소년들의 얼굴을 기억하려는 듯 찬찬히 살피던 라메시스가 먼저 손을 내밀었다.

"이렇게 만나서 반갑다. 난 라메시스다. 동부에서 용병이 되기 위해 왔다."

카렌의 눈에는 호쾌해 보이는 라메시스의 행동이 너무나 멋있어 보였다.

"난 싸일렉스에서 온 카렌이야. 만나서 반가워."

"난 남부에서 온 샤린이다. 나 역시 용병이 되기 위해 왔다."

"나도 남부에서 왔어. 쿼헬이다. 앞으로 잘 지내보자."

"난 카약스다. 북부에서 왔다. 날 우습게 여겼다간 큰코다치게 될 거다."

도발적인 카약스의 말에 소년들은 그를 쳐다봤지만, 카약스는 눈 하나 깜짝하지 않았다.

"우선 교관님의 말씀대로 먼저 학생들을 나누는 것이 좋겠다. 내가 교관실을 다녀오는 동안 먼저 너희들이 임의대로 학생들을 나눠봐. 그리고… 앞으로 잘해보자."

라메시스가 교관실로 가고 난 후 네 명의 소년들은 어떻게 조를 나눌 것인지에 대해 서로 상의를 했다. 무작위로 무조건 100명씩 조를 나누자는 의견부터, 서로 좋아하는 사람들로 구성하자는 의견까지 다양한 의견이 나왔지만 결국 결정지어진 것은 학생들 스스로 자신이 속할 조를 선택하게 하는 방법이었다.

학생들 앞으로 나선 소년은 퀘헬이었다.

열여덟 살 정도로 보이는 퀘헬은 이미 성인이라고 해도 틀린 말이 아닐 정도로 건장한 체격을 가지고 있었다. 그리 따스한 날씨가 아님에도 불구하고 그가 걸친 것은 재질을 알 수 없는 소매가 없는 가죽 조끼 하나와 역시 재질을 알 수 없는 천으로 만든 바지에 무릎까지 올라오는 가죽 부츠가 전부였다. 하지만 조끼 사이로 보이는 가슴 근육은 마치 말의 근육처럼 생동감있게 꿈틀거리고 있었다.

"주목!"

퀘헬의 큰 음성에 근처에 있던 아이들과 잡담을 나누던 학생들은 일제히 그를 바라봤다.

"조금 전 교관님에 의해 부조장으로 임명된 퀘헬이다. 원활한 수업 진행을 위해 불가피하게 너희들을 나누어야 하는데, 우리는 너희들의 의견을 최대한 존중할 생각이다. 나눠야 할 조는 네 개, 너희가 원하는 부조장이 있으면 그 부조장 앞에 서라. 하지만 어느 부조장에게 심하게 편중된다면 약간 조정할 테니 미리 양해를 구하겠다. 시간이 없으니 우선 부조장을 선택해 그 앞에 서주기 바란다."

퀘헬이 말을 마치자 네 명의 부조장들은 충분한 간격을 두고 섰고, 학생들은 각자 자신의 마음에 드는 부조장 앞에 하나둘씩 모여들기 시작했다. 한 가지 특이한 것은 부조장의 체형에 따라 모여드는 사람들이 확연하게 구별이 된다는 점이었다.

카렌의 앞에는 카렌처럼 대개 키가 작거나 왜소한 체격을 가진 소년 들이나 소녀들이 모였고, 퀘헬 앞에는 그처럼 근육질의 소년과 청년들 이 줄지어 섰다. 비교적 꽃미남인 샤린 앞에는 자신의 용모에 자신이 있는 미모의 소유자들이 모였고, 나머지 학생들은 모두 카약스 앞에 모 였다. 대략 보니 비슷한 수의 인원으로 배분이 나눠졌다.

그러는 사이 교관실로 갔던 라메시스가 돌아왔다. 그런데 무슨 일인 지 그의 얼굴 표정이 이상했다. 라메시스에게 다가가던 부조장 가운데 샤린이 그의 얼굴을 쳐다보며 질문했다.

"무슨 일인데 표정이 그래?"

"으응~ 사실은 이번 시간도 라사르 교관님의 시간이라는데……."

"그런데?"

"연병장을 뛰래."

"몇 바퀴나?"

"교육 시간이 끝날 때까지."

"뭐? 설마, 정말 오전 내내 뛰라고?"

"그래."

맥 빠진 라메시스의 대답에 부조장으로 뽑힌 소년들의 얼굴에는 하 나같이 황당하다는 표정뿐이었다. 그도 그럴 것이 이렇게 넓은 연병장 을 오전 내내 뛰라니 이건 말도 안 되는 소리였다.

"만약 제대로 뛰지 않는 학생이 나오는 조는 이유를 불문하고 부조 장을 비롯해 조원 모두 무조건 감점 5점이래."

"감점이 5점?"

놀람을 넘어선 너무나 황당한 상황에 소년들은 할 말을 잃은 채 그저 멍한 표정을 지을 수밖에 없었다. 그렇기는 카렌 역시 마찬가지였다. 너무나 황당했기 때문인지 카렌은 자신도 모르게 자신에게 배정된 학생들을 멍하니 쳐다보았다. 다른 세 개 조와 비교해 체력적인 면에서 형편없이 떨어지는 학생들이 제대로 연병장을 뛸 수 있을 리 만무했다. 그것도 오전 내내 말이다. 저절로 한숨이 나왔다.

같은 방을 쓰고 있는 세자르, 린네, 러셀은 자신들을 흘깃 보고는 계속 한숨을 내쉬는 카렌의 모습을 발견하고는 영문을 몰라 어리둥절한 표정을 감추지 못하고 있었다.

"말도 안 돼. 어떻게 연병장을 오전 내내 뛰란 말이야? 아침에 겨우 세 바퀴를 구보하는 것만 해도 거의 죽을 뻔했는데… 너희는 그게 말이 되는 소리라고 생각해?"

"그건 내가 생각하기에도 너무 무리한 지시 같은데… 너희들 생각은 어때?"

"내가 생각하기에도 무리 같아. 어떻게 오전 내내 뛰라는 거야? 이건 말도 안 돼."

소년들의 입에서는 불만이 쏟아져 나왔다. 그러는 사이 잠시 고민하던 카렌은 자신을 쳐다보고 있던 자신이 맡은 조 학생들에게 발걸음을 옮겼다. 역시 궁금증을 참지 못하던 세자르가 가장 먼저 입을 열었다.

"뭐야? 대체 무슨 일인데 부조장들 표정이 저런 거야?"

"사실은……."

카렌은 아이들에게 조금 전 자신이 라메시스에게 들었던 이야기를 해주었다. 물론 아이들도 황당해하긴 마찬가지였다.

"어차피 여기 아카데미에서는 교관의 말을 들을 수밖에 없잖아. 교관의 말이 아무리 부당하다고 해도 말이야."

"그건 린네의 말이 맞는 것 같아. 게다가 누적된 벌점이 50점을 넘으면 퇴교당한다고 교관이 아침에 그랬잖아."

세자르마저 린네의 말에 찬성을 하자 카렌은 한숨이 저절로 나왔다.

"휴우~ 그럼 어떻게 뛰면 될까? 우리 조는 다른 조에 비해 여자 아이들도 많고, 또 체력이 떨어지는 아이들도 많은 것 같은데 말이야. 걱정이야."

"여자 아이들과 체력이 떨어지는 아이들을 앞쪽에서 뛰게 하면 어떨까?"

"앞에서?"

생각지도 않았던 린네의 말에 카렌과 친구들은 그의 얼굴을 쳐다봤다.

"응. 뛰다가 체력이 떨어지면 계속해서 뒤로 처지게 되잖아. 또 그러다 보면 낙오를 하게 되고 말이야. 그러니까 체력이 약한 아이들이 앞에서 뛰고, 뒤에서 따라오는 아이들이 앞에서 뛰는 아이들에게 속도를 맞춰서 뛴다면 최소한 낙오하는 것은 어떻게든 피할 수 있을 것 같은데… 너희들 생각은 어때?"

"난 괜찮은 생각 같은데 너희들은 어떻게 생각해?"

"내가 생각하기에도 린네가 말한 방법이 제일 좋을 것 같아."

"내, 내 생각도 그, 그게 제일 좋은 바, 방법 같아."

친구들이 린네의 생각에 찬성하고 나서자 카렌은 곧 고개를 끄덕였다.

"그럼 일단 아이들에게 알려주는 것이 좋을 것 같아. 체력에 자신이 없는 사람은 앞에서 뛰라고 말이야. 누가 뭐래도 강제적인 방법은 좋지 않으니까."

카렌의 말에 고개를 끄덕인 카렌의 친구들은 군데군데 모여 있던 아이들에게 다가갔고, 곧 자신들의 생각을 설명하기 시작했다. 이야기를 들은 학생들이 하나둘씩 대열의 앞쪽에 서는 모습을 지켜보던 카렌은 가볍게 몸을 풀기 시작했다.

"지금부터 오전 내내 계속해서 연병장을 뛰어야 하니까 절대로 빨리 달리지 마. 그리고 달리기에 자신이 있는 사람은 뒤로 처지는 사람들을 도와주도록 해. 이건 단순히 혼자 달리기를 잘한다고 끝나는 문제가 아니야. 낙오하는 사람이 나오면 안 되니까 옆에서 같이 달리면서 힘들어하는 사람을 도와줬으면 좋겠어. 그럼 천천히 뛸 테니까 될 수 있으면 개인 행동은 자제해 주기 바라. 준비가 되었으면 출발!"

카렌의 외침에 4열 종대로 늘어선 학생들은 그리 빠르지 않은 속도로 달리기 시작했다.

그런 카렌 조의 모습에 다른 부조장들도 서둘러 학생들을 불러 모아 줄을 세우고는 달리기를 시작했다. 그리고 비록 얼마 후에 출발하긴 했지만 다른 조들은 얼마 지나지 않아 금방 카렌 조를 추월해 연병장을 뛰기 시작했다.

다른 조가 자신의 조를 추월하든 말든 카렌은 아이들의 달리는 속도를 조절하기에 여념이 없었다. 역시 염려대로 여자 아이들 대부분과 앞쪽에 섰던 소년들 가운데 일부의 입에서는 벌써부터 헐떡거리는 소리가 들리기 시작했다. 카렌으로서는 정말 기절하고 싶을 만큼 허약한 체력들이었다.

데미안 앞에 당당히 서기 위해 지금까지 필사적으로 노력해 온 카렌에게 이 정도 달리기쯤은 몸 풀기도 되지 않을 만큼 너무나 쉬운 일이었다. 하지만 곁에서 헉헉대고 있는 아이들을 본 이상 그냥 지나칠 수는 없는 일이었다. 물론 아이들을 도와주려는 생각도 있었지만 그 아이들로 인해 자신이 피해를 입고 싶지 않다는 생각이 더 컸기 때문이었다.

"절대 입으로 숨 쉬지 마. 금방 지쳐서 뛰기가 더 힘들어. 숨은 반드시 코로 들이키고, 뱉을 때는 입으로 뱉어. 하나둘에 숨을 들이키고, 셋넷에 숨을 내쉬어. 자아~ 하나! 둘! 셋! 넷! 하나! 둘! 셋! 넷!"

처음 카렌의 말을 들은 척도 하지 않던 아이들도 달리기가 너무나 힘들다 보니 자신도 모르게 그가 가르쳐 준 방법으로 호흡을 하기 시작했다. 물론 카렌이 가르쳐 준 방법으로 호흡을 한다고 하더라도 단번에 숨 쉬기가 편해진 것은 아니지만 그래도 생각 탓인지 조금은 힘이 덜 드는 것도 같았다.

"빨리 뛸 생각하지 말고 주위 사람들과 발을 맞추다 보면 뛰기가 더 쉬울 거야. 다시 한 번 번호에 맞춰 뛰어보자. 하나! 둘! 셋! 넷!"

다른 조와는 벌써 몇 바퀴나 차이가 났다. 하지만 카렌이나 카렌 조에 속한 아이들 가운데 그것을 부러워하는 아이들은 아무도 없었다. 다른 조에 비해 늦다고는 하지만 벌써 연병장을 세 바퀴나 뛰었다.

일부 아이들은 자신이 뛴 거리를 믿을 수 없어 했다. 동네 친구들과 놀 때 도망칠 때를 제외하고 이렇게 먼 거리를 뛰어본 적이 없는 학생들로서는 단순히 숨 쉬는 방법을 바꾼 것만으로 자신이 이렇게까지 오래 뛸 수 있다는 사실이 너무나 기뻐했다.

비록 빠른 속도는 아니었지만 일정한 속도로 꾸준히 달리기를 하던 카렌 조 소속 학생들은 30분이 지나서야 자신들 앞에서 달리던 다른 조를 추월할 수 있게 되었다. 물론 몇 바퀴 차이가 나기는 했지만 앞서 달리던 다른 조들은 초반에 너무 힘을 뺀 나머지 이젠 녹초가 되어 완전히 기진맥진해진 터라 지금은 뛰는 것이 아니라 대부분 가쁜 숨을 몰아쉬며 걷다시피 하고 있었다.

카렌 조가 비록 멈추지 않고 꾸준히 달리고 있다고는 하지만 그렇다고 여태껏 없었던 체력이 갑자기 생기는 것이 아니었다. 안색이 창백하게 변한 학생들의 수가 조금씩 늘어나더니 결국 가쁜 숨을 몰아쉬며 하나둘씩 뒤로 처지는 학생들이 늘어나기 시작했다.

"절대 숨을 몰아서 쉬지 말고 조금 전에 말한 대로 박자를 맞춰서 쉬어야만 해. 뛰지 못하겠으면 차라리 걸어. 하지만 무리를 하면 심장에 굉장한 부담이 가니까 절대 멈추지는 마. 얼마 남지 않았어. 조금만 더 힘을 내."

계속해서 대열의 선두와 후위를 오가며 달리는 대열의 구령을 붙이거나 힘들어하는 학생들에게 달리는 요령을 가르쳐 주거나 뒤로 처지려는 학생들에게 힘을 내라고 용기를 북돋워 주기 위해 쉴 새 없이 움직이는 카렌의 체력은 학생들이 보기엔 그야말로 믿을 수 없을 만큼 경이적인이었다.

더 이상 견디지 못한 카렌 조의 학생들이 마침내 지쳐서 걷고 있을 때에도 카렌은 여전히 대열의 앞뒤를 오가며 학생들을 독려하고 있었다. 그리고 그런 카렌의 모습을 바라보는 작은 눈이 있었다.

"호오~"

소파에 파묻힌 것인지, 아니면 소파가 그의 몸에 깔린 것인지 구별이 되지 않았지만 라사르의 시선은 여전히 창문 너머의 카렌에게서 떨어지지 않고 있었다.

"뭘 그렇게 보고 있나?"

말과 함께 라사르 곁에 다가온 사람은 라사르와는 다른 의미에서 보는 사람의 눈을 의심하게 만들기 충분했다. 믿어지지 않을 정도로 깡마른 사내, 더구나 광대뼈가 툭 튀어나온 얼굴은 주름이 가득한 탓에 도저히 나이를 짐작할 수 없었다.

상체를 가리고 있는 하드 레더 밑으로 움직이는 그의 팔은 나뭇가지를 연상시킬 정도로 말라 과연 그 팔로 새의 깃털이나 제대로 들 수 있을지 의문이 들 정도였다. 게다가 웬만한 아가씨보다 더 가는 허리에 매달린 롱 소드는 자신의 존재를 과시라도 하듯 힘차게 덜거덕거리고 있었다.

라사르가 바라보고 있던 곳을 바라본 깡마른 사내는 곧 호기심을 드러냈다.

"지금 몇 바퀴째지?"

"빠른 녀석들은 하아~ 열두 바퀴. 하아~ 그리고 늦은 녀석들은 하아~ 일곱 바퀴."

"호오~ 그래? 제법이군. 그보다… 대열 옆에서 알짱거리는 저 꼬맹이 녀석은 누구지?"

"몰라."

라사르의 짧은 대답에도 깡마른 사내는 아랑곳하지 않고 카렌을 쳐다보았다.

매년 신입생을 받는 아카데미로서는 3개월 동안의 신입생의 기초 교육 기간은 우수한 인재와 그렇지 않은 인재를 선별해 내는 기간이기도 하지만 신입생들의 기초적인 교육과 체력을 키워주기 위함이 원래의 목표였다. 이는 신입생들의 출발점을 비슷하게 맞춰 가진 바 재능을 마음껏 발휘할 수 있는 토대를 미련해 주고, 교관들로 하여금 재능있는 학생을 가려낼 수 있는 기회를 준 것이다.

일차로 추천권을 가진 교관들의 눈에 든다는 것은 그만큼 출셋길에 가까워진다는 것이었다. 그렇다고 체력 조건이 좋다고 무조건 교관들의 추천을 받는 것은 아니지만 체력 조건이 좋지 못한 사람보다 교관들의 관심을 우선적으로 받을 것만은 분명한 사실이었다.

"대단한 체력을 가진 녀석이군."

"그 정도가 아니야. 하아~ 내가 본 바로는 분명 이곳에 하아~ 오기 전에 이미 하아~ 혹독한 훈련을 받은 적이 있는 녀석이야. 하아~ 그것도 몇 년 동안 집중적으로 말이야."

뜻밖의 말에 깡마른 사내가 조금은 의외란 표정을 지었지만 그렇다고 라사르의 말을 의심하기 때문은 아니었다. 이미 그를 알고 지낸 지도 벌써 몇 년이 지났고, 또 그의 안목이 얼마나 정확한지 그동안의 경험을 통해 익히 잘 알고 있었기 때문이다.

"내가 보기엔 열한두 살밖에 안 돼 보이는데 몇 년 동안 집중적으로 체력 훈련을 했다? 사연이 있는 녀석인가 보군. 그렇다면 자넨 올해도 재미 좀 보겠군."

"올해 하아~ 자네에게 배정받은 녀석들에게는 하아~ 그런 녀석이 없는 모양이군, 마르스. 하아~ 하아~"

"난 전부 용병이 되려는 녀석들뿐이야. 몸이 약한 녀석들도 별로 없고 말이야."

"하아~ 두고 보면 알 일이지."

라사르의 말에 마르스는 고개를 끄덕였다. 숨어 있는 인재를 발굴하는 재미가 제법 쏠쏠하다는 것을 경험을 통해 알고 있었기 때문이다.

"올해는 그래도 용병을 지원한 녀석들이 많아 다행이군. 작년이나 재작년에는 같잖게 마법사가 되겠다고 지원하는 녀석들이 많아 골치가 아팠는데 말이야. 그렇지 않나?"

"두고 봐야지. 하아~ 용병이 되려는 녀석들이 많으면 하아~ 사고 치는 녀석들도 그만큼 늘어날 테니까 말이야. 하아~"

숨을 몰아쉬며 내뱉는 라사르의 말을 들은 마르스의 입꼬리는 사정 없이 비틀어졌다.

"크크크, 사고 치는 녀석들이 있으면 나야 고맙지. 제국 아카데미의 3대 극악 교관들 가운데 하나라고 불리는 이 마르스가 어떤 사람인지 똑똑히 가르쳐 줄 테니까 말이야. 크크크."

'흡혈 스켈레톤' 이라고 불리는 마르스는 자신이 내뱉은 말이 마음 에 드는지 입술을 혀로 핥았다.

마르스의 말을 들은 것인지 아닌지 라사르는 여전히 창밖에서 시선 을 떼지 않았다.

3개월.

짧다면 짧은 기간이고, 또 길다면 상당히 긴 시간이라고 할 수 있다.

그 기간 동안 신입생들이 한 일이라고는 하루 종일 연병장을 뛴 것 이 전부였다. 물론 그 외에 제국의 역사를 배우거나 간단한 읽기와 글 쓰기, 제국 헌법 같은 간단한 교양 과목들도 배웠지만 역시 뭐니 뭐니 해도 기초 체력 훈련이 가장 큰 비중을 차지했다.

매직 칼리지를 지원한 신입생 가운데 행정관을 목표로 하거나 마법 사를 지원한 신입생들은 용병이 되려는 신입생에 비해 상대적으로 떨 어지는 체력을 가진 자신들이 왜 용병이 되려는 신입생들과 똑같이 훈 련을 받아야 하는지 그 이유를 알지 못했기에 불만은 쌓여갈 수밖에 없었다. 하지만 부당하다고 불평 불만을 터뜨릴 때마다 그들은 더욱 혹독한 체력 훈련을 받아야만 했을 뿐이다.

또 제대로 훈련을 따라 하지 못한 신입생들에게는 그들로서는 듣도 보도 못한 괴상한 기합까지 받아야만 했다.

그동안 술 취한 고블린 조의 네 개 조 가운데 가장 많이 기합을 받은 조는 다름 아닌 카렌 조였다. 그럴 수밖에 없는 것이 몇몇을 제외하고는 다른 세 개 조에 비해 학생들의 체력도 현격하게 떨어졌고, 또 여자아이의 비율도 다른 조에 비해 월등하게 많았기 때문이다. 하지만 지난 3개월 동안 가장 비약적인 성장을 한 조를 꼽으라고 한다면 그 역시 카렌 조였다.

그렇다고 3개월 만에 근육이 우락부락해지거나 키가 확 크고 체중이 확실하게 늘어난 것은 아니지만 전반적으로 기본 체력이 늘어 지금은 다른 조와 함께 기초 체력 훈련을 할 수 있을 정도는 되었다. 그리고 그 중심에는 항상 카렌이 있었다.

그렇기에 카렌에 대한 카렌 조 학생들의 믿음이나 신임은 깊어질 수밖에 없었다. 물론 학생들 가운데에는 카렌보다 나이가 많은 학생들이 없었던 것은 아니지만 그보다 기본 체력이 뛰어나고 또한 여타 훈련에 대해 잘 알고 있는 학생은 아무도 없었다.

물론 처음부터 카렌이 아이들의 신용을 얻었던 것은 아니었다.

여자 아이들만큼이나 체격이 작고 귀엽게 생긴 카렌이 자신들 조의 조장이라는 것을 못마땅하게 생각했던 학생들이 그의 지시를 제대로 따를 리 만무했다. 하지만 계속된 체력 훈련에서 단 한 번도 지친 모습을 보이지 않았을뿐더러 오히려 녹초가 되어 쓰러져 자기 바쁜 저녁 시간에도 개인 훈련까지 하는 엽기적(?)인 모습을 보여 학생들을 질리게 만들었다.

무엇보다 학생들이 카렌을 신뢰하게 된 것은 그가 학생들을 도울 때 이유를 대지 않는다는 것이었다. 누구보다 먼저 교육 장소로 가서 체력 훈련을 하고, 가장 늦게 돌아오면서 주변을 정리했다. 잘난 척을 하지도 않았고 다른 학생들에게 부당한 지시 역시 하지 않았다.

그저 자신이 해야 될 일을 묵묵히 하는 모습에 처음 그를 불신했던 학생들도 나중에는 그를 인정하지 않을 수 없었다.

3개월 동안 고된 체력 훈련을 견디지 못해 그만둔 학생들도 적지 않았다. 처음 입학할 당시 만여 명이던 신입생의 수는 어느새 9천여 명으로 줄었다. 불과 3개월 만에 천 명이나 그만둔 것이다.

오늘은 그 지긋지긋했던 기초 교육 기간의 마지막 날.

오전 체력 훈련을 마친 신입생들은 단상 앞에 오와 열을 맞춘 채 집합해 있었고, 단상 양옆으로는 이제까지 신입생들을 혹독하게 교육시켰던 몇몇 교관들과 조교들, 그리고 지금까지 모습을 드러내지 않았던 교관들이 뒷짐을 진 채 줄지어 서 있었다.

그동안의 훈련이 헛되지 않았는지 집합한 학생들의 눈빛은 하나같이 살아 있었다. 하지만 분위기 탓에 잔뜩 긴장한 신입생들이 교관들이 만들어낸 살벌한 분위기에 억눌려 고개도 돌리지 못하고 있을 때 신입생들 앞에 서 있던 건장한 체격의 교관이 큰 소리로 외쳤다.

"전체 차렷!"

교관의 구령에 신입생들이 자세를 바로 했을 때 누군가 단상에 오르는 모습이 보였다.

머리가 훌러덩 벗겨진 장년인은 입학식 때 보았던 제국 아카데미의 원장이었고, 뒤이어 올라온 살벌한 인상의 중년인은 매일 아침 구보를 할 때 보았던 교관이었다. 하지만 그들 뒤에 서 있는 머리가 희끗희끗한 50대 중반으로 보이는 중년인은 처음 보는 사람이었다.

평범한 인상에 균형 잡힌 체격, 그리고 허리에 차고 있는 롱 소드를 보면 그 중년인도 교관들 가운데 하나로 보였다. 하지만 어디에서도 다른 교관들처럼 위압적이거나 살벌한 모습은 찾아보기 힘들었다.

"신입생 8,964명 집합 완료했습니다."

"편히 쉬십시오."

"편히 쉰 채 원장님께 주목!"

교관의 구령 소리에 신입생들은 원장을 바라봤다.

"3개월 동안의 힘든 기초 교육 기간을 무사히 마친 여러분에게 진심으로 축하를 드리는 바입니다. 내일부터는 여러분들이 배우고자 했던 과목을 5년 동안 집중적으로 교육받게 됩니다. 물론 쉽지 않겠지만 지금까지 해왔던 것처럼만 노력해 준다면 5년 후 여러분들은 각자 본인이 원하고 또 되고자 했던 모습으로 이 제국 아카데미를 떠날 수 있을 겁니다."

잠시 말을 끊은 원장은 신입생들을 한 번 훑어보고는 말을 이었다.

"노력하십시오, 여러분. 노력하는 사람만이 성공이라는 달콤한 열매의 주인이 될 수 있다는 것을 잊지 않는다면 여러분은 반드시 여러분들이 원했던 사람이 꼭 될 수 있을 겁니다. 제 인사는 이것으로 마치겠습니다."

원장은 단상에서 내려와 자신의 집무실로 향했고, 다음 나선 사람은 살벌한 인상의 중년인이었다. 원장의 모습이 완전히 사라진 것을 확인한 중년 교관은 갑자기 으스스한 표정을 지으며 신입생들을 훑어보았다. 그와 눈이 마주친 신입생들은 기가 꺾여 자신도 모르게 눈을 피했고, 고개를 숙인 신입생들의 수가 늘어날 때 중년 교관의 입이 열렸다.

"흐흐흐, 조금 전 원장님께서 말씀하신 것은 이 순간부터 모두 깨끗하게 잊어라. 관리가 되려는 놈들, 마법사가 되려는 놈들, 소설가가 되려는 놈들, 건축가가 되려는 놈들, 음악가가 되려는 놈들, 대장장이가 되려는 놈들, 그리고 마지막으로 용병이 되려는 놈들, 모레부터 올해 말까지 나에게 계속해 기초 체력 훈련을 받아야 하니 진짜 지옥이 어떤 것인지 똑똑히, 그리고 이가 갈리도록 상세하게 알려주마. 흐흐흐."

그리 크지 않은 음성이지만 그 음성을 듣지 못한 신입생은 아무도 없었다. 그리고 하나같이 몸서리를 쳤다.

"노력하는 사람만이 성공한다는 생각은 아예 머리 속에서 지워라. 남을 짓밟아야만 살아남을 수 있다면 확실하게 짓밟고, 또 남을 속여야 살아남을 수 있다면 기꺼이 남을 속여라. 그리고 남을 죽여야만 살아남을 수 있다면 망설이지 말고 잔인하게 죽여라."

상상을 초월하는 중년 교관의 말에 신입생들은 놀란 얼굴을 감추지 못했다. 세상에, 남을 짓밟고, 속이고, 죽이라니? 그것이 아무리 살아남기 위해서라도 말이다. 황당해하는 신입생들을 바라보는 중년 교관의 입가에는 여전히 비릿한 미소가 걸려 있었다.

"대신 상대를 짓밟고, 속이고, 죽이려고 한다면 들키지 않을 자신이 있는 녀석들만 그렇게 해라. 하지만 실력도 안 되면서 이 제국 아카데미 내에서 남을 짓밟고, 속이고, 죽이려 했다가 나, 클락에게 걸린 녀석은… 내가 직접 땅에 묻어주겠다. 그것도 반드시 산 채로 말이다. 흐흐흐."

정말 얼굴만큼이나 살벌한 교관의 말에 신입생들은 몸서리를 쳤다. 아무리 신입생들에게 겁을 주려 했다고는 하지만 그렇다고 산 채로 묻어버리겠다는 말을 서슴없이 하다니… 겁에 질린 신입생들을 슬쩍 훑어본 클락이 뒤로 한 걸음 물러서자 그때까지 뒤쪽에서 사람 좋은 미소를 짓고 있던 중년인이 앞으로 나서며 인사를 꺼냈다.

"여러분, 이렇게 만나서 반갑다. 나는 용병학과를 책임지고 있는 학과장인 아카힐 조단이다. 다른 학과를 지원한 신입생 여러분들은 앞으로 나를 만날 일이 그렇게 많지는 않겠지만 용병학과에 지원한 신입생들은 나를 자주 보게 될 것이다. 앞에 클락 교관이 한 말은 잊어도 좋다. 열심히 하는 사람에게는 응분의 대가를 받을 것이고, 노력하지 않은 사람은 자연스럽게 도태될 것이다. 그대들은 발전하는 사람이 될 것인가? 아니면 도태되는 사람이 될 것인가? 어떤 사람이 될지는 모두 여러분들의 선택에 달렸다. 미래는 노력하는 자 앞에만 활짝 열려 있다는 것을 잊지 말도록 해라."

부드러운 미소를 짓는 아카힐의 말에 겁을 먹고 있던 신입생들은 비로소 안도의 한숨을 쉬며 놀란 마음을 진정시킬 수 있었다. 모든 신입생들이 마음을 놓고 있을 때 카렌은 자신에게 쏠리는 눈길들을 발견하고는 조금은 불쾌한 기분이 들었다.

호기심 가득한 눈으로 자신을 보는 교관들의 시선은 이해할 수 있다고 치더라도 방금 연설을 마친 아카힐의 눈길은 마치 자신을 홀딱 벗겨놓고 샅샅이 살피는 듯 느껴져 불쾌하기 이를 데 없는 시선이었다. 그가 왜 자신을 그런 눈으로 쳐다보는 것인지 이유는 알 수 없었지만 앞으로의 생활이 그렇게 평탄치만은 않을 것 같다는 생각이 들었다.

단상 위의 인물들이 사라지자 신입생들 앞에 서 있던 교관이 돌아서서 지시를 내렸다.

"지금까지는 학과의 구분 없이 함께 기초 체력 훈련을 받았다. 하지만 내일부터는 학과별로 수업과 훈련이 이루어지니 그렇게 알도록 해

라. 우선 가장 좌측에 마법학과에 지원한 신입생들이 집합해라. 다음 행정학과, 음악학과, 역사학과, 문학부, 무기제작학과, 건축학과, 정령학과, 공병학과, 의학과, 지도제작학과, 연금학과, 전략전술학과, 외국어학과, 천문학과, 그리고 마지막으로 용병학과에 지원한 신입생들이 줄을 맞춰 집합하도록 한다. 헤쳐 모여!"

교관의 지시에 신입생들은 제법 빠르게 움직여 대열을 갖추었는데, 전체 신입생의 3분의 2 정도가 용병학과를 지원한 신입생들이었고, 나머지는 마법학과, 전략전술학과, 무기제작학과 순으로 신입생이 많았다.

신입생들이 대열을 맞춰 서자 교관이 다시 입을 열었다.

"그 자리에서 지금부터 내가 하는 말을 잘 들어라. 지난 3개월 동안 충실하게 훈련을 받은 것에 대한 포상으로 오늘부터 내일 저녁 여덟시까지 1박 2일간 자유 시간을 주겠다. 볼일이 있는 사람은 볼일을 본 후 내일 저녁까지 기숙사로 복귀해 다음날 자신의 학과에 출석할 수 있도록 해라. 단, 내일 저녁 정해진 시간까지 복귀하지 않은 학생들은 무조건 퇴학 조치를 한다는 것을 명심하도록 해라. 또 외출해서 말썽을 부리거나 싸움을 하는 등 제국 아카데미의 명예를 더럽히는 행동을 한 자 역시 퇴학 처분을 내린다는 것을 잊지 마라. 적어도 앞으로 1년 동안은 전혀 외출을 할 수 없으니 후회없이 즐거운 시간을 보내도록 해라. 해산!"

교관의 구령에도 학생들이 해산할 생각을 하지 않자 교관의 얼굴이 당장 찌푸려졌다.

"모두 외출하기 싫은가?"

"아닙니다!"

"지금부터 해산하지 않은 모든 신입생들은 외출을 포기한 것으로 간주하고……."

교관의 말이 이어지는 동안 신입생들은 허둥지둥 그 자리를 떠났다. 하지만 9천여 명에 가까운 인원이 한 번에 움직이는 것이라 머리가 어지러울 정도로 혼란스러웠고, 귀가 아플 정도로 소란스럽기 이를 데 없었다.

어찌 되었든 잠시 후 연병장에 남은 사람은 교관들뿐이었다.

아카힐 주위로 교관들이 모여들었다. 그들 가운데에는 라사르와 마르스도 섞여 있었다. 모여든 교관들 가운데 한 명이 아카힐에게 조심스럽게 질문을 했다.

"학과장님, 조금 전 누구를 그렇게 쳐다보고 있었던 겁니까?"

"아까? 아~ 조금 전에 말인가?"

"예."

교관들의 시선이 하나같이 아카힐에게로 향했다.

그도 그럴 것이 5년 전부터 세상일에 관심을 끊고 지내던 이가 바로 그였기 때문이다. 그가 아카데미 용병학과의 학과장을 맡은 지도 벌써 10년이 지났지만 무슨 이유에선지 5년 전부터는 용병학과의 학생들을 가르치는 곳에는 아예 나타나지도 않았다. 그랬던 그가 갑자기 모습을 드러낸 것만 해도 교관들의 관심을 끌기에 충분한 일인데, 더구나 어떤 소년에게 관심을 보이니 교관들이 궁금하게 생각하는 것도 바로 그 점이었다.

물론 라사르나 마르스에게 들어 관심의 대상이 누구인지는 알고 있었지만 자신들이 보기에 카렌은 그저 귀엽게 생기고, 다른 소년들보다 체력이 좋은 꼬마에 불과했다.

"호기심을 끄는 꼬마가 있어서 말이야."

"학과장님의 호기심을 끄는 꼬마가 평범할 리 없을 거란 것은 짐작이 가지만, 대체 그 꼬마의 어떤 점이 학과장님의 관심을 끈 겁니까?"

"자네들이 보기엔 그 꼬마가 어떻든가?"

"귀여운 점을 빼면 다른 신입생에 비해 별로 다를 것이 없는……."

"체력이 뛰어나기긴 하더군요. 하지만 용병학과 2, 3학년 중에는 그 꼬마보다 체력이 더 좋은 학생들도 많습니다."

"맞습니다. 그러고 보니 반사 동작이 그렇게 빠른 것도 아닌 것 같고… 대체 그 꼬마의 어떤 점을 좋게 보신 것인지 모르겠군요."

교관들의 말에 아카힐은 속으로 쓴웃음을 지을 수밖에 없었다.

설마 하니 교관이란 작자들이 이렇게까지 사람 보는 눈이 없을 줄은 상상도 못했기 때문이다. 하긴 그러는 자신도 신경 써서 카렌을 관찰하지 않았다면 카렌이 그렇게 대단한 재능을 가진 인재라는 것을 결코 알 수 없었을 것이다.

근처에 있던 라사르나 마르스가 자신의 얼굴을 보며 희미한 미소를 짓고 있는 것을 보면 아마 그들도 카렌의 재능이나 잠재력을 짐작하고 있는 모양이었다. 하긴 자신에게 카렌에 대해 먼저 이야기한 사람들도 그들이니 카렌에 대해 잘 아는 것도 이해가 되는 일이었다. 하지만 그들도 카렌에 대해 자세히 알고 있지 않은 것을 보면 카렌은 아마 소드 익스퍼트 상급이거나 그 이상의 실력을 가지고 있는 모양이었다.

자신도 거의 마스터에 준하는 실력을 가지고 있지 않았다면 아마도 알아보지 못했을 것이다. 하지만 자신은 지난 40년 동안을 검술 훈련으로 보내고서야 겨우 소드 익스퍼트 최상급에 도달할 수 있었는데 카렌은 대체 어떤 방법으로 훈련했기에 벌써 소드 익스퍼트 상급의 실력을 갖게 되었을까?

소드 마스터가 되기 위해 지난 30여 년 동안 혹독하게 수련을 계속해 왔지만 소드 마스터의 높디높은 벽에 부딪쳐 언제나 실패만 거듭한 아카힐로서는 카렌을 지켜보다 보면 언젠가는 그에게서 소드 익스퍼트 최상급을 벗어나는 단서를 찾을 수 있을지 모른다는 생각을 하지 않을 수 없었다.

'명색이 용병 교관이란 녀석들이 자신이 데리고 있는 학생 녀석의 실력조차 제대로 평가하지 못하다니……. 쯧쯧쯧, 한심하기 이를 데 없는 녀석들이군. 그건 그렇고, 앞으로가 무척이나 기대되는군.'

용병학과의 전설적인 존재이며 최악의 교관 가운데 부동의 랭킹 1위를 몇 년 동안 차지하고 있는 아카힐의 지대한 관심을 받게 된 카렌. 앞으로 아카데미에서의 생활이 그리 편치만은 않을 것임은 분명한 일이었다.

"어디로 갈 거야?"

"응? 안 들려."

"어디로 갈 거냐고!"

신입생들에게 휩쓸려 아카데미 밖으로 나온 카렌은 주위가 워낙 혼잡하고 시끄러워 세자르가 소리를 지르고서야 그가 무슨 말을 한 것인지 알 수 있었다.

"일단 내가 아는 형한테 가보려고."

"페인야드에 아는 형이 있어?"

"따라와 보면 알아."

러쎌과 세자르, 린네가 자신의 뒤를 따라오는 것을 확인한 카렌은 사람들 사이를 헤치며 식당 겸 여관 볼케이노로 향했다. 입학할 때 2, 30분밖에 안 걸리던 여관 겸 식당 볼케이노까지 가는 것이 한꺼번에 쏟아져 나온 제국 아카데미의 학생들 탓에 거의 한 시간이 지나서야 겨우 도착할 수 있었다. 하지만 그들이 도착했을 때 가게는 식사를 하기 위해 몰려든 사람들로 미어터질 지경이었다.

가게의 입구에서 들어갈 엄두를 내지 못하고 있는 네 소년 앞에 주근깨 가득한 열두세 살 정도로 보이는 소년이 다가왔다.

"어서 오세요, 손님들. 안에 자리가 있으니 어서 들어오세요."

"정말 자리가 있어?"

"예, 안쪽에 자리가 있어요. 절 따라오세요."

말을 마친 주근깨 소년은 가게 안으로 들어갔고, 카렌과 세 소년은 점원의 뒤를 따라 가게 안으로 들어섰다. 짐작한 대로 가게 안은 그야말로 발 디딜 틈을 찾아보기 힘들 정도로 사람들로 북적이고 있었다. 소년이 안내한 자리는 가게의 구석자리였고, 그 자리에는 어린 소녀 혼자 앉아 있었다.

"어? 니오브잖아?"

"역시 내 생각대로 여기로 왔구나, 카렌."

체격이 작은 카렌과 니오브가 함께 앉았고, 다른 세 소년이 앉자 크지 않은 나무 테이블은 금세 꽉 찼다. 주근깨 소년에게 음식을 주문한 카렌은 니오브에게 안부부터 물었다.

"그동안 어떻게 지냈어?"

비록 같은 매직 칼리지에 소속되어 있기는 했지만 니오브와는 입학하기 전에 만난 후로는 속한 조가 달라 만나지 못하다가 오늘에야 처음 만나게 된 것이었다.

“그냥 그렇지 뭐.”

니오브의 대답이 퉁명스러운 것이 그동안의 생활이 꽤나 불만스러운 것 같았다.

“무슨 일 있었어?”

“다른 건 다 괜찮은데, 내가 속했던 조의 조장 녀석만큼은 도저히 용서가 안 돼.”

“왜? 그 녀석이 어떻게 했는데?”

“멍청한 게 힘만 세 가지고 체력 훈련 할 때 얼마나 꼴사납게 구는 줄 알아? 게다가 내가 속한 조에는 여자애들도 많은데 도와주기는커녕 시간이 날 때마다 약하다고 비꼬면서 얼마나 약 올리는데. 앞으로는 볼일이 없겠지만 꼴 보기 싫어서 정말 죽는 줄 알았다니까.”

얼굴이 발갛게 상기된 것이 그동안 쌓인 불만이 꽤나 많았던 모양이다.

“니오브, 인사해. 이쪽은 나랑 같이 용병을 지원한 친구들이야. 이쪽은 린네, 그리고 이쪽은 세자르야.”

“안녕, 난 니오브라고 해. 정령학과를 지원했어.”

“만나서… 반가워.”

“안… 녕.”

니오브가 밝은 표정으로 인사를 하자 세자르와 린네는 조금은 당황한 얼굴로 답례를 했다. 그도 그럴 것이 지금껏 두 소년은 니오브처럼 예쁜 소녀를 만나 이야기를 해본 적이 없었기 때문이다. 때문에 조금 전 카렌이 아무렇지도 않은 듯 니오브와 이야기하자 꽤나 부러운 눈으로 카렌을 쳐다보았었다.

잠시 어색한 기운이 그들 사이에 퍼지는 동안 그들이 주문했던 음식이 나왔다.

네 소년과 한 명의 소녀는 아무런 말 없이 묵묵히 식사를 마쳤고, 잠시 후 빈 그릇을 치우기 위해 온 주근깨 소년은 그들의 테이블에 다섯 잔의 음료수를 내려놨다.

"주인 아저씨가 서비스로 드리는 거래요."

주근깨 소년의 말에 카렌과 니오브, 러셀은 고개를 끄덕이며 과일 주스를 마셨지만 린네와 세자르는 영문을 몰라 카렌과 주근깨 소년의 얼굴만 쳐다볼 뿐이었다.

"여기 주인인 센드럭 형과 잘 아는 사이야. 아까 우리가 들어오는 것을 봤나봐. 인사는 나중에 하기로 하고 우선 주스부터 마셔봐. 맛이 굉장히 좋아."

카렌의 설명을 듣고서야 두 소년은 과일 주스를 마셔보고는 감탄을 금치 못했다.

"대체 이 주스 뭐로 만든 거야? 이렇게 맛있는 과일 주스는 난생처음 마셔보는 것 같아."

"나도 이렇게 맛있는 주스는 처음 먹어봤어."

"센드럭 형은 정말 대단한 솜씨를 가진 요리사야. 나도 센드럭 형을 알기 전에는 이렇게 맛있는 음식이 있는지도 몰랐어. 휴우~ 이렇게 맛있는 음식도 이젠 1년 후에나 맛볼 수 있다니……. 정말 불공평해. 너희는 그렇게 생각하지 않냐?"

"그래. 정말 아쉬운 일이긴 하지만 어쩔 수 없잖아. 대신 아카데미를 졸업하면 얼마든지 맛볼 수 있으니 그때까지 기다려야지."

세자르의 말에 나머지 아이들은 고개를 끄덕였다.

잠시 시간이 지난 뒤 세자르가 궁금한 듯 카렌을 바라봤다.

"카렌, 아무리 생각을 해봐도 이해가 되지 않아서 묻는 건데… 너, 대체 어떻게 훈련을 했기에 그렇게 강한 거냐?"

"강해? 내가?"

이해가 되지 않는다는 듯 카렌이 어리둥절한 표정을 짓자 이번에는 린네가 입을 열었다.

"그래, 넌 우리에 비해 엄청 강해. 나도 그 부분이 이해가 되지 않아 굉장히 궁금하게 생각을 했었는데… 솔직히 지난 3개월 동안 우리 4조에서 너에게 도움을 받지 않은 사람은 러쎌밖에 없을 거야. 어떻게 그럴 수 있는지 나로서는 도저히 이해가 안 돼. 나도 체력에는 상당히 자신있었는데 너한테는 도무지 비교가 되지 않았어. 뭐, 밝히고 싶지 않다면 말하지 않아도 상관은 없지만 말이야."

린네의 말에 아이들의 자신의 얼굴만 쳐다보고 있자 카렌은 어쩔 수 없음을 깨닫고는 자신에 대해 간략하게 설명을 해주었다.

"특별할 것도 없어. 훈련은 내가 굉장히 어렸을 때부터, 그러니까 다섯 살 때부터 아버지께서 시켜서 하루도 쉬지 않고 꾸준히 해왔어. 물론 그때는 굉장히 하기 싫어했지. 그러다 어느 순간부터인지 내가 조금씩 강해지고 있다는 것을 깨닫게 됐었어. 아마 그때부터 스스로 더 열심히 훈련을 하게 되었던 것 같아. 그러다 보니 자연스럽게 목표가 생기더라고. 그게 뭐냐 하면… 결코 상대를 봐주는 것이 없는 상황에서 한 번만이라도 아버지와 당당히 대결을 해보는 거야."

말꼬리를 흐리기에 뭔가 대단한 비밀을 이야기하는 것이라 나름대로 기대를 했던 아이들은 카렌의 이어진 설명이 실망감을 감추지 못했다. 아이들의 표정이 어떻게 변하든 말든 카렌은 자신이 할 말만 했다.

"물론 내가 아버지에게 검술을 배워서 아버지와 대등하게 대결을 벌이는 것이 쉬운 일이 아니라는 것은 예전부터 알고 있었지만 설마 이렇게까지 힘들 줄은 몰랐어. 아버지와 대련을 할 때마다 깨닫는 것이지만 아버지는 영원히 무너지지 않는 철벽 같은 존재처럼 느껴졌어. 그런 일을 겪을 때마다 난 내 자신이 왜 그렇게 무능하고 무력하게만 느껴지는지 모르겠어. 휴우~ 내 능력에 대해 정말 회의감이 들어.”

카렌의 마지막 음성에 진하게 배어 있는 실망감에 세자르는 어이가 없었다.

다른 사람도 아니고 자신의 아버지에게 검술을 배워놓고 스승 같은 존재인 아버지와 당당하게 겨루지 못해 실망을 하다니… 세자르로서는 도저히 카렌을 이해할 수 없었다.

이미 오랜 시간 동안 검술을 익혀온 사람에게 검술을 배운 기간이 짧아 그 상대를 당해내지 못하는 것은 너무나도 당연한 일 아닌가? 실망할 것도, 자신의 능력에 회의를 느낄 필요도 없는 일이었다. 그렇기는 다른 사람들도 마찬가지인 모양이었다. 모두들 어리둥절한 표정을 짓고 있는 것을 보면 말이다.

물론 속마음하고는 다르게 세자르는 카렌을 위로했다.

“카렌, 물어볼 것이 있어.”

“뭔데?”

“너희 아버지께서는 그 검술을 얼마 동안 익히셨는데?”

“으음~ 내가 알기로는 거의 30년 가까이 익히셨을걸?”

카렌의 황당한 대답에 아이들은 더욱 기가 막히다는 표정을 지었다.

“그럼 너무나 당연한 일 아니야?”

“당연하다니? 뭐가?”

“네 나이가 열다섯이니까 너희 아버지께서는 네가 태어나기도 전부터 그 검술을 익히신 것이잖아. 그럼 너보다 강한 것은 너무나 당연한 일 아니야? 그런데 겨우 그런 것 때문에 그렇게 실망하고 풀이 죽는다는 것은 말이 안 되는 거라고 생각하는데… 너희들이 생각하기엔 어때?"

"그래, 나도 그건 세자르의 말이 맞다고 생각해. 너도 너희 아버지만큼 오래 검술을 익혔다면 틀림없이 너도 너희 아버지만큼 강해질 수 있을 거야. 그러니 벌써부터 그렇게 실망할 필요 없잖아. 부지런히 노력을 한다면 너도 틀림없이 네 아버지만큼 강해질 수 있을 거야."

친구들의 위로가 카렌은 고마웠지만 그렇다고 마음속 깊은 곳에 쌓여 있던 앙금은 절대 사라질 수 없는 것이었다.

열심히 노력만 하면 아버지만큼 강해질 수 있다고?

소드 그렌저인 아버지만큼?

후후후. 아마 자신은 죽을 때까지 노력해도 결코 소드 그렌저가 될 수 없을지도 모른다.

만약 데미안과의 대결에서 단 한 번 실수로라도 아버지의 옷자락에 목검이 스친 적이라도 있었다면 이렇게까지 실망하고 절망하지도 않았을 것이다. 아니, 자신과 같이 두 자루의 목검을 들고 자신을 상대해 주기를 바라지도 않았을 것이다. 그저 아버지를 대결하던 자리에서 단 한 걸음이라도 움직이게 만들 수 있다면 더 이상 바랄 것이 없었다.

한 손에 바스타드 소드만큼 큰 목검을 들고 다른 한 손은 뒷짐을 진 채 제자리에서 자신의 공격을 모조리 막아내는 데미안의 모습이 카렌으로서는 도저히 넘을 수 없는 벽처럼만 느껴졌다. 더구나 자신 정도는 공격할 생각조차 들지 않는지 지금까지의 대결에서 데미안은 두 번의 공격이 필요없다는 듯 언제나 단 한 차례의 공격밖에 하지 않았고,

자신은 언제나 그 공격에 무릎을 꿇어야만 했다. 카렌에게 있어서 데미안의 이런 행동은 마치 상대할 가치도 없다고 여기는 것 같아 번번이 자괴감을 느껴야만 했다.

비록 말로는 아버지와 대등하게 싸우고 싶다고 했지만 그것까지는 바라지도 않는다. 다만 자신과의 대결에서 아버지가 단 한 걸음이라도 움직이는 모습을 보았으면 하는 것이 현재 카렌이 가지고 있는 가장 간절한 바람이었다.

카렌의 얼굴이 여전히 밝아지지 않자 세자르가 조심스럽게 물었다.

"그런데 이건 내가 궁금해서 묻는 거거든? 너희 아버지께서 그렇게 강하서? 설마… 소드 마스터이신 것은 아니겠지?"

세자르의 돌연한 말에 다른 아이들도 호기심에 가득한 눈으로 카렌을 바라봤다.

대답하고 싶은 생각은 없었지만 아이들이 호기심을 보이자 어쩔 수 없이 대답했다.

"나도 정확하게 얼마나 강하신지는 몰라. 강하서, 그것도 대단히. 적어도 내가 아는 범위 내에서는 세상에서 가장 강하신 분이신 것 같아."

"세상에서 가장 강하다고? 하하하, 그럼 너희 아버지께서 설마 우리 뮤란 대륙의 영웅이신 데미안 폰 싸일렉스 공작 전하보다 더 강하시단 말이야? 하하하하, 하, 하, 하……."

여전히 풀어질 줄 모르는 카렌의 표정에 세자르의 웃음소리가 점점 작아졌다.

"방금 말했잖아, 적어도 내가 아는 범위 내에서는 누구보다 강하다고."

“말도 안 돼. 싸일렉스 공작 전하께서는 뮤란 대륙 최초의 소드 그 렌저란 말이야? 그런데 너희 아버지께서 어떻게 싸일렉스 공작 전하보다 강하단 말이야? 그건 말도 안 되는 소리야. 야! 린네, 넌 카렌의 말이 지금 말이 되는 소리라고 생각하냐?”

‘물론 그런 건 아니지만 경험이 모자란 어린아이인 카렌의 눈에는 자기의 아버지가 그렇게 강하다고 느낄 수도 있을지 모르지. 그렇다 해도 감히 싸일렉스 공작 전하와 비교를 하다니, 상당히 철부지군. 하긴 아직까진 어려서 그렇게 생각하는 모양이지?

“세자르, 네가 이렇게 흥분할 필요는 없잖아. 카렌이 느끼기에 그렇다는 거니까. 그리고 카렌, 방금 네가 말한 것처럼 세상에 상대가 없을 정도로 강하신 네 아버지를 이제 겨우 열다섯밖에 안 된 네가 상대한다는 것 자체가 너무나 무리한 욕심이라고 생각하지 않아? 물론 네가 열심히 노력하고 또 네 아버지처럼 오랜 시간 동안 검술 수련을 계속한다면 네 아버지만큼 강해질 수도 있겠지만, 지금 당장은 아니잖아? 그렇다고 지금처럼 무조건 실망만 하면서 자책할 일은 아니라고 생각하는데. 네 생각은 어때? 그리고 너도 강해지기 위해서 여기 아카데미까지 온 것 아니야?”

린네의 말에 카렌은 고개를 끄덕였다. 하지만 그의 얼굴은 조금도 밝아지지 않았다.

곁에서 그 모습을 지켜보던 니오브가 분위기를 바꾸려는 듯 밝은 음성으로 입을 열었다.

“언제까지 여기에 이렇게 있을 거야? 오랜만에 외출을 했고, 또 식사까지 마쳤고, 더구나 시간까지 남았으니까 그만 시내 구경 나가는 것은 어때? 여기 페인야드 근처에서 살던 아이들 말을 들어보면 페인야드에는 구경할 곳이 꽤나 많대. 그러니까 구경하러 나가자. 그럴 거지, 카렌?"

니오브의 말에 별로 내키지 않기에 거절을 하려던 카렌은 니오브의 간절한 눈빛 때문에 결국은 고개를 끄덕여야만 했다.

"그래, 바람이라도 쐬러 나가자."

아이들과 함께 가게를 빠져나가던 카렌은 주방을 향해 소리쳤다.

"센드럭 형, 잠깐 구경 좀 하고 올게요!"

"그래, 지금은 바쁘니까 저녁에 보자."

센드럭의 대답을 들으면서 카렌과 아이들은 밝은 햇살 속으로 달려 나갔다.

제6장
소년, 누나를 만나다

소년, 누나를 만나다

　힘차게 가게 밖으로 나온 아이들은 순간 걸음을 멈췄다. 구경을 하겠다고 결심을 하긴 했지만 어디로 갈 것인지 정하지를 않았기에 당연히 걸음을 멈출 수밖에 없었다.

　"왜 멈추는 거야? 저녁 시간까지는 얼마 남지 않았단 말이야. 어서 가자."

　"가는 건 좋은데 어디로 갈 거야?"

　"아무 데나 가면 되지 뭘 그렇게 까다롭게 굴어?"

　니오브의 대책없는 말에 소년들은 멍한 얼굴로 그녀의 얼굴만 쳐다보고 있었다.

　"아니, 얘들이… 내가 비록 아름답게 생긴 것은 사실이지만 그렇다고 그렇게 빤히 쳐다보면 내가 부끄럽잖아."

　예상 밖의 니오브의 말에 소년들은 머리가 아파오는 것을 느꼈다.

“야, 카렌, 쟤 원래 성격이 저래?”

“글쎄? 여태껏 나도 몇 번 못 만나봤거든. 그래서 나도 잘 몰라.”

카렌의 대답에 세자르는 믿을 수 없다는 표정으로 카렌을 쳐다보았다. 하지만 카렌은 그저 어깨를 으쓱거릴 뿐 별다른 말이 없었다.

“좋아, 이 누님께서 결정을 하도록 하지. 첫 번째 갈 곳은 제국의 아침, 두 번째는 소드 마스터의 벽, 그리고 마지막은 페인야드의 야경으로 결정하도록 하지. 어때?”

니오브의 말에 소년들은 그저 서로의 얼굴만 바라보고 있을 뿐 아무런 말도 할 수 없었다. 방금 니오브가 말한 장소들 가운데 그들이 들어본 곳은 제국의 아침이라는 장소뿐이었다. 하지만 그것도 장소에 얽힌 일화만 알 뿐 위치는 모르고 있었다.

제국의 아침이란 장소는 황태자의 선택이라고도 알려진 곳으로 생긴 지 겨우 20여 년에 불과한 곳이었다.

때는 바야흐로 20여 년 전 왕자들 간의 왕위 다툼이 극에 달했을 때였다. 더구나 둘째 왕자였던 기난 왕자의 배후에는 트레슈나 제국을 트렌실바니아 왕국으로 격하시켰던 루벤트 제국까지 자리하고 있어 그 상황의 혼란스러움이란 것은 말할 필요도 없을 정도였다. 그리고 그 사건은 데미안이라는 존재가 공식적으로 세인들에게 알려지게 된 사건이기도 했다.

전대 국왕의 장례식에서 데미안에 의해 트렌실바니아 왕국을 전복시키려는 루벤트 제국의 음모가 밝혀지고 루벤트 제국의 스파이들에게 기난 왕자는 목숨을 잃고, 제로미스 왕자는 포로로 잡히는 불행한 사태가 발생했다. 그때 제로미스 왕자는 대의를 위해 왕위 계승권을 막내

동생인 알렉스, 지금의 황제에게 그 권리와 의무를 넘겼다. 범인으로
서는 절대 불가능한 실로 용기있는 행동이요, 구국의 결단이 아닐 수
없었다.

그런 제로미스 왕자의 위대한 선택 때문인지 트렌실바니아 왕국은
결국 루벤트 제국과의 전쟁에서 승리를 거두며 과거 루벤트 제국에게
빼앗겼던 기름진 곡창 지역을 모두 되찾을 수 있었고, 트레슈나라는 제
국의 이름마저 되찾을 수 있었다.

황태자의 선택, 혹은 제국의 아침이라는 불리는 곳은 바로 황제가
거처하는 황궁의 정원에 해당되는 곳으로 페인야드의 시민, 아니, 트레
슈나 제국의 제국민들의 간절한 염원에 의해 개방된 곳이었다. 물론
황제 직속의 근위기사들의 살벌한 감시를 받아야 했지만 누구에게든
방문이 허락된 곳이었다. 단, 사전에 방문하겠다는 신청서를 쓰면 말
이다.

"거기를 방문하려면 신청서를 써야 하고, 또 허가가 떨어져야만 하
는 것 아니야?"

"쯧쯧쯧, 아무것도 모르는 녀석이 아는 척하기는……."

니오브의 핀잔에 세자르의 얼굴은 삽시간에 붉어졌다.

그냥 어디선가 그런 이야기를 들어서 말을 꺼냈을 뿐인데 설마 이렇
게 면전에 대고 핀잔을 주니 무안해서 얼굴을 들기 힘들 정도였다.

"우리가 누구야?"

"그게 무슨 말이야? 우리도 좀 알아들을 수 있도록 설명을 해줄래?"

린네의 묵직한 반문에도 아랑곳하지 않고 니오브는 말을 이었다.

"우리가 누구냐니까?"

“제국 아카데미아의 신입생.”

“맞아, 바로 그거야.”

고개를 끄덕인 니오브는 자신의 가슴을 향해 손가락을 가리켰다.

조금씩 봉긋하게 솟아오른 가슴을 손가락으로 가리키는 니오브의 행동에 네 소년은 순간적으로 얼어붙어 아무런 말도 할 수 없었다. 잠시의 시간이 지난 뒤 카렌은 무슨 의미로 니오브가 자신의 가슴을 가리켰는지 금방 이해를 할 수 있었다.

니오브가 손으로 가리킨 곳에는 제국 아카데미의 학생을 가리키는 ‘EA’ 라는 이니셜과 1학년을 가리키는 ‘Ⅰ’이라는 숫자가 검은색의 실로 아름답게 수놓여 있었다.

“그러니까 우리는 제국 아카데미의 학생이니까 특별히 신청서를 쓰지 않아도 제국의 아침이란 곳을 방문을 할 수 있다는 거야?”

“맞아, 카렌. 그런데 너 보기보다 똑똑하다. 눈치도 꽤나 빠르고 말이야.”

니오브의 뜻하지 않은 칭찬에 카렌은 기가 막혀 멍한 얼굴로 그녀의 얼굴을 바라보고 있었고, 다른 소년들은 이해가 되지 않는지 니오브의 얼굴을 쳐다보며 대답을 요구했다.

“너희들은 그런 사실도 모르고 뭐 했냐? 입학 초에 나눠준 규율집 뒤편을 보면 페인야드에서 가볼 만한 곳을 소개한 부분이 있었는데… 못 봤어?”

“그런 게 있었냐?”

세자르의 물음에 린네는 쓴웃음을 지으며 고개를 흔들었다.

교관들에게 기초 체력 훈련을 받는 것만 해도 체력의 한계를 느껴 저녁이 되면 그대로 침대에 쓰러져 기절(?)을 하는 상황인데 규율집을 볼 여유가 어디에 있단 말인가? 물론 요즘은 이전과 비교하면 그래도 나은 형편이긴 하지만 그렇다고 니오브가 말한 규율집을 보는데 시간을 투자할 신입생은 아마 단 한 명도 없을 것이다.

"쯧쯧쯧, 그러기에 어차피 매일 자는 잠인데 단 하루만이라도 투자해서 책을 좀 봐라."

묘한 뉘앙스가 담긴 니오브의 지적에 네 소년은 멍한 얼굴로 그녀의 얼굴을 쳐다보았지만 니오브는 뻔뻔하다고 할 정도로 태연했다.

"뭐 하고 있어? 여기서 시간 다 보낼 거야?"

그래도 소년들이 움직일 생각을 하지 않자 니오브는 입술을 삐죽 내밀더니 휙 소리가 들릴 정도로 몸을 돌리더니 조금의 망설임도 없이 걸음을 옮겼다.

"안 가려면 그렇게 멍청하게 서 있어. 나 혼자 갈 테니까."

돌연한 니오브의 행동에 잠시 서로의 얼굴을 쳐다보던 네 소년은 황급히 그녀의 뒤를 쫓아갔다.

"잠깐 기다려. 니오브, 거기 서 봐."

"누가 안 간다고 했어?"

"휴우~ 정말 제멋대로인 애야."

뜀박질을 한 니오브와 네 소년은 얼마 지나지 않아 황궁의 정문에 도착할 수 있었다.

20미터 가까이 치솟은 성벽은 끝도 없이 이어져 있었고, 10여 미터는 족히 되어 보이는 해자와 수면 위로 삐죽이 드러난 철침의 모습은 살벌하기 이를 데 없었다. 하지만 흰색의 돌들을 차곡차곡 쌓아 만든 성벽은 성벽 본연의 기능보다는 보는 사람으로 하여금 아름다움과 웅장함을 느끼게 만들기 충분했다.

카렌 일행 역시 성벽의 아름다움에 잠시 동안은 넋을 잃고 성벽을 바라보고 있었다.

웅장하기 이를 데 없는 성벽과 하늘 높이 솟은 망루에는 핼버드와 파이크로 무장한 병사들이 삼엄한 경계를 하고 있었다. 또 활짝 열려진 성문 좌우에는 번쩍이는 은빛 하프 플레이트 메일을 걸친 기사들이 나란히 늘어선 채 방문객들을 샅샅이 살피고 있었는데, 그들의 눈빛이 얼마나 삼엄했던지 털끝만큼의 빈틈도 허용하지 않을 것처럼 보였다. 그리고 해자 위에 놓여진 도개교 끝에는 간이 접수대가 놓여 있었는데, 접수대라고 해봐야 작은 책상과 낡은 의자, 중년의 관리와 방명록과 필기 도구가 전부였다.

허술해 보이는 간이 접수대에는 이미 많은 사람들이 관광지인 제국의 아침을 방문하기 위해 길게 줄지어 서 있었다.

카렌 일행이 간이 접수대로 다가갔을 때였다. 접수대 근처에 서서 방문객들을 주시하고 있던 멋지게 콧수염을 기른 중년인이 카렌과 아이들의 모습을 발견하고는 반색을 하며 그들을 맞이했다.

"실례합니다. 혹시 제국 아카데미의 학생들 아닌가요?"

"맞습니다."

"우선 방명록에 각자 본인의 이름을 기록해 주시겠습니까?"

중년인의 말에 아이들은 자신의 이름을 방명록에 기록했다. 그 모습을 지켜보던 중년인은 카렌이 이름을 적는 순간, 눈빛이 반짝였다가는 곧 본래의 모습을 되찾았다.

"원활한 관람을 위해 일정한 수의 방문객들이 모여야 합니다. 안쪽에 마련되어 있는 대기 장소에서 잠시 동안만 기다려 주시겠습니까?"

"아저씨는 이곳에서 방문객들을 안내해 주실 분이신가요?"

세자르의 말에 조금은 묘한 표정을 짓던 중년인은 곧 고개를 끄덕였다.

"그렇다고 볼 수 있습니다. 그보다… 카렌님, 잠시 저를 따라와 주시겠습니까?"

"예?"

중년인이 갑자기 자신의 이름을 호명하자 카렌은 어떨떨한 표정을 짓지 않을 수 없었다.

"무슨 일인지 알 수 있을까요?"

"카렌님을 만나고 싶어 하는 분이 계십니다."

"저를요?"

"그렇습니다. 저는 그분들의 명을 받고 이곳에서 카렌님을 기다리고 있었습니다."

중년인의 말에 카렌과 아이들은 도저히 이해가 안 된다는 표정을 지었다. 그도 그럴 것이 자신들이 이곳을 구경하겠다고 생각한 것이 조금 전의 일인데 자신들이 이곳에 올 줄 어떻게 알고 카렌을 기다렸다는 것인지 도무지 이해가 되지 않았다.

"제가 아는 분이신가요?"

"가보시면 알게 될 겁니다."

구렁이 담 넘어가듯 은근슬쩍 정확한 대답을 피하는 중년인의 태도에 카렌은 대체 누가 자신을 찾는 것인지 더욱 궁금하지 않을 수 없었다. 하지만 카렌의 궁금함보다는 아이들의 궁금함이 몇 배는 더했다. 황궁에서 평민에 불과한 카렌을 찾는 사람이라… 아무리 생각을 해봐도 누구인지 짐작이 되지 않았다.

"아마 그분들을 뵈면 상당히 반가우실 겁니다. 그리고 그분들을 기다리게 하는 것은 예의가 아니니 어서 저를 따라오십시오."

중년인은 그 말을 마지막으로 걸음을 옮기고 있었는데, 카렌이 자신을 쫓아올 것을 조금도 의심하지 않는 듯한 태도였다. 잠시 망설이던 카렌은 어쩔 수 없이 그의 뒤를 쫓아가야만 했다.

"너희들은 다른 곳도 구경을 하고 가. 난 여기에서 아카데미로 바로 갈게."

점점 멀어지는 카렌의 뒷모습을 조금은 걱정스러운 시선으로 바라보던 니오브가 작은 음성으로 중얼거렸다.

"나쁜 일이 아니어야 할 텐데……."

중년인의 뒤를 쫓아가던 카렌은 중년인이 황제가 거주하는 본궁으로 가는 것이 아니라 황후를 위해 특별히 지었다는 별궁으로 향하는 것을 깨닫고는 고개를 갸웃거렸다.

"혹시 저를 기다리시는 분이 별궁에 계시나요?"

"그렇습니다, 카렌님."

자신에게 꼬박꼬박 존댓말을 하는 중년인의 너무나도 정중하고 깍듯한 태도에 카렌은 거북스러움을 느끼지 않을 수 없었다.

"말씀을 놓으세요. 저는 그저 별 볼일 없는……."

"제가 어떻게 싸일렉스 공작가의 다음 주인이 되실 소공자께 감히 말을 놓을 수 있겠습니까? 그건 말도 안 되는 소립니다."

너무나 태연한 중년인의 대꾸에 카렌은 너무나 놀라 자신도 모르게 걸음을 멈췄다. 카렌이 멈추자 중년인 역시 멈춰 서서는 카렌이 다시 움직이기를 기다렸다.

"제가 싸일렉스 공작가 출신이라는 것은 어떻게 아셨죠?"

“카렌님께서 기억하고 계실지 모르겠지만 카렌님께서 황궁을 찾으실 때 싸일렉스 공작 전하와 카렌님의 안내를 맡았던 사람이 바로 저였습니다. 비록 자주 찾으신 것은 아니지만 제가 어떻게 카렌님의 얼굴을 기억하지 못할 수 있겠습니까?”

중년인의 설명을 듣고 있던 카렌은 그제야 어렴풋하게 기억나는 사람이 있었다.

“혹시… 시종장님?”

“허허허, 이제야 기억이 나시는 모양이군요. 만약 절 기억하지 못하셨다면 무척 섭섭할 뻔했습니다.”

“죄송해요. 이제 보니 그때와 조금도 변하지 않으신 것 같아요.”

“그럴 리가 있겠습니까? 벌써 10년 가까운 세월이 지나 저도 많이 늙었습니다.”

“아니에요. 정말 그때 봤을 때와 비교해 조금도 늙지 않았어요.”

“허허허, 고맙습니다. 참! 그분들께서 기다리고 계실 텐데 여기서 이러고 있다니… 어서 저를 따라오시지요.”

“정말 누가 절 부르신 건지 알려주지 않을 건가요?”

“알려 드리지 못함을 이해해 주시기 바랍니다. 하지만 조금만 더 가시면 곧 알게 될 테니 잠시만 더 참아주시면 감사하겠습니다.”

너무나 정중한 시종장의 태도에 카렌은 더 이상 그를 채근할 수 없었다. 또다시 시종장의 뒤를 따르기 시작한 카렌은 한참을 더 가서야 겨우 목적지에 도착할 수 있었다. 그리고 그곳에 생각지도 못한 사람이 자신을 기다리고 있는 것을 발견하고 놀란 얼굴을 감추지 못한 채 멍한 표정으로 서 있었다.

“카렌, 오랜만이구나.”

"누, 누나?"

카렌이 도착한 곳에는 뜻밖에도 오랫동안 보지 못했던 누나 네로브가 황제 부부 내외와 실렉턴, 도르네인과 함께 차를 마시며 담소를 나누고 있었다. 잠시 후 정신을 차린 카렌은 황급히 황제를 향해 한쪽 무릎을 꿇은 채 고개를 숙였다.

"황제 폐하, 싸일렉스 공작가의 아들 카브렌시스가 인사 올립니다."

"허허허, 카렌, 이 자리는 공적인 자리가 아니니 어서 일어나거라."

"잠시 놀라 폐하께 무례를 저질렀습니다. 용서해 주십시오."

여전히 무릎을 꿇은 채인 카렌의 모습에 황제는 고개를 저었다.

"고집은 여전하구나. 어서 일어나거라. 만날 때마다 외삼촌인 날 곤란하게 만들어야 속이 시원하겠느냐?"

황제의 말을 듣고서야 카렌은 조심스럽게 그 자리에서 일어났다. 그리고는 황제 곁에 앉아 있는 황후를 향해 공손하게 고개를 숙였다.

"황후마마, 그동안 강녕하셨는지요?"

"강녕? 호호호. 카렌, 그렇게 어려운 말은 어디에서 배운 거니? 호호호."

황후는 깜찍한 얼굴로 자신에게 인사를 하는 카렌의 의젓한 모습에 사랑스러움을 느끼지 않을 도리가 없었다. 그런 카렌 곁으로 다가온 실렉턴과 도르네인 역시 그런 카렌이 귀여웠던지 카렌의 어깨와 뒷머리를 연신 쓰다듬어 주었다.

"어서 앉자, 카렌."

"그래, 카렌. 그런데 이게 얼마만이니."

자신의 곁으로 카렌을 당겨 앉도록 한 황후는 카렌의 얼굴을 찬찬히 살펴보았다.

확실하게 몇 년 전에 보았을 때보다 훌쩍 자란 모습이었지만 어렸을 때 그 귀엽고 앙증맞은 표정은 여전했다. 남의 시선도 있고, 또 공식적인 업무가 바빠 황후가 된 후 친정인 싸일렉스 공작가를 자주 방문하지 못했던 황후는 오랫동안 보지 못했던 조카들이 한꺼번에 자신을 찾아오자 그 기쁨을 감추기 힘들었다.

"허허허, 카렌이 황궁을 찾아올 것을 이렇게 정확히 맞추시다니……. 시간 맞춰 시종장을 정문으로 내보내면서도 솔직히 믿기 힘들었는데, 정말 여신 아레네스님의 따님다운 대단한 예지력이 아닐 수 없구려."

"폐하, 이 자리가 사석이라고 말씀하신 분은 바로 폐하십니다. 그러니 저 역시 여신 아레네스의 음성이 아닌 싸일렉스 공작가의 장녀 네로브로 대해주셨으면 감사드리겠습니다."

"폐하, 방금 네로브가 말한 대로 편하게 대해주세요. 그보다 이 아이들을 얼마 만에 보는 것인지 모르겠어요."

황후는 네로브와 카렌의 얼굴을 연신 살피면서 환한 미소를 짓고 있었는데 그 모습이 너무나도 아름다웠다. 카렌은 이미 황후가 얼마나 아름다운 여인인지 이미 잘 알고 있었다. 그렇지만 한 번씩 이렇게 황후를 대할 때마다 '고모는 정말 아름다운 여인이구나' 하는 생각을 마치 처음 대하는 사람처럼 매번 느끼곤 하는 자신을 깨닫는다.

자리에 앉아 차를 한 모금 마신 카렌은 다정하게만 보이는 황제 내외와 그의 자녀들을 보니 부럽다는 생각을 버릴 수 없었다. 황제 내외가 단란한 모습을 보이는 반면 자신의 가족들은 대체 무슨 이유로 이렇게 뿔뿔이 흩어져 살아야만 하는 것인지, 그런 생각이 들 때마다 카렌은 가슴이 답답해지며 당장이라도 폭발할 것만 같은 충동을 느끼곤

했다.

"카렌아, 너는 어찌하여 노블 칼리지가 아닌 매직 칼리지를 선택한 것이냐?"

"그저 강해지고 싶기 때문입니다, 폐하."

"강해지기 위해서라는 대답은, 다시 말해 노블 칼리지에서는 강해질 수 없다는 뜻이냐?"

"꼭 그런 것은 아닙니다, 폐하. 하지만 노블 칼리지에 배울 만한 것들은 이미 싸일렉스에서 아버님이나 다른 기사들에게서 대부분 배웠기 때문에 혹시 지금까지 몰랐던 수련 방법이 매직 칼리에 있지 않을까 하는 생각에서 지원을 했습니다."

"어째서 그렇게 강해지려고 하느냐? 내가 알기로 넌 이미 네 또래에는 상대를 찾을 수 없을 정도로 강하다고 들었는데. 내 말이 틀렸느냐?"

"제가 검술을 익힌 것은 사실이지만 상대가 없을 정도는 아니옵니다. 제가 강해지려는 이유는… 아버지께서 하고 계시는 일을 곁에서 돕기 위해섭니다."

카렌의 대답에 황제 내외의 얼굴이 잠시 어두워졌다.

이미 오래전부터 싸일렉스 공작 내외가 남몰래 해온 선행에 대해 누구보다 잘 알고 있었다. 더구나 그 때문에 카렌이 어떻게 자라야 했는지 그 역시 잘 알고 있었다. 더구나 네로브마저 아마존에 후계자가 되기 위해 몇 년 전 공작가를 떠났기에 홀로 남은 카렌은 더욱 외로울 수밖에 없었다.

안쓰러운 생각에 황제와 황후는 황태자와 공주를 자주 보내 카렌을 위로하게 했지만 황태자와 공주가 방문해서 발견한 것은 언제나 땀으로 범벅이 된 채 훈련에 열중하고 있는 모습 아니면 완전히 녹초가 되어 기진맥진하고 있는 모습뿐이었다.

그런 상대에게 무슨 위로를 하겠는가?

실렉턴과 도르네인은 매번 아무런 말도 못하고 그냥 돌아와야만 했다. 그런데 어렸을 때부터 필사적으로 강해지기 위해서 훈련을 해왔던 이유가 단지 아버지를 돕기 위해서라니… 여느 아들이라면 단순히 아버지를 돕기 위해서란 말이 그리 이상하게 들리지 않았을 테지만 카렌의 말을 들으면 꼭 자라면서 받지 못한 부모의 사랑을 갈구하는 것처럼 들렸다.

"아버지를 돕겠다니 정말 대견한 생각이다만, 지금 당장 강해질 수는 없는 일 아니냐. 몇 년이 지나면 그동안 키도 더 클 것이고, 또 근육이 늘어 힘도 세질 테니 조금은 느긋하게 힘을 키울 수도 있지 않겠느냐?"

단순히 검을 휘두를 줄 아는 검사가 되기를 원한다면 황제의 말처럼 시간을 두고 천천히 힘을 키웠을 것이다. 하지만 카렌이 원하는 것은 아버지와 대등하게 대결을 벌일 수 있을 정도의 힘과 실력이었다. 지금까지 자신에게 충고를 해준 사람들의 말을 종합해 보면 느긋하게 기다리면서 가지고 있는 힘을 키우라는 것이었다. 하지만 카렌은 불과 몇 년 안에 한 사람의 전사로 성장할 수 있기를 바랐다. 비록 아버지와 비교를 할 수는 없겠지만 한 사람의 당당한 사내로서 세상에 첫발을 내딛고 싶은 것이 바로 현재 카렌의 바람이었다.

"폐하의 말씀 명심하겠습니다."

카렌이 비록 자신의 충고에 대답을 하긴 했지만 결코 자신의 말을 따르지는 않을 것임을 황제도 충분히 짐작할 수 있었다. 그렇다고 카렌이 자신을 무시해서가 그런 것이 아니라 싸일렉스 가문 특유의 고집 때문이라는 것을 잘 알았다.

"폐하, 조금 전 카렌이 오기 전 제가 드렸던 부탁을 기억하십니까?"

"물론이다."

"지금 허락해 주시면 감사하겠습니다."

네로브의 말에 고개를 끄덕인 황제는 조금 떨어진 곳에서 대기하고 있던 시종장에게 손짓을 했고, 시종장은 어딘가로 사라졌다가 곧 모습을 드러냈다. 그런 시종장의 손에는 기다란 나무 상자가 들려 있었다. 공손하게 황제가 앉은 테이블에 나무 상자를 내려놓고 시종장이 물러서자, 황제는 지체없이 상자를 네로브에게로 내밀었다.

"비록 많지는 않지만 황궁에도 몇 자루의 마법검은 있단다. 원하기만 하면 몇 자루라도 줄 터이니 어서 말을 하거라."

황제의 말에 네로브는 빙그레 미소를 지었는데 그 모습을 보면 그녀의 나이가 서른이 다 되었다는 것을 도저히 믿을 수 없을 정도였다. 아무리 봐도 20대 초반으로밖에 보이지 않는 네로브는 천천히 나무 상자를 열고는 내용물을 꺼내 들었다.

평소 같으면 감히 황제 앞에서 검을 뽑아 든다는 것 자체가 가문 전체가 교수형을 당해도 할 말이 없을 만큼 엄청난 중죄지만 지금 이 자리에 있는 사람들 가운데 그 사실을 신경 쓰는 사람은 아무도 없었다. 고색창연하다 못해 낡아 보이기까지 하는 검은 롱 소드는 일반적인 롱 소드보다 한 뼘 정도 더 긴 형태를 하고 있었다.

천천히 검을 뽑아 든 네로브는 롱 소드를 살피기 시작했다.

"다행히 검 자체에 마법이 걸려 있지는 않군요."

"마법이 걸려 있지 않아 다행이다? 이해가 되지 않는구나."

“제가 원했던 것은 그저 미스릴로 만든 검이라면 충분했는데 이 검은 그야말로 미스릴 중의 미스릴이라고 불리는 앙블렌저린으로 만든 검이군요.”

“앙블렌저린?”

네로브의 말에 황제를 비롯한 사람들은 일제히 고개를 갸웃거렸다. 그런 사람들의 반응에 빙그레 미소를 지은 네로브는 천천히 설명을 해주었다.

“과거 뮤란 제국을 다스리던 신인의 존재를 아시나요?”

“신인? 신인이라면 혹시 현재 각국이 보유하고 있는 골리앗들을 만든 고대의 현자들을 말하는 것이냐?”

“맞습니다, 폐하. 신인들이 인간들을 몬스터나 드래곤으로부터 보호하기 위해 만든 것이 바로 골리앗이라 불리는 병기입니다. 그 과정에서 신인들은 살아 있는 금속이라 불리는 라이덴사이트를 연금술로 새롭게 만들어내게 되고, 또한 여러 가지 금속 가운데 일반적으로 가장 강하면서 구하기 쉽고 가공이 용이한 강철과 결합시켜 골리앗을 만들게 되었습니다. 고대 신인들의 연금술은 그야말로 신의 능력에 근접할 정도였기에 지금은 남아 있지 않은 갖가지 금속들을 만들게 되었는데 그 가운데 하나가 바로 이 앙블렌저린이에요. 쉽게 말하자면 미스릴의 정수(精髓)만을 농축시킨 것이라 생각하시면 될 겁니다.”

“세상에! 미스릴만 하더라도 드래곤의 브레스로도 결코 파괴할 수 없는 금속이라고 알려졌는데 그 미스릴의 정수로만 만든 검이 있다니… 정말 믿을 수 없는 일이군요.”

“후후후, 황태자 전하. 세상에는 아직도 저희가 모르는 수많은 비밀이 있답니다. 당장 이 앙블렌저린만 하더라도 저는 이미 세상에는 존재하지 않는 줄 알았거든요. 그리고 황태자 전하께서는 미스릴이 결코 파괴되지 않는 금속이라고 알고 계시지만 골리앗이 가진 힘으로 미스릴로 만든 무기나 갑옷을 파괴하는 것이 그렇게 불가능한 것만은 아니랍니다."

네로브의 설명에 황제나 실렉턴, 그리고 카렌은 눈을 크게 뜨고는 놀란 얼굴로 그녀의 얼굴을 쳐다보았다. 그들의 놀람이 짐작되었는지 네로브는 빙그레 미소를 지었다.

"저도 아마 아마존에 있는 아레네스님의 신전에 기록되어 있는 역사책을 보았기에 알게 되었을 뿐이에요."

"그 롱 소드가 신인들이 만든 앙블렌저린이란 금속으로 만든 것은 잘 알겠다. 그런데 네가 미스릴로 만든 검을 구하려 한다면 아레네스의 신전이나 각 교단에 부탁했다면 그리 어렵지 않게 구할 수 있었을 텐데 어째서 나에게 부탁을 한 것인지 그것이 궁금하구나."

황제의 질문에 네로브의 얼굴에 걸렸던 미소가 조금 희미해졌다가 곧 원래의 표정으로 되돌아왔다.

"오래전에 제가 아마존에 갔을 때 아레네스께서 저에게 첫 번째 신탁을 내리셨어요. 뮤란 대륙에 큰 위험이 닥쳐오고 있다고요. 그리고 그로 인해 발생할 환란을 해결할 사람이 바로… 카렌이라고 말씀하셨어요."

네로브의 말에 카렌은 물론 그 자리에 있던 다른 사람들도 깜짝 놀란 표정으로 네로브를 쳐다보았다. 네로브는 카렌을 쳐다보고 있었는데 왠지 그녀의 눈빛이 조금은 슬퍼 보였다.

"뮤란 대륙에 위험이 닥쳐오다니? 그것이 어떤 일인지 가르쳐 줄 수 있겠니? 그리고 그 일을 해결할 사람이 카렌이라니? 나는 네가 지금 무슨 말을 하는 것인지 도저히 이해가 되지 않는구나."

심하게 놀랐는지 창백한 안색을 하고 있던 황후의 질문에 네로브는 여전히 슬픈 표정을 지우지 못한 채 가만히 고개를 저었다.

"더 이상은 말씀드리지 못함을 용서하세요. 하지만 원래의 모습을 되찾기 위함이라 극심한 혼란을 겪은 후에야 대륙은 평온함을 되찾을 수 있을 거예요."

"저렇게 어리기만 한 카렌이 그렇게 엄청난 일을 해결해야만 한다는 말이냐?"

"예, 폐하. 아레네스께서 저에게 말씀하신 내용으로는… 견디기 힘들고 스스로 피의 길을 걷는 고통을 인내해야만 뮤란 대륙에 닥친 환란을 거두어들일 수 있을 것이라고 말씀하셨어요. 말씀과 함께 그 모습을 보여주셨는데… 앞으로 카렌이 많이 힘들 거예요. 그래서 카렌에게 조금이라도 힘이 될 수 있을까 해서 폐하께 카렌의 생일 선물을 핑계로 미스릴로 만든 검을 구해주시길 부탁드렸던 거예요. 그리고 제가 황제 폐하와 나머지 분들께 부탁드리고 싶은 말씀은 방금 제가 드린 말씀을 때가 되기 전까지는 다른 사람들에게 철저히 비밀로 해주셨으면 하는 거예요."

네로브의 말에 사람들의 얼굴이 심각하게 굳어졌다.

"때가 이르면 각 교단의 교황이나 하이 프리스트들에게 신탁이 내려져 환란으로부터 대비할 시간이 주어질 것입니다."

"아레네스께서 환란이라고 말씀하실 정도라면 뮤란 대륙 전체가 위험하다는 말이냐?"

"몇 년 후 자세히 말씀드릴 기회가 있을 거예요. 그리고 지금 자세히 말씀드리지 못함을 다시 한 번 사과드리겠습니다."

"아니다. 신께서 내리신 말씀을 함부로 퍼뜨리는 것도 신의 뜻에 어긋나는 일. 난 그저 왜 싸일렉스 가문에만 이렇게 힘들고 무거운 사명이 지워지는 것인지, 또 그것이 정녕 신의 뜻인지 그것이 궁금했기 때문에 물어본 것이란다. 휴우~ 정녕 신의 뜻을 한낱 인간으로서는 알 수 없는 일인가?"

황제의 나직한 중얼거림에 어두워진 표정을 한 사람들의 시선은 자신들도 모르게 카렌을 바라보았다.

"폐하, 만약 폐하께서 허락하신다면 잠시 주위를 산책하면서 카렌과 이야기를 나누고 싶습니다."

"그렇게 하려무나."

황제의 허락이 떨어지자 네로브와 카렌은 자리에서 일어나 황제에게 예를 표하고는 곧 그 자리를 떠났다. 그 모습을 지켜보던 황후의 얼굴에는 수심이 잔뜩 어렸다.

"데미안이 그렇게 고생을 해 겨우 뮤란 대륙의 평화를 지켰는데 이제는 그 아들까지 무거운 짐을 져야 한다니… 정말 가슴이 아프옵니다, 폐하."

"그런 생각이 들기는 나 역시 마찬가지라오. 일단은 지켜보도록 합시다, 황후."

별궁의 정원 주위를 둘러보던 네로브는 자신의 어깨에도 미치지 못하는 어린 동생의 모습을 보며 문득 가슴이 아파오는 것을 느껴야 했다.

네로브가 자신의 머리를 부드럽게 쓸어주자 카렌은 네로브를 쳐다보았다. 너무나 슬퍼 보이는 누나의 눈망울 때문이었을까? 말을 꺼내는 카렌의 음성도 가라앉아 있었다.

"누나, 내가 해야 할 일이 그렇게 어렵고 힘든 일이야?"

"그렇단다. 비록 네가 많은 사람들을 구하기는 하겠지만 너는 참으로 많은 고통과 슬픔을 겪어야만 하는 힘든 일이 될 거란다. 비록 신의 안배라고는 하지만."

슬픔마저 묻어 있는 네로브의 대답에 카렌은 갑자기 씨익 웃고는 한쪽 팔을 들어 알통을 만들고는 장난기 어린 얼굴로 입을 열었다.

"누나, 걱정하지 마. 카렌도 벌써 이만큼 컸잖아. 지금도 누나를 괴롭히는 인간이 있다면 내가 얼마든지 혼내줄 수 있어. 비록 아버지와는 비교도 되지 않지만 말이야."

"카렌아, 그렇게 아버지만큼 강해지고 싶으니?"

"강해지면 좋잖아. 아버지나 가족들을 지켜줄 수도 있고, 나쁜 놈들을 혼내줄 수도 있으니까 말이야. 이미 누나는 알고 있겠지만 난 정말 강해지고 싶어. 그래서 하루라도 빨리 아버지께 보여 드리고 싶어. 아버지가 생각하는 것만큼 내가 그렇게 어리지 않다는 것, 그리고 약하지 않다는 것을 말이야."

단호한 카렌의 말에 나직하게 한숨을 내쉰 네로브는 곧 심각한 표정으로 질문을 했다.

"카렌, 그렇게 강해지고 싶니?"

"할 수만 있다면 아버지만큼 강해지고 싶어."

"그럼 너에게 강해질 수 있는 방법을 가르쳐 줄 테니까 일단 자리에 앉아봐."

네로브의 말이 이해가 되지 않는지 고개를 갸웃거리던 카렌은 곧 풀밭에 앉았다.

"먼저 너에게 해주고 싶은 말은 아버지가 너에게 가르쳐 준 지옥이도류란 검술을 좀 더 완벽하게 익히라는 거야. 물론 아버지가 가르쳐 주신 검술로 아버지만큼 강해진다는 것이 얼마나 힘든 일인지 나도 알아. 하지만 아버지도 그 지옥이도류라는 검술을 완전하게 익히신 것은 아니야. 과거 아버지가 소드 그렌저라고 불리시게 된 것은 당시 아버지가 지하르트와 그 부하들을 물리칠 때 펼치셨던 검술의 압도적인 파괴력 때문이란다. 하지만 그것은 그 검술의 파괴력이라기보다는 당시 아버지께서 사용하시던 신의 무기인 공간의 검 미디어가 가진 신성력, 그리고 마지막으로 아버지의 체내에 잠재되어 있던 레드 드래곤 마브렌시아의 마나가 가진 힘이 하나로 합쳐져 발생한 결과란다. 물론 당시 아버지께 필요했던 것이 지하르트나 그의 부하들을 물리칠 수 있는 신성력과 파괴력이었기 때문에 문제될 것은 없었단다. 만약 아버지께 좀 더 많은 시간이 주어졌다면 지옥이도류의 검술을 완벽하게 익히셨을지 모르겠지만… 결론적으로 말해 아버지는 지옥이도류의 검술을 완벽하게 익히지 못하셨어. 그리고 지하르트를 봉인하신 후에는 마법에 심취하셨기 때문에 지옥이도류의 검술은 여전히 불완전한 상태시지. 내가 왜 이 말을 해주느냐 하면 얼마 후 너에게 지옥이도류를 익힐 수 있는 기회가 찾아올 거야."

"기회라고? 그럼 아버지가 날 찾아오신단 말이야?"

카렌이 고개를 갸웃거리며 반문하자 네로브는 부드러운 미소와 함께 고개를 젓고는 카렌의 머리를 쓰다듬어 주었다.

"아니란다. 얼마 후에 자신을 '카르멘'이라고 부르는 금발의 중년 사내가 널 찾아올 거야. 그리고 너에게 힘을 원하느냐고 물을 거야. 그러면 그때 이렇게 대답해. 두 가지가 필요하다고 말이야."

“두 가지?”

“그래. 그것이 무엇이냐고 묻거든 네 부탁을 들어준다는 약속을 해야 말을 해주겠다고 해. 그리고 카르멘이란 사내가 뭐라고 하든 약속한다는 말을 듣기 전에 네 조건을 이야기해서는 절대로 안 된다는 것을 잊지 마. 이것은 지상에서는 오직 그만이 할 수 있는 일이기 때문에 그의 약속을 받아내는 것이 무엇보다 중요해.”

네로브가 몇 번이나 약속받기를 강조하자 카렌은 반드시 필요하다는 그 두 가지가 무엇인지 정말 궁금했다.

“첫 번째 요구할 것은 영혼을 소환할 수 있는 영혼 소환진이야. 소환진은 두 가지가 있어. 일반적으로 사람들이 알고 있는 마계나 음차원계의 물리적인 존재들을 소환해 내는 물질 소환진과 영계(靈界)나 유계(幽界)의 정신계 존재들을 소환하는 영혼 소환진으로 구분되는데, 특히 영혼 소환진은 원하는 영혼을 지상으로 소환해 내야 하기 때문에 굉장히 정밀하고 또 정확한 소환 마법진이 반드시 필요하거든.”

“대체 누구의 영혼을 소환하는데 그런 소환진이 필요한 거야?”

“지금으로부터 4,328년 전에 죽은 곽주민(郭朱珉)이란 사내의 영혼을 불러달라고 해.”

“곽주민?”

“그래, 후대 사람들에게 지옥마제라고 불리게 될 사내의 이름이야. 불행하기 이를 데 없는 일생을 살아간 사람이지. 하지만 지금까지 뮤란 대륙과 이스턴 대륙이 생긴 이후로 가장 많은 살인을 한 사람이고 누구보다 강했던 사람이야. 그리고 바로 지옥이도류를 만든 사람이 바로 그란다.”

“그, 그럼 지옥마제의 영혼을 소환하는 것이 가능하다는 말이야?”

“그래, 지상에서 오직 한 사람만이 가능하고, 그 사람은 조금 전 내가 말한 카르멘이란 사람뿐이야. 그리고 단순히 지옥마제의 영혼을 불러내기만 해서는 안 돼. 어떻게든 아직 아버지도 모르고 계시는 지옥이도류의 진정한 정수를 그에게 배워야만 해.”

“지옥이도류의 진정한 정수…….”

네로브의 말에 카렌은 비로소 아버지 앞에 당당히 설 수 있는 방법의 실마리를 찾은 것 같다는 생각이 들었다. 하지만 카르멘이란 사내가 아무런 이유도 없이 자신을 도와준다는 것이 도무지 이해가 되지 않았다.

“그리고 두 번째는 네가 지금 끼고 있는 그 반지의 봉인을 풀어달라고 요구해. 그 봉인을 풀 수 있는 자 역시 지상에서 오직 그 사람뿐이야.”

“반지의 봉인? 하지만 라이오너를 이 반지에 봉인한 건 드래곤이라 그것을 풀 수 있는 것도 오직 드래곤뿐이라고 했는데……. 그, 그렇다면 그 카르멘이란 사람이 서, 설마?”

카렌의 떨리는 반문에 네로브는 담담한 표정으로 고개를 끄덕였다. 그런 네로브의 태도에 카렌의 얼굴까지 딱딱하게 굳어졌다. 설마 네로브가 말한 금발의 사내 카르멘이 설마 드래곤일 줄은 상상도 못했다. 또한 이름에서도 깨달을 수 있듯 골드 드래곤 카르메이안이 자신을 찾아올 것이라고는 상상도 못했다.

비록 아버지에게서 직접 듣지는 못했지만 데미안과 연관이 있는 두 드래곤에 대해서는 카렌도 들어서 잘 알고 있었다. 또 그들이 어떤 관계인지도 들어서 잘 알고 있다. 그럼에도 불구하고 네로브는 그가 먼저 찾아와 자신이 강해질 수 있도록 도와준다는 것을 도저히 믿을 수 없었다.

"누나, 정말 그 카르멘이란 사내가 날 찾아올까? 그가 아무것도 원하는 것이 없다는 것을 난 도저히 믿을 수 없어."

"너에게 원하는 것이 있기 때문에 널 찾아올 거야. 너라면 충분히 들어줄 수 있는, 그리고 너만이 할 수 있는 일을 부탁할 거야. 물론 그 부탁을 들어줄 건지 아닌지는 네가 결정할 일이지만 내 개인적인 생각으로는 네가 그 부탁을 들어주었으면 해."

자신이 강해질 수 있는 방법을 오직 그만이 알고 있는 상황에서 자신이 할 수 있는 일을 그가 부탁하는데 자신이 과연 그 부탁을 거부할 수 있을까 의문이 들었다.

"아직 몇 달의 시간적 여유가 있으니까 그동안 나름대로 생각을 해 봐. 그리고 조금 전 황제 폐하께 받은 검은 네가 아카데미를 떠날 때 돌려줄게. 그동안 네가 원하는 만큼 강해질 수 있도록 아레네스와 선더버드께 기원드릴 테니 열심히 노력하기 바라."

'졸업할 때가 아니라 떠날 때라고? 설마 누나가 내 계획을 알고 있는 건가?'

카렌은 잠시 뜨끔했지만 곧 태연한 표정으로 질문을 던졌다.

"알았어, 누나. 그런데 누나는 언제 아마존으로 돌아갈 거야?"

"바이샤르 제국에 계신 부모님을 만나보고 곧바로 아마존으로 돌아갈 거야."

"그럼 아버지께 뮤란 대륙의 환란 이야기를 할 거야?"

"알려 드려야 해. 아버지는 이곳에서 하셔야만 할 일이 있거든."

'이곳에서? 그게 무슨 말이지? 누나가 말한 '이곳'이라는 곳이 대체 어디를 가리키는 말이지? 설마… 뮤란 대륙을 가리키는 말은 아니겠지?

카렌은 아니라고 생각을 하면서도 누나 네로브가 말한 '이곳' 이 뮤란 대륙이란 생각을 버릴 수 없었다. 하지만 직접적으로 말하지 않은 이상 그녀가 자신에게 말해 줄 때까지 기다릴 생각이었다. 강요를 한다고 해서 들을 수 있는 것도 아닐뿐더러 또 자신이 들어 득이 되지 않기 때문에 누나가 자신에게 말하지 않은 것이라 생각하니 오히려 마음이 편했다.

"참, 아카데미에 너와 함께 수업을 듣는 아이들 가운데 러쎌이란 아이가 있니?"

"어? 누나가 러쎌을 어떻게 알아? 그것도 아레네스께서 알려주신 거야?"

깜짝 놀라 반문을 하던 카렌은 빙그레 미소를 지은 채 자신을 바라보고 있는 네로브의 태도에 곧 자신의 머리를 톡톡 치며 고개를 끄덕였다.

"그래, 아레네스께서 가르쳐 주셨어. 그러니까 그 아이와 너는 소울 메이트(Soul Mate), 그러니까 영혼의 연인, 즉 동반자로 맺어진 사이야. 그러니 앞으로 아카데미에서 함께 지내는 동안 그 아이를 많이 도와주도록 해. 후일 너에게 많은 도움을 줄 친구니까. 알겠니?"

"소울 메이트라는 것이 정말 존재하는 거야? 그냥 소설책에서나 나오는 말 아니야?"

"아직은 서로 각성하지 못한 상태라 잘 모르고 있지만 후일 각성을 하게 된다면 서로가 서로에게 얼마나 소중한 존재인지 확실하게 알게 될 거야. 서로가 서로에게 말이야."

"누나가 그렇게 말하지 않아도 러쎌은 정말 착하고 좋은 친구야. 물론 앞으로도 친하게 지낼 거고 말이야.”

“그래, 그렇게 친하게 지내렴. 그리고 카렌, 오랜만에 누나랑 같이 잘까?”

“아카데미에서 친구들이 기다릴 텐데… 내일 가서 설명을 하면 이해를 하겠지, 뭐.”

대답을 한 카렌은 얼른 네로브의 품으로 뛰어들었다. 그리고는 그대로 그녀의 가슴에 머리를 묻었다. 네로브는 그런 카렌의 머리를 부드럽게 쓰다듬어 주었다

“아~ 포근하고 따뜻해. 정말 좋다. 근데 누나, 이게 얼마만이지?”

“거의 7년 만인 것 같구나. 좋으니?”

“응, 누나. 정말 너무 좋아.”

어렸을 때부터 카렌을 키우다시피 한 네로브는 여전히 자신의 품에 안겨 있는 동생의 가녀린 어깨에 짊어진 무거운 숙명이 너무나 안쓰럽고 가슴이 아파 카렌을 꼭 안아주었다.

제7장
용병이란

용병이란

“안 됩니다, 학과장님.”

“어떻게 학과장님께서 수업을 맡는단 말씀이십니까?”

“저 역시 불가하다고 생각합니다.”

용병학과의 회의실은 한 사람의 발언으로 순식간에 난장판으로 변해 버렸다. 하지만 정작 그 발언을 한 사람은 눈썹조차 까딱하지 않았다.

“왜 안 된다는 것인가?”

아카힐의 말에 대꾸를 한 사람은 보기 안쓰러울 정도로 깡마른 마르스였다.

“학과장님께서 수업을 맡으실 수 없는 가장 큰 이유는… 현재 수업을 맡지 못한 교관도 20명이 넘습니다. 그런데 예정에도 없던 학과장님께서 수업을 맡아버리시면 수업을 담당하기로 예정되어 있던 교관과 조교는 어떻게 하라는 겁니까?”

“쉽게 말해서… 할 일이 없다는 게 문제라는 건가?”

“물론입니다.”

“그럼 내 대신 학과장을 하라고 해.”

조금은 짜증이 나는지 대꾸를 하는 아카힐의 음성이 짜증스럽고 퉁명스럽게 변했다.

회의실에 모여 있던 80여 명의 교관은 황당하다는 표정을 감추지 못한 얼굴로 아카힐을 쳐다보았다. 교관들로서는 대체 무슨 이유로 아카힐이 이렇게 황당한 고집을 부리는 것인지 도무지 이해를 할 수 없었다.

물론 학과장인 그가 아이들의 수업을 맡아 가르치겠다면 맡는 것이다. 하지만 지난 몇 년 동안 수업은커녕 자신이 맡은 행정 업무조차 등한시했던 그가 아닌가?

대부분 아카힐의 돌발 행동을 이해하지 못하겠다는 듯 황당하다는 표정만 짓고 있을 뿐이었다. 다만 마르스와 라사르만이 혹시 하는 표정을 지으며 아카힐을 쳐다보고 있었다.

교관들의 반응이 어떻게 변하든 아카힐은 자신이 할 말만 하고는 자리를 떠났다.

“어찌 되었든 용병학과 1학년의 술 취한 고블린 조는 내가 담당한다.”

아카힐이 회의실을 나가고 잠시 후 덩치가 큰 교관 하나가 영문을 모르겠다는 듯 고개를 흔들었다.

“대체 무슨 바람이 불어서 갑자기 수업을 맡겠다고 고집을 부리는 것인지 도무지 이해가 되지 않는군. 여러분들 생각은 어떻소?”

"낸들 알겠소? 다만 학과장님께서 예전처럼 아이들을 무자비할 정도로 혹독하게 다루신다면 과거와 같은 문제가 또다시 발생할 수도 있지 않겠소? 솔직히 말해서 난 그게 걱정이 될 뿐이오."

"설마… 그럴 리야 있겠소?"

"아니오, 학과장님이 비록 몇 년 동안 조용히 지내셨다고는 하지만 그 성질이 어디 가셨겠소? 만약 신입생 중에서 어떤 멍청한 녀석이 그분의 성미를 건드린다면… 휴우~ 솔직히 난 생각만 해도 식은땀이 흐릴 지경이오."

누군가의 말에 교관들의 얼굴은 순식간에 창백해졌다.

그도 그럴 것이 몇 해 전 용병학과에 지원했던 학생들 가운데 일부가 너무나 혹독한 훈련에 반발해 아카힐의 면전에서 훈련을 거부한 적이 있었다. 당시 '활화산' 이라고 불렀던 아카힐이 그것을 용납할 리 만무했다.

자신의 훈련을 거부한 학생들을 훈련과 대련을 빙자해 무자비하다고 할 정도로 처절한 응징을 내려 버린 것이다. 당시 그에게 맞은 학생들 가운데 어디 한 곳이 부러지지 않은 학생들이 없을 정도로 아카힐의 응징은 정말 처절하고 잔인했다.

아카힐의 지나친 처사에 아카데미 측은 징계의 의미로 그에게 한동안 휴직할 것을 명령했다. 하지만 사건은 그것으로 끝난 것이 아니었다.

구타를 당한 학생들 가운데 하나가 평소 가까이 지내던 노블 칼리지의 귀족 소년에게 자신의 억울함을 하소연하게 되었고, 자작가의 자제였던 귀족 소년은 아카힐을 불러 그의 부당함을 꾸짖게 되었다. 아카힐이 만약 순순히 사과를 했다면 사건은 종결되었겠지만 아카힐은 귀족 소년에게 당당하고 분명한 음성으로 대꾸했다.

학생들을 지도하는 것은 자신의 고유한 권한이니 참견하지 말라고, 또 그럴 시간이 있으면 검이나 한 번 더 휘둘러 부족한 실력이나 기르라고 말이다.

그런 아카힐을 귀족 소년이 참아줄 리 만무했다. 귀족 소년은 치미는 분노를 참지 못해 아카힐의 따귀를 때렸고, 분노가 폭발한 아카힐은 주먹을 날려 귀족 소년을 기절시켜 버렸다. 또한 사건의 발단이 된 학생은 그야말로 자근자근 밟아 3개월 이상을 침대에서 꼼짝할 수 없을 정도로 만들었다.

아카힐의 그런 행동은 당연히 엄청난 반향을 일으켰고, 아카데미의 운영진들은 아카힐의 처리에 대해 고심에 고심을 거듭해야만 했다.

귀족 소년의 아버지는 귀족원에 출두해 귀족을 능멸한 아카힐을 당장 사형에 처하고, 무능력한 아카데미의 운영진들은 사건의 책임을 지고 일괄 사퇴해야 한다고 열변을 토했다. 일부 귀족들이 소년의 아버지에게 힘을 실어주자 그 영향은 일파만파로 번져 제국 내에서 이 일에 대해 모르는 귀족들이 없을 정도까지 되었다. 귀족들은 만나기만 하면 이 일에 대해 수군거렸고, 또 사후 대책에 대해 저마다 자신의 의견을 떠들어댔다.

귀족가 전체가 술렁이게 되자 황제도 더 이상은 모른 척하고 있을 수 없게 되었다. 결국 황제는 두 명의 대공과 두 명의 공작을 불러 이 일에 대해 심각하게 논의를 했고, 마침내 결정이 내려졌다.

어찌 보면 제국 최고 수뇌부가 내린 결정은 간단한 것이었다.

학생들을 가르치는 교관이나 교수의 지위는 적어도 아카데미 내에서만큼은 귀족, 설사 황태자보다도 우선한다는 것이었다. 또한 이것은 노블 칼리지에 소속된 학생들에게만 적용되는 것이지만 아카데미에서 생활하는 동안 귀족가의 자제들은 절대 귀족의 작위로 교수진을 억누르지 못한다는 법령 또한 발효되었다.

노블 칼리지의 학생들이나 귀족가에서는 당연히 반발을 했지만 다시 한 번 이런 일이 발생한다면 사건을 일으킨 귀족은 작위를 폐해 버리겠다는 황제의 말 한마디에 모두들 고개를 숙여야만 했다. 덕분에 아카힐의 이름은 제국 내에서 모르는 사람이 없을 정도로 알려졌다.

용병들은 용기있는 그의 행동에 환호성을 터뜨렸지만, 일부 귀족들은 그때부터 그를 곱지 않은 시선으로 주시하고 있었다. 어찌 되었거나 그 일로 인해 아카데미의 교수나 교관들의 지위가 예전과는 비교도 안 될 정도로 향상되었다는 것에는 이견이 없었다.

웅성웅성.

상당히 큰 강의실이었지만 200명 정도 되는 소년, 소녀들이 본격적으로 시작될 앞으로의 교육에 대해 친구들과 잡담을 하느라 소란스럽기 이를 데 없었다. 카렌도 창가 쪽에 친구들과 함께 앉아 앞으로 자신들이 어떤 교육을 받게 될 것인가, 또 누가 자신들을 가르치게 될 것인가에 대해 이야기를 나누었다. 강의실의 소란스러움은 누군가가 강의실의 문을 열고 들어오면서 순식간에 잦아들었다.

"어? 저 사람은 용병학과 학과장인 아카힐 조단 아니야?"

세자르의 말에 학생들은 호기심에 가득한 얼굴로 아카힐을 쳐다보고 있었다.

단상 앞에 선 아카힐은 자신을 얼굴을 바라보는 초롱초롱한 학생들의 눈망울에 뿌듯한 기분이 들었다.

　이곳 아카데미에 와서 학생들을 가르치며 깨닫게 된 것이지만 누군가를 가르친다는 것은 아마도 지상에 존재하는 몇 안 되는 고귀한 일 가운데 하나라는 것이다. 아카힐은 처음 아이들을 맡게 되었을 때 그들을 가르치는 것쯤은 얼마든 할 수 있다고 자신만만했었다. 하지만 그것은 철저히 그의 오산이었다.

　자신이 알고 있는 것을 체계적으로 누군가에게 가르친다는 생각만큼 쉬운 일이 절대 아니었다. 이미 알고 있는 사실이라 하더라도 논리 정연하게 상대에게 전한다는 것은 간단한 일이 아니었다. 잘못된 말과 행동 때문에 서로를 오해해서 철천지원수가 되어버린 사람들이 얼마나 많은가?

　아카힐은 학생들을 가르치면서 자신이 알고 있던 지식과 경험을 되새겨 보게 되었고, 그럼으로써 자신이 익힌 검술에 대한 이해가 한층 깊어지는 놀라운 경험을 하게 되었다.

　"너! 네가 오늘부터 이 조의 조장이다. 인사를 하도록."

　아카힐이 갑자기 자신을 지목하자 잠시 놀라 일어난 카렌은 곧 정신을 차리고 학생들에게 구령을 외쳤고, 학생들은 아카힐에게 인사를 했다. 지난 3개월 동안의 훈련 덕분인지 학생들의 동작은 일사불란했다.

　"차렷! 교관님께 경례!"

　"안녕하십니까?"

　"만나서 반갑다. 내가 앞으로 1년 동안 여러분들과 함께 생활할 주임 교관인 아카힐 조단이다. 이번 시간은 여러분들이 앞으로 배우게 될 과목들과 교육 시간에 대해 설명을 해주겠다. 우선적으로 여러분들은 우수한 용병이 되기 위해 기초 체력 훈련을 계속해야 한다. 동시에 검술에 대한 기초 이론과 실습을 병행한다. 또 각종 몬스터의 습성에 대한 교육과 각종 무기의 사용과 활용에 대한 교육도 받아야 한다. 지도를 보는 법, 야전에서의 응급 처치, 야영하는 법, 소수와의 전투와 다수와의 교전 시 주의할 사항들도 배우게 될 것이다.”

부드러운 미소를 띤 아카힐의 말에 학생들은 놀란 표정을 감추지 못했다.

단순히 체력 훈련과 검술 훈련만 하면 되리라 생각했었는데 이렇게나 많은 것을 배워야 할 줄은 상상도 못했기 때문이다.

“후후후, 왜? 배워야 할 과목이 너무 많다고 생각하느냐? 하지만 2학년 과정은 더욱 복잡하다. 세분화된 분류에 의해 배워야 할 과목이 달라지기 때문이다. 상단의 호송을 책임지는 컨보이 헌터, 던전 탐험 같은 것을 전담하는 트레져 헌터, 몬스터 사냥만 전담하는 블러드 헌터, 현상 수배범만 전문으로 찾아다니는 바운티 헌터, 전투를 전문으로 하는 배틀 헌터, 요인의 경호를 책임지는 에스코터 등등, 용병들이 하는 일은 헤아릴 수 없이 많다. 물론 방금 설명한 것을 모두 할 수도 있겠지만 일단 우선은 자신이 되고자 하는 용병이 알아야 할 전문적인 지식부터 습득해야만 할 것이다. 간단하게 예를 들면 경호를 전문으로 하는 에스코터들이 알아야만 할 지식들을 살펴보면 검술은 기본에다 귀족들의 예절과 그들의 생활 방식, 각종 에티켓, 여러 가지 행사나 파티에 대한 제반 지식, 범죄 예방, 기사들과의 연계, 사후 처리 방법 등등 배우고, 알아야 할 지식이 무척이나 방대하다. 물론 방금 말한 것들 외에도 시사와 제국의 역사, 정치에 대한 기본적인 사항, 각종 꽃과 보석에 대한 지식과 유행에 대한 것 역시 귀족을 상대할 때는 알아두어야 할 사항들이 있다. 물론 상인이나 학자들을 대할 때는 귀족들을 대할 때와는 또 다르다. 어떠냐?”

아카힐의 말에 학생들은 질린다는 표정을 감추지 못했다.

세상에 용병이 되는 것이 이렇게 복잡할 줄이야……. 학생들은 '요런 것은 미처 몰랐지?' 하는 표정을 짓고 있는 아카힐의 얼굴을 그저 멍하니 쳐다보고 있었다.

그때였다. 뭔가를 곰곰이 생각하던 세자르가 손을 번쩍 들었다.

"질문이 있습니다."

"뭔가?"

"그럼 트레져 헌터가 되려면 어떤 것을 알아야 합니까?"

"트레져 헌터에 대해 알고 싶다?"

"그렇습니다."

세자르가 눈빛을 빛내며 자신을 쳐다보는 것을 보고 아카힐은 속으로 쓴웃음을 짓지 않을 수 없었다. 용병을 지원하는 학생들 가운데 상당수가 트레져 헌터가 되려고 하기 때문에 세자르가 무엇을 궁금해하는지 잘 알고 있었다.

"트레져 헌터가 되려면 체력과 검술 실력이 뛰어나야 함은 물론, 마법 트랩의 설치와 해체에 대해서 해박한 지식을 가져야 한다. 또한 건축학과 설계에 대해서도 알아야 되며, 수학과 각종 언어의 해석에 대해서도 반드시 알아야만 한다. 시대별 건축 양식에 대해서도 알아야 되며, 각종 방어 마법에 대해서도 자세히 알아야 된다. 물론 방어 마법을 찾는 도구를 가진다면 보물들을 찾는 데 상당히 도움이 되겠지만 그런 물품들은 상당히 고가에 거래되기 때문에 소유하기가 쉽지 않을 것이다. 과거에는 고대에 살았던 신인들의 던전을 발굴하는 것이 대부분이었지만 요즘은 마법사들의 던전이나 마신전쟁 때 죽어버린 드래곤의 레어도 간간이 발굴하고 있다. 단독으로 던전을 찾는 경우보다는 몇 명이 파티를 이루어 힘을 합쳐 던전을 발굴하는 것이 더 일반적이다."

눈빛을 반짝이며 아카힐의 말에 귀를 기울이던 세자르는 그의 말이 이어질수록 얼굴이 일그러지더니 나중에는 보기 안쓰러울 정도로 인상을 쓰고 있었다. 아마 세자르도 트레져 헌터가 되는 것이 설마 이렇게도 복잡하고, 힘든 것인 줄은 생각지도 못했을 것이다. 린네 역시 마찬가지의 생각이었는지 잔뜩 인상을 구기고 있었다.

"그럼 이번 시간은 첫 시간이니만큼 각자 자신의 이름과 출신 지역, 장래 희망을 이야기하는 시간을 갖겠다. 앞줄의 너부터 시작하도록."

"전 남쪽 듀레스트에서 온 브릭스라고 합니다. 트레져 헌터가 되고 싶습니다."

"저는 동부……."

학생들의 소개가 쭉 이어졌고, 마침내 마지막 학생의 자기소개가 끝나자 창가에서 팔짱을 낀 채 묵묵히 듣고 있던 아카힐이 교단으로 발걸음을 옮겼다.

"친한 친구도 있을 것이고, 오늘 처음 만나는 친구들도 있을 것이다. 앞으로 최소 1년 동안 함께 고생해야 할 소중한 동료들이다. 친하게 지내도록. 다음 시간은 너희들의 기초 체력을 측정하는 시간을 갖도록 하겠다. 잠시 휴식을 취한 뒤 모두 연병장에 집합하도록. 이상."

"차렷! 교관님께 경례!"

"수고하셨습니다!"

학생들의 인사를 받으며 아카힐이 교실을 나가자 교실 안은 학생들이 떠드는 소리로 금세 시끄러워졌다. 학생들이 나누는 이야기의 대부분은 조금 전 아카힐이 설명해 준 수많은 용병 가운데 자신이 원하는 용병이 될 수 있을 것인가 하는 것이었다.

카렌과 친구들은 이야기를 나누며 연병장으로 향했다.

"카렌, 넌 어떤 용병이 될 거야?"

"나?"

"그래, 나나 린네는 트레져 헌터가 될 거라고 했잖아. 그리고 러쎌은 상단을 호송하는 컨보이 헌터나 몬스터를 사냥하는 블러디 헌터가 될 거라는데……. 카렌, 너는 어떤 용병이 되고 싶냐고."

세자르의 말에 카렌은 대수롭지 않은 듯 대꾸했다.

"어떤 용병이든 상관없어. 무조건 강한 용병이 되고 싶어."

"무조건 강한 용병? 쳇! 그런 게 어딨어?"

카렌의 엉뚱한 대답에 세자르는 툴툴거렸고, 다른 아이들도 조금은 어이가 없다는 표정으로 카렌을 쳐다보았다.

솔직히 말해 강해지고 싶지 않은 사람이 어디 있는가?

그저 그런 3류 용병의 장래란 것이 어떤 것인지는 아직 어린 소년들이었지만 모두 똑똑히 알고 있었다. 물론 원한다고 다 강해질 수 있는 것은 아니지만 한 자루의 검에 목숨을 거는 인생을 택한 이상 약한 용병이 되려는 사람이 있을 리 만무했다.

수업이 시작되기 전 아이들이 무질서하게 서 있는 모습에 고개를 흔들던 카렌이 열을 맞추라고 하자 아이들의 대부분은 지시에 따라 순순히 열을 맞추었지만 뒷부분에 서 있던 덩치가 큰 아이들은 인상을 쓰며 들은 척도 하지 않았다. 그 모습에 가볍게 눈살을 찌푸린 카렌은 곧 아이들에게 다가갔다.

"거기, 줄 좀 맞춰 서지 그래?"

"꼬마야, 지금 우리한테 하는 소리냐?"

짜증이 나는 것을 억지로 누르는 듯한 음성으로 대꾸한 소년은 키가

170 이상으로 보이는 건장한 체구의 갈색 머리 소년이었다. 또 그 소년 주위에 모여 있던 소년들은 그 모습에 재미를 느끼는지 호기심 어린 눈으로 지켜보고 있었다.

"그래, 너희들. 지금 다른 아이들이 줄을 맞춰 서 있는 게 보이지 않아?"

"흐흐흐. 꼬마야, 교관이 임시 조장으로 임명해 주니까 눈에 보이는 게 없냐? 감히 누구에게 줄을 서라 마라야? 엉?"

"후후후, 정말 웃기는 꼬만데."

"킥킥킥, 세상에 무서운 게 없는 모양이군. 어디 한군데 부러져야 정신을 차릴 모양인데……. 그렇지 않냐?"

"그러게나 말이야. 이 형님들에게 함부로 명령을 하다니 정말 죽고 싶어 환장을 한 모양이야. 꼬마야, 까불다 괜히 얻어터지지 말고 앞에 가서 계집애들하고 소꿉장난이나 하고 놀아. 형님들한테 혼나기 전에 말이야. 하하하."

폭포수처럼 쏟아지는 아이들의 조롱에 카렌은 그들을 노려보며 치미는 분노를 억누르기 위해 안간힘을 써야만 했다. 길게 심호흡을 한 다음 카렌은 가장 먼저 자신에게 말을 건넸던 소년에게 말을 내뱉었다.

"내가 되고 싶어 조장이 된 게 아니야. 그렇게 불만이면 내가 교관에게 이야기해 주지."

카렌은 그 말만을 남기고 앞으로 돌아와 버렸다.

잠시 후 아카힐이 느릿한 걸음으로 다가오자 뒤에서 어영부영하던 소년들도 서둘러 자신의 자리로 찾아 들어갔다. 자신이 왔음에도 카렌이 인사할 생각을 하지 않고 가만히 서 있자 아카힐은 눈살을 찌푸렸다 곧 딱딱하게 표정을 굳히고는 카렌을 쳐다보았다.

"지금 뭐 하는 건가?"

"드릴 말씀이 있습니다."

"뭔가?"

"제가 이 조의 조장으로 임명된 것에 불만이 있는 사람이 있습니다. 조원들이 인정하지 않는 조장은 되기 싫습니다. 임명을 철회해 주십시오."

"불만? 어떤 개뼉다구 같은 자식이야? 당장 안 튀어나와!"

푸근한 표정을 지은 채 카렌의 대답을 듣고 있던 아카힐의 얼굴이 당장 흉악하게 일그러졌다. 그 눈부신 변화에 학생들은 깜짝 놀라 두근거리는 가슴을 진정시키기 힘들었다. 지금 아카힐이 보여주고 있는 인상은 꿈에서라도 볼까 겁이 날 정도로 끔찍했다. 카렌도 아카힐의 돌변한 모습에 기가 막힌 듯 멍하니 서 있었다.

"당장 안 나와! 어떤 빌어 처먹을 놈이 지금 내 권위에 대해 도전하는 거야? 나와! 좋은 말로 할 때 나오란 말이야!"

씩씩거리는 아카힐의 모습을 보면 당할 게 두려워서라도 나올 수 없는 상황이었다.

"학기 초라 웃으며 대해주니까 이것들이 감히 나 아카힐 조단을 말랑말랑하게 봤단 말이지. 어떤 자식이야? 조장 임명에 불만이 있다고 한 놈은 당장 나와! 안 나와? 안 나온단 말이지? 조장, 어떤 자식이 불만이라고 했는지 당장 말해라. 뼈마디가 아주 노굿노굿해질 때까지 내가 자근자근 밟아줄 테니까 어서 말해!"

살벌한 어조로 아카힐의 질문이 카렌에게 떨어지자 학생들의 시선도 일제히 카렌에게로 쏠렸다. 특히 뒤쪽에 서 있던 문제의 주인공들은 카렌을 불안한 시선으로 쳐다보았다. 당장 카렌이 자신들을 지목할 것만 같아 금방이라도 터질 듯 두근거리는 심장을 억누르기에 여념이 없었다.

"저는 조장 임명에 대해 저희 조의 학생들이 어떻게 생각하는지 그것을 말했을 뿐입니다. 누가 그런 이야기를 했는지는 말씀드릴 수 없습니다. 이상입니다."

딱 부러지게 말한 다음 입을 꾹 다물고 있는 카렌의 모습을 광분하던 아카힐의 눈에 잠시 이채가 흘렀다.

"말을 할 수 없다?"

"그렇습니다."

"감히 내 말을 거역해? 내가 너를 처벌한다고 해도 입을 다물겠다는 말이냐?"

"죄송하지만… 그렇습니다."

"좋아, 얼마나 버티는지 두고 보지. 전체 정렬! 지금부터 연병장 열 바퀴를 돌고 해산한다! 그리고 넌 교관실로 따라오도록."

학생들은 천천히 구보를 하면서 아카힐의 뒤를 따라가는 카렌을 안쓰러운 눈길로 쳐다보았다.

교관실로 들어간 아카힐은 자신의 자리에 앉아서는 묵묵히 뒤를 쫓아온 카렌을 쳐다보고는 의미를 알 수 없는 미소를 지었다.

하여간 특이한 녀석이었다.

아카힐은 카렌이 대열의 뒤쪽에 있던 덩치가 큰 학생들과 말다툼을 하는 소리를, 비록 주위가 시끄럽기는 했지만 분명히 들었다. 과연 카렌은 이 사태를 어떻게 해결할 것인가 궁금했었는데 자신에게 고자질(?)을 하겠다는 카렌의 말과 행동에 속으로 실망한 것도 사실이었다. 하지만 그런 자신의 속마음을 눈치채기라도 한 듯 곧바로 새로운 모습을 보여주었기에 흡족한 마음이 드는 것도 사실이었다.

"이번 일을 어떻게 처리할 거냐?"

"예? 무슨 말씀이신지……."

"나까지 속일 셈이냐? 네가 그깟 녀석들이 두려워서 내게 도움을 청한 것은 아니라고 보는데… 내가 잘못 본 것인가?"

아카힐의 말에 카렌은 그가 자신의 실력을 꿰뚫어 보고 있다는 것을 깨달았다. 자신의 실력을 감출 것인지, 아니면 인정할 것인지 잠시 고민하던 카렌은 곧 입을 열었다.

"제가 이곳에 온 이유는 강해지기 위해섭니다. 그러기 위해서는 동료들과 불화를 일으키지 않는 것이 좋다는 것 정도는 저도 잘 알고 있습니다. 비록 몇 번은 참겠지만 저를 받아들이지 않겠다는 친구들의 행동을 끝까지 참는다고는 말씀드리지 못하겠습니다. 그러니 교관님께서 조원들 가운데 우수한 다른 학생을 택해 조장으로 임명해 주셨으면 합니다."

"으음~ 강해지기 위해서 왔다……. 그래서 네가 생각할 때는 내가 조장을 다시 임명해야 한다고 생각하느냐?"

"여러 사람의 불만이나 불평을 없애기 위해서는 그것이 제일 좋은 방법일 것 같습니다."

"네가 생각하기에 조장은 어떤 방법으로 정했으면 좋겠느냐?"

"일정 기간 동안 조원들의 학업에 대한 성취도와 조원들의 지지도를 조사해 가장 우수한 학생을 선발해 임명하는 것이 좋을 것 같습니다."

"성취도와 지지도?"

"그렇습니다, 교관님. 제 생각에는 그 방법이 조원들의 불만을 최소로 만들 수 있는 방법이라고 생각됩니다."

인형처럼 귀여운 얼굴을 하고는 마치 100년은 산 사람처럼 나이답지 않은 식견을 보이는 카렌의 대답에 아카힐은 당장 가슴뼈가 으스러지도록 꼭 껴안아주고 싶은 마음을 억누르느라 한동안 애를 써야 했다.

"조장 임명 방법은 네가 말한 것을 최대한 반영하기로 하지. 그보다 알고 싶은 것이 있는데… 대답을 해주겠느냐?"

"말씀하십시오."

"방금 전에 강해지기 위해 이곳에 왔다고 했지? 어떻게 해서 강해질 거지?"

"예?"

뜻하지 않은 아카힐의 질문에 카렌은 당황하지 않을 수 없었다.

"내가 보기에 넌 이미 소드 익스퍼트 상급 정도 되는 실력을 가지고 있지 않느냐? 이곳에서 5년 동안 뼈를 깎는 노력을 한다고 해도 소드 익스퍼트 초급 내지 중급 정도 되는 것이 고작이다. 즉, 다시 말하자면 이곳에서의 5년 동안 생활을 한다고 해도 이미 마나를 느끼고 있는 너에게는 거의 도움이 되지 않을 것이란 말이다. 이런 상황을 네가 몰랐을 리도 없을 텐데 그럼에도 불구하고 강해지기 위해 이곳에 있다는 것은 너에게 지금보다 강해질 수 있는 어떤 특별한 방법이 있다고 나는 생각한다. 내 말이 틀렸느냐?"

묻고 있었지만 마치 사실을 말하듯 아카힐의 음성은 담담하기만 했다.

잠시 망설이던 카렌은 순순히 대답했다. 하지만 카르멘에 관한 일은 일단 숨기기로 마음먹었다.

"제가 이곳에 온 것은 물론 강해지기 위해섭니다. 그러기 위해 모든 것을 기초부터 새로 시작하려고 합니다."

“기초부터 새로 시작한다?”

“그렇습니다. 검을 휘두르는 법부터 숨 쉬는 법, 몸을 움직이는 법 등등 모두 처음부터 다시 시작할 겁니다. 그러다 보면 다음 단계에 대한 단서를 잡을 수 있을 거라고 생각합니다.”

“새로 시작한다. 으음~ 그럴 수도 있겠군. 그런데 숨 쉬는 법이라니? 후후후, 그렇다면 너는 숨을 쉬는 데 특별한 방법이라도 있다는 거냐?”

실소를 짓는 아카힐의 말에 카렌은 그의 얼굴을 가만히 쳐다보았다.

아버지는 타인에게 지옥심공의 호흡 방법을 절대 가르쳐 주지 말라고 명령에 가까운 당부를 했었다. 하지만 단순히 호흡의 중요성만을 가르쳐 주는 정도라면 상관이 없을 거란 생각에 카렌은 신중한 표정으로 입을 열었다.

“검술의 경지를 높이는 방법 가운데에는 검술에 대한 이해와 깨달음이 많은 부분을 차지합니다. 하지만 호흡 역시 굉장히 중요한 부분을 차지한다는 것을 이미 알고 계실 겁니다. 교관님, 왜 검을 내려칠 때 호흡을 내쉬다 멈출까요? 또 왜 검을 찌를 때 숨을 멈춘 채 공격을 하는 것일까요? 저는 그 이유를 검이 가진 파괴력을 최대한으로 끌어내기 위해서라고 생각합니다. 그런 식으로 훈련을 하다 보면 어느샌가 검을 통해 소드 오러를 뿜어내는 자신을 발견하게 됩니다. 그렇다면 그 마나는 대체 어떻게 해서 생긴 것일까요?”

“그렇다면 네 말은 그렇게 해서 내뿜어지는 마나가 평소 훈련할 때 호흡을 통해 체내에 쌓인 것이란 말이냐?”

“그렇습니다. 제가 알기로는 오랜 시간 동안 훈련을 하다 보면 호흡을 통해 마나를 흡입하게 되고, 또 체내에 쌓아두기 알맞은 호흡 방법을 자신도 모르게 찾게 됩니다. 그렇게 호흡을 통해 흡입되는 마나의 양이 자연스럽게 체내에서 빠져나가는 마나의 양을 초과할 때 비로소 체내에 마나가 쌓이게 되고, 그때가 되어야만 비로소 소드 오러를 사용할 수 있다고 아버지께 배웠습니다. 따라서 누가 가장 효율적인 호흡 방법을 알고 있느냐에 따라 남들보다는 더 빠르고 쉽게 마나를 체내에 받아들이게 되고, 또한 소드 마스터가 될 수 있는 기회를 잡을 수 있다고 아버지께 배웠습니다.”

카렌의 말에 아카힐의 얼굴이 금세 심각하게 굳어졌다.

“혹시 아버지께서 소드 마스터이신가?”

“그렇습니다.”

“아버님의 성함이 어떻게……?”

“죄송합니다. 아버지께서 밝히지 말라고 하셔서…….”

카렌의 대답에 아카힐의 얼굴에 희미하게 실망감이 어렸지만 곧 심각하게 무엇인가를 생각하는 듯 보였다.

소드 마스터가 되는 것이 쉬울 것이라고 생각해 본 적은 없지만 설마 평소 신경도 쓰지 않았던 호흡법에 단서가 있을 줄은 생각도 못했다. 하지만 곰곰이 생각을 해보니 카렌의 말은 지극히 당연한 것이다. 자신이 지금 체내에 가지고 있는 마나는 어떻게 해서 자신의 체내에 가둬두게 된 것인가?

왜 진작 이런 생각을 하지 못했던 것인지 스스로의 머리를 탓하는 아카힐이었다. 그러고 보니 카렌의 아버지가 누구인지 굉장히 궁금했다.

제국 내에 헤아릴 수없이 많은 용병들이 있지만 소드 마스터의 경지에 도달한 용병은 불과 수십 명 정도밖에 되지 않았고, 또 그들 대부분을 아카힐은 잘 알고 있었지만 카렌만큼 어린 아들을 둔 용병은 없었다. 혹시 자신의 실력을 밝히지 않은 숨은 실력자일까 하는 생각도 했지만 실력이 곧 황금이 되는 용병이 자신의 실력을 밝히지 않는다는 것도 이상한 일이 아닐 수 없었다. 아카힐이 그런 생각을 하고 있을 때였다.

"이만 돌아가 봐도 되겠습니까?"

"돌아가 보도록. 그리고 앞으로 부탁할 것이 있으면 언제든 찾아오도록 해라."

"만약 그런 일이 생긴다면… 꼭 교관님께 부탁을 드리겠습니다."

물끄러미 아카힐의 얼굴을 쳐다보던 카렌은 가볍게 인사를 하고는 곧 교관실을 빠져나갔다. 그런 카렌의 태도가 어이없었는지 아카힐은 실소를 지었다.

"호흡에 신경을 써라……. 후후후, 그런 간단한 것조차 모르고 있었다니 정말 한심하군. 그럼 이제 무엇부터 해야 하지? 나도 저 꼬맹이처럼 처음부터 시작해야 하나? 하긴 무엇부터 해야 할지 몰라 막막할 때는 처음부터 다시 시작하는 것도 나쁘지 않겠지. 휴우~"

말과는 달리 아카힐의 입에서는 긴 한숨이 흘러나왔다.

점심 식사가 끝난 아이들은 연병장과 식당 주위에 흩어져 휴식을 취하고 있었다.

카렌도 동료들과 휴식을 취하고 있었는데 그들에게 다가오는 일단의 무리가 있었다. 오전에 카렌에게 시비를 걸었던 소년들이었다. 나무 그늘 밑에서 가부좌를 틀고 앉아 있는 카렌 앞으로 다가온 소년들은 노골적으로 협박하는 표정을 지으며 말을 꺼냈다.

"꼬마, 설마 허튼수작을 부리지는 않았겠지? 만약 교관에게 이상한 말을 했다면 나중에 각오하는 게 좋을 거야.”

갈색 머리 소년의 말에 카렌은 무표정한 얼굴로 그를 쳐다보았다.

“내 이름은 카렌이야. 앞으로 두 번 다시 ‘꼬마’라고 부르지 마, 후회하고 싶지 않으면 말이야.”

잔뜩 가라앉은 카렌의 대꾸에 갈색 머리 소년, 오벨리언은 어이가 없다는 표정으로 희한한 자세로 앉아 있는 귀엽게 생긴 꼬마를 쳐다보았다.

얼굴이 뽀얀 것을 보면 꽤나 귀하게 자란 꼬마처럼 보였다.

학자 가문이나 상인 가문의 자식 같은데 대체 뭘 믿고 자신에게 이렇게 건방지게 까부는 것인지 도무지 이해를 할 수 없었다. 혹시 교관들 가운데 누군가 아는 사람이 있는 것은 아닐까 은근히 걱정도 되었지만 그보다는 감히 자신에게 반항하는 카렌을 어떻게 박살을 내야 친구들에게 멋있게 보일까 하는 생각이 먼저였다.

솔직히 말해 카렌이 귀엽게 생겼다는 생각이 들지 않는 것은 아니지만 그보다는 건방지게 자신에게 반항하는 모습이 훨씬 마음에 들지 않았다. 아니, 짜증스러움과 함께 불쾌한 마음까지 생겼다.

“이 자식이… 너야말로 어디 한군데 부러져서 후회하고 싶지 않으면 앞으로 우리가 시키는 대로 하는 게 좋을 거야.”

오벨리언은 그 말만을 남기고 친구들과 그 자리를 떠났고, 그런 그들의 뒷모습을 바라보고 있던 카렌은 자신의 어떤 점이 이런 사태를 불러일으킨 것인지 정말 의문이 아닐 수 없었다.

“카렌, 걱정할 필요 없어. 나나 린네가 도울 테니까 말이야.”

“나, 나도 도울게.”

세자르의 말에 린네는 고개를 힘차게 끄덕였고, 러쎌도 돕겠다고 나섰다. 그러나 곁에 있던 니오브는 이해가 되지 않는지 고개를 갸웃거리다가 귓속말로 자신의 궁금함을 물었다.

"왜 저 자식들을 그냥 두는 거지? 네가 지금 가지고 있는 실력이라면 저런 녀석들 정도는 간단히 처리할 수 있잖아."

"내가 실력을 가지고 있다고 마음대로 쓴다면 불량배와 다를 바 없잖아. 그리고 두들겨 패서 쫓아버리는 것은 내 실력 향상에 아무런 도움도… 맞아! 그런 방법이 있었어."

갑자기 회심의 미소를 짓는 카렌의 행동에 니오브는 영문을 몰라 그저 멍하니 카렌의 얼굴을 바라볼 뿐이었다.

"오후에 무슨 수업이지?"

"아마 부전공일걸?"

"그래? 그럼 나는 준비할 것이 있어서 먼저 일어날게. 저녁에 보자."

말을 마친 카렌은 친구들의 대답을 들을 사이도 없이 어딘가를 향하여 힘차게 달려갔다.

갑작스러운 카렌의 행동에 아이들은 그저 어리둥절한 표정을 지을 뿐이었다.

그리 크지 않은 교실에 놓여져 있는 책상과 의자는 30여 개에 불과했다. 하지만 막상 앉아 있는 학생들은 겨우 10여 명에 불과했고, 나이도 10대 후반에서 20대 중반까지 다양했다.

삐걱.

교실의 문이 열리고 들어온 사람은 다름 아닌 카렌이었다. 그러나 무슨 일이 있었는지 카렌의 오른손은 어깨까지 두꺼운 붕대로 친친 동여매져 있었다.

비어 있는 의자에 카렌이 앉자마자 교실로 들어오는 사람이 있었다.

긴 금발을 늘어뜨린 20대 후반으로 보이는 미인형의 여자였다. 잠시 주위를 둘러보던 여자는 가볍게 한숨을 쉬고는 교탁으로 다가갔다. 그러자 자리에 앉아 있던 학생 가운데 한명이 일어나 짧게 구령했다.

"차렷! 경례!"

"안녕하십니까?"

"반가워요, 여러분."

여교관의 얼굴이 밝지 못한 것을 보면 뭔가 마음에 들지 않는 것이 있는 모양이었다.

"혹시 오늘 새로 온 학생 있나요?"

카렌은 손을 들면서 자신도 모르게 주위를 둘러보았지만 자신 말고는 아무도 손을 든 학생이 없는 것을 보고는 슬그머니 손을 내렸다.

"휴우~ 올해는 지원한 학생은 작년에 비해 더 없군요. 그래도 작년에는 다섯 명은 넘게 지원했었는데… 그래, 학생은 이 반이 무엇을 배우는 반인지 알고 있나요?"

"정령술에 대해서 배우는 곳이라고… 알고 있습니다."

카렌의 대답에 여교관은 미소를 짓고는 설명해 주었다.

"단순히 정령술에 대해 배우기만 하는 곳이 아니라 정령 친화력을 가지고 있는 학생에게는 정령과 맹약을 맺을 수 있도록 도와주기도 해요. 좀 더 정확하게 말하자면 정령술사를 만들기 위해 설립된 반이라고 할 수 있어요. 표정을 보니 궁금한 것이 있는 모양이군요. 무엇이든 물어보세요."

"혹시 여기 있는 학생들 가운데 정령과 맹약을 맺은 사람이 있습니까?"

"물론이에요. 그란트, 이 학생에게 당신의 정령을 보여줄래요?"

“알겠습니다, 교관님. 실프 소환!”

그란트의 짧은 구령 소리가 끝났을 때 카렌은 눈에 보이지 않는 뭔가가 모습을 드러낸 것을 느낄 수 있었다. 어떤 모습을 하고 있는지 알 수는 없었지만 그란트의 손짓에 따라 이리저리 뭉쳐진 마나가 이동하는 것을 분명히 느낄 수 있었다.

“모습이 보이지 않으니 어떻게 생겼는지 상당히 궁금하죠? 그란트, 실프의 모습을 카렌에게 보여줄래요?”

“실프, 모습을 보여라!”

그란트의 명령이 떨어지자 허공에서 갑자기 어떤 존재가 모습을 드러냈다.

손가락만한 크기를 가진 실프는 어린 소녀의 모습에 잠자리 날개처럼 생긴 두 쌍의 날개를 가지고 있었다. 또 날개를 퍼덕이며 나는 모습도 꼭 잠자리처럼 느껴졌다.

“아~ 저게 실프?”

“알고 있는지 모르겠지만 실프는 바람의 속성을 가진 정령 가운데 하급 정령이에요. 비록 크기는 손가락 정도밖에 되지 않을 정도로 작지만 어떻게 활용하느냐에 따라 굉장한 힘을 발휘할 수 있어요. 물론 다른 하급 정령들도 마찬가지에요.”

“저어~ 교관님께서도 정령과 맹약을……?”

“후후후, 나 말인가요? 물론이에요. 내가 맹약을 맺은 정령은 바람의 상급 정령, 바로 실라이온이에요.”

대답을 하던 여교관은 갑자기 짓궂은 표정을 짓더니 카렌을 향해 미소를 지었다.

“후후후, 실라이온의 모습도 물론 보고 싶겠죠?”

갑작스런 말에 카렌은 자신도 모르게 고개를 끄덕였고, 그 순간 주위에 있던 학생들은 일제히 비명을 질렀다.

"아, 안 됩니다, 아그니스 교관님!"

"교관님, 제발……!"

학생들의 비명 소리가 미처 사라지기도 전 여교관의 뾰족한 음성이 벌써 교실 안에 울려 퍼지고 있었다.

"실라이온 소환!"

휘이익!

날카로운 바람 소리가 들리더니 여교관, 아그니스의 주위로 세찬 바람이 휘몰아치며 거대한 힘을 가진 뭔가가 모습을 드러냈다. 그렇지만 몰아친 바람으로 인해 교실 안은 그야말로 난장판으로 변해 버렸다.

사방으로 날아간 책상과 의자, 그리고 날아가지 않기 위해 바닥에 납작 엎드린 학생들의 모습을 보고 카렌은 결코 웃을 수가 없었다. 최대 피해자가 바로 자신이었기 때문이다.

바로 눈앞에서 눈 깜짝할 사이에 일어난 거역할 수 없는 바람을 정면에서 맞은 카렌은 속수무책으로 날아갈 수밖에 없었다. 놀란 가슴을 진정시킨 카렌은 재빨리 공중에서 몸을 회전해 중심을 잡고는 순식간에 다가온 벽을 찬 후에야 겨우 교실 바닥에 내려설 수 있었다.

"와아~ 너 정말 몸이 날쌔구나!"

아그니스의 감탄 소리에 카렌은 황당한 마음이 드는 것을 감출 수 없었다. 난장판이 된 교실의 모습은 아랑곳하지 않은 채 자신의 몸놀림을 보고 놀라는 아그니스의 행동은 그야말로 푼수 그 자체였다.

"교관님, 제발 교실에서는 실라이온을 소환하지 말아달라고 하지 않았습니까?"

“매번 이게 무슨 난리야.”

“교관님은 정말 어쩔 수 없는 분이서.”

학생들의 푸념을 들었는지 못 들었는지 아그니스는 카렌에게 실라이온을 소개하는 데 여념이 없었다.

“얘가 바로 바람의 상급 정령 실라이온이야. 어때? 굉장하지?”

한껏 뻐기듯 자랑스럽게 말하는 아그니스의 행동에 카렌은 식은땀을 흘리며 자신이 혹시 잘못된 선택을 한 것은 아닐까 심각하게 고민해 봐야겠다고 생각했다. 그렇지만 당당하게 모습을 드러낸 실라이온의 모습에 가슴이 두근거리는 것도 사실이었다. 창공의 지배자인 독수리의 모습을 한 실라이온은 오만한 시선으로 주위를 둘러보며 날갯짓을 하고 있었다.

“하급이나 중급 정령이 맹약을 맺은 맹약자의 일방적인 지시를 받는다면 상급 정령은 약간의 의사 통화도 가능하지.”

“원래 크기가 저만한가요?”

“아니야. 중급 정령까지는 크기가 일정하지만 상급 정령부터는 자유자재로 자신의 크기를 조절할 수 있어. 지금 네가 보는 것처럼 1미터 남짓한 크기로 소환되는 것이 일반적이지만 상황에 따라 더 크게도, 또 더 작게도 변할 수 있어. 상급 정령이 가진 힘은 중급이나 하급 정령들이 가지고 있는 힘과는 비교도 할 수 없이 강해.”

“비교할 수 없이 강하다고 하셨는데, 대체 얼마나 강한 거죠?”

카렌의 이어진 질문에 아그니스는 잠시 고민을 하더니 대답했다.

“글쎄? 정확한 수치로 증명된 것은 아니지만 거의 5클래스 급의 마법사가 발휘할 수 있는 힘과 맞먹을걸?”

“5클래스 급?”

아그니스의 대답에 카렌은 깜짝 놀라지 않을 수 없었다.

말이 좋아 5클래스 급이지, 웬만한 마법사는 평생 동안 마법을 연구한다고 해도 5클래스에 도달하기 힘들다. 싸일렉스 가문에 소속된 마법사인 슈벨만만 하더라도 몇 년 전에야 겨우 6클래스에 진입했을 정도로 험난하기 이를 데 없었다.

사실 5클래스의 마법사만 하더라도 엄청난 파괴력을 가진 존재라 하지 않을 수 없다.

지금에야 뮤란 대륙에서 전쟁이 사라졌지만 과거 전쟁에서는 고위 마법사를 보유하고 하지 않는 것이 전쟁의 향방까지 바꿀 정도로 대단한 존재들이었다. 그런데 그런 마법사의 힘과 맞먹을 정도라니… 카렌은 새롭게 알게 된 사실에 가슴이 두근거렸다.

"그렇다면 만약 최상급 정령과 맹약을 맺게 된다면……?"

"아마 7클래스 마스터 정도의 힘이 되지 않을까 막연하게 생각할 뿐이야. 아직 누가 최상급 정령과 맹약을 맺었다는 말은 들어본 적이 없거든."

"그렇다면 정령왕이 가지고 있는 힘이 얼마나 될지는 아무도 모르겠군요."

갈수록 궁금해하는 카렌의 태도에 아그니스는 어이가 없었다.

실라이온을 돌려보낸 후 아그니스는 자신이 아는 한도 내에서 최대한 자세히 설명을 해주었다.

"글쎄다. 예전에 나를 가르쳐 주셨던 교관님의 말씀에 따르면 아마도 에이션트 드래곤이 가지고 있는 힘과 맞먹을 정도라고 하셨거든. 넌 에이션트 드래곤이 가진 힘이 얼마나 가공한지 알고 있니? 웬만한 도시쯤은 단숨에 날려 보낼 수 있는 브레스와 9클래스의 마법을 가지고 있는 그런 에이션트 드래곤과 말이다.”

카렌은 눈빛을 빛내며 아그니스의 설명을 들었다. 역시 정령을 배우기로 한 자신의 선택이 옳았다는 생각이 들었다.

어수선했던 교실이 정리된 후 본격적으로 수업이 시작되었다.

아그니스는 지금까지의 푼수 같은 표정을 지우고 한껏 근엄한 표정을 짓더니 학생들을 바라보며 설명하기 시작했다.

“새로운 학생이 왔기 때문에 간단하게 설명을 하겠다. 먼저 정령은 원소계, 정신계, 자연계, 이렇게 세 가지로 구분이 된다. 먼저 원소계 정령은 여러분도 잘 알고 있는 네 가지 원소, 즉 물, 불, 바람, 대지의 정령들을 말한다. 구분은 하급, 중급, 상급, 최상급, 정령왕 등 5단계로 구분이 되며 각 이름은 잠시 후 칠판에 적어주겠다. 다음은 생명체의 정신에 작용하는 정신계 정령들에 대해 설명하겠다. 흥분, 광기, 슬픔, 공포 등 인간이나 생명체가 느끼는 각각의 감정들에 작용하는 정령들로 아직까지 상당한 부분이 베일에 가려져 있는 정령들이다. 지금까지 밝혀진 것은 그저 이들이 하급, 상급, 정령왕으로 이루어졌다는 것과 이들과 맹약을 맺으려면 마법사들을 뛰어넘는 대단한 정신력의 소유자라야 한다는 점뿐이다. 이들의 이름 역시 잠시 후 칠판에 적어주겠다. 그리고 마지막으로 자연계 정령을 소개하겠다. 물론 이런 이야기를 처음 듣는 사람도 있겠지만 이미 여러분들도 알고 있는 정령들이 바로 이 자연계 정령에 속한다. 빛의 정령 윌로위스프, 식물의 정령 드라이어드, 바다의 정령 네레이드, 그리고 번개의 정령 라이오너 등등이 있다. 물론 이외에도 수없이 많은 정령이 존재하며 각각의 이름들이 붙어 있다. 자연계 정령 역시 알려진 것보다는 밝혀내지 못한 정령들이 더 많은 것이 사실이다. 흔히 우리들이 정령술사라고 부르는 사람들은 모든 정령과 맹약을 맺은 사람을 가리키는 말이지만 그렇다고 4대 원소계 정령들과 맹약을 맺은 자만을 가리키는 말은 아니란 것을 명심하도록. 알겠나?"

"명심하겠습니다."

학생들의 대답을 들은 아그니스는 카리스마 넘치는 표정을 풀고 다시 부드러운 표정을 지으며 학생들을 바라봤다.

"학생들 가운데 정령과 맹약을 맺은 사람은 겨우 다섯 명에 불과해요. 다른 사람들도 정령과 맹약을 할 수 있도록 더욱 분발해 주세요. 오늘 수업은 여기까지."

아그니스는 그 말만을 남기고 교실을 빠져나갔고, 카렌은 수업 내용을 떠올리기에 여념이 없었다. 그러다 학생들이 일제히 교실을 빠져나가는 모습을 발견하고는 황급히 제일 뒤에 있던 학생을 불렀다.

"잠시 실례하겠습니다."

"뭐요?"

돌아서는 얼굴을 보니 조금 전 실프를 보여주었던 그란트란 학생이었다.

"다음 수업 시간에는 뭘 배우게 되나요?"

"다음… 수업? 푸하하하, 낄낄낄."

갑자기 폭소를 터뜨리는 그란트의 행동에 다른 학생들은 영문도 모른 채 걸음을 멈추고 그를 바라보았다.

"왜 그래, 그란트?"

"무슨 일이야?"

"낄낄낄. 그, 글쎄, 쟤, 쟤가 다, 다음 수업이 언제냐고……."

"뭐? 다음 수업? 하하하."

“킥킥킥, 다음 수업이라니… 뭘 모르는 모양이군.”

“그러게 말이야. 아그니스 교관에 대한 소문을 들어본 적도 없는 모양이군.”

학생들이 일제히 웃음을 터뜨리자 카렌은 더욱 모르겠다는 표정을 지었다. 학생들 가운데 그래도 조금 나이를 먹어 보이는 학생 하나가 친절하게 설명을 해주었다.

“오늘 처음인 것 같으니 내가 설명해 주지. 아그니스 교관은 정령학과를 책임지는 교관이 맞기는 하지만 강의는 오늘 이것이 처음이자 마지막이라네. 두 달에 한 번씩 이론 수업이 있긴 하지만 강의 내용은 오늘과 똑같지. 똑같은 내용을 설명하고, 학생들의 정령 친화 정도를 확인한 다음 마지막으로 아까처럼 실라이온을 보여주는 것으로 수업은 끝나게 된다네. 그러니 다음 수업이라는 것은 전혀 없는 셈이지.”

“그렇다면… 정령의 친화도를 올리려면 어떤 훈련을 해야 하는 겁니까?”

카렌의 진지한 물음에 나이를 먹은 학생이 딱하다는 듯 카렌의 얼굴을 바라보고는 곧 설명을 해주었다.

“별다른 방법이 없다네. 아까 아그니스 교관의 설명을 들었겠지만 원소계 정령들을 제외한다면 사실 정신계 정령들이나 자연계 정령들과 맹약을 하기는 거의 불가능한 일이거든. 당연히 우리로서는 원소계 정령들과 맹약하기 위해 노력하는 수밖에 없지. 간단하게 말해 타오르는 불을 보거나, 불어오는 바람을 느끼거나, 대지의 기운을 느끼거나, 흐르는 물을 보면서 원소계 정령들의 존재를 느끼는 수밖에 없다네. 이것만은 누가 가르쳐 줄 수 있는 부분이 아니지. 자네 얼굴을 보니 뭘 묻고 싶은 것인지 짐작이 가네. 만약 그런 느낌을 받지 못하면 어떻게 해야 하는 것이냐 아닌가?"

"맞습니다. 만약 몇 년 동안 노력을 해도 아무런 존재나 느낌도 느끼지 못한다면 정령과 맹약을 맺는 것은 불가능한 겁니까?"

"자네 말이 맞네. 마나를 느끼고 자유자재로 움직일 수 있어야 마법사가 될 수 있듯이 정령술사는 대자연에 흩어져 있는 원소계 정령의 존재를 느낄 수 있어야 정령과 맹약을 맺을 수 있다네. 자네도 생각을 해보게. 누가 도운다고 해서 마법사가 되고 정령술사가 될 수 있겠나? 결국 능력이 되는 사람만이 마법사도 될 수 있고, 정령술사도 될 수 있는 게 현실이지. 자네도 잘 알고 있지 않은가? 싸일렉스 공작 전하께서는 이 뮤란 대륙 최초로 등장한 소드 그렌저이시기도 하지만 6클래스의 유저로도 유명하신 분 아닌가? 기사는 마법을 절대 익힐 수 없고, 마법사 역시 절대 검술을 익힐 수 없다는 철칙을 깨신 분이 바로 싸일렉스 공작 전하시지. 결론을 말하자면 스스로의 능력을 키울 수밖에 없는 일이라는 말이네. 사실 우리 정령학과를 졸업하는 학생 가운데 정령과 맹약을 맺을 수 있는 학생은 겨우 1할도 안 되는 것이 현실이라네. 게다가 중급 정령과 맹약을 맺은 학생은 지난 몇 년 동안 전무한 게 우리 정령학과가 당면한 최대 현실이라네. 아마 몇 년 전 학생이셨던 아그니스 교관이 바람의 중급 정령인 실라페와 맹약을 맺은 것이 유일할 거야. 정말 대단한 사람이지."

청년의 말에 근처에 있던 학생들은 일제히 고개를 끄덕였다.

"그렇다면 두 속성의 정령들과 맹약을 맺는 경우도 거의 없겠군요."

"쯧쯧쯧, 자네 여태껏 내가 한 말을 어떻게 들었기에 그렇게 어리석은 소리를 하는 것인가? 두 가지 속성은 고사하고, 이곳에서 5년 동안 지독하게 노력해도 겨우 하급 정령과 맹약을 맺는 것이 고작이란 말일

세. 하긴 그렇게라도 맹약을 맺는 것만 해도 어딘가. 어디 소설책에서
몇 가지 정령들과 맹약을 맺는 내용을 본 모양인데 자네도 아마 앞으
로 정령학과에 다니면서 정령과 맹약 맺기 위해 노력해 보면 내 말을
이해하게 될 걸세.”

청년과 다른 학생들은 실망한 표정이 역력한 카렌의 표정을 보면서
혀를 차며 교실을 빠져나갔다. 텅 빈 교실에 혼자 남은 카렌은 과연 자
신이 정령학과를 선택한 것이 잘한 것인지에 대해 심각하게 고민했다.

개인적인 욕심 때문에 선택한 정령학과였다. 카렌의 생각에는 정령
학과를 선택하는 자신이 강해질 수 있는 가능성이 더욱 높이는 것이라
판단했기 때문이었다. 그런데 하급 정령들과 맹약을 하는 것조차 몇
년 동안 노력해도 맹약을 맺을 수 있을지 말지라니… 실망하지 않았다
면 아마 거짓말이리라.

“휴우~”

땅이 꺼질 듯 길게 한숨을 내쉬던 카렌의 눈에 들어온 것은 바로 카
르주나에게서 선물로 받은 반지였다.

번개의 정령, 라이오너가 봉인되어 있다는 전설의 반지.

이 반지의 봉인을 풀어 라이오너와 맹약을 맺는다면 과연 자신은 얼
마나 강해질 수 있을까? 정령을 이용하면 어떤 공격이 가능한지도 전
혀 모르는 상황이니 자신이 얼마나 강하질 수 있을지조차 전혀 감이
잡히지 않았다. 다만 지금은 라이오너라는 존재를 아는 사람조차 없다
니 잘만 활용한다면 효과적인 공격이 가능할 것 같기도 했다. 게다가
엘프 장로 아나시스의 말에 따르면 라이오너는 맹약자의 능력에 따라
하급에서 계속 성장을 한다고 했으니 자신의 실력을 향상시킨다면 라
이오너 역시 성장할 것이기에 마냥 실망할 것만도 아닌 것 같았다.

더구나 누나 네로브의 말에 의하면 아버지도 지옥이도류를 모두 익힌 것이 아니라고 하지 않은가? 또 자신은 그 지옥이도류를 만든 지옥마제 곽주민에게 직접 지옥이도류를 배울 기회가 주어지지 않았는가? 강해질 수 있는 기회는 충분했다.

"내일부터 본격적으로 시작인가?"

말을 꺼내는 카렌의 얼굴은 굳은 결심 탓인지 딱딱하게 굳어 있었다.

오전 수업을 하기 위해 연병장으로 향하는 아카힐의 눈에 집합해 있는 학생들의 모습이 보였다. 흐뭇한 시선으로 학생들을 바라보던 아카힐의 눈이 누군가에게서 멈춰지더니 잠시 이채가 떠올랐다가는 눈 깜짝할 사이에 사라졌다.

그의 눈을 멈춰지게 만든 것은 바로 카렌이었다. 그의 복장이 어제와는 달랐기 때문이다. 두껍게 붕대가 감겨 있는 그의 오른팔 때문이었다. 자신이 보기에 카렌의 팔은 너무나 멀쩡해 보였다.

"멀쩡한 팔은 왜 묶은 것이냐?"

"나름대로 이유가 있어서 이렇게 묶었습니다."

"이유? 말해 줄 수 있나?"

"죄송합니다. 다음에 말씀드리겠습니다."

"알았다. 그리고 너."

갑작스럽게 아카힐의 지적을 받은 소년은 깜짝 놀라며 황급히 대답했다.

"예? 옛! 교관님."

"이름이 뭔가?"

"밀턴입니다."

"오늘부터 새로운 조장이 정해질 때까지 네가 이 조의 임시 조장이
다. 알았나?"

"알겠습니다, 교관님. 전체 차렷! 교관님께 경례!"

"안녕하십니까?"

"전혀 안녕하지 못하다."

불쾌한 듯 내뱉는 아카힐의 대답에 학생들은 찔끔하며 하나같이 아
카힐의 눈치를 보지 않을 수 없었다. 학생들은 전날 저녁 그들 선배들
에게서 전설처럼 전해오는 아카힐의 악명을 전해듣고는 하나같이 몸서
리를 쳤다. 귀족에게까지 자신이 하고 싶은 대로 행동하는 인간이 자
신 같은 어린애들을 어떻게 대할지는 생각만 해봐도 몸서리쳐지는 일
이었다. 더구나 사건의 당사자는 몇 달 동안 침대에서 꼼짝도 할 수 없
을 정도로 맞았다고 하지 않던가.

"대체 얼마나 잘나고 건방진 놈인지는 모르겠지만 감히 내가 내린 결
정에 대해 불만을 가진 놈이 이 가운데 있는 것으로 알고 있다. 처음이
라 이번만은 그냥 넘어가겠지만, 만약 이번 같은 항명 사태가 다시 한 번
발생한다면 범인이 누군지 끝까지 색출해서 반드시 박살을 내주겠다!"

아카힐의 으름장에 학생들은 다시 한 번 몸을 움츠릴 수밖에 없었다.

"새로운 조장은 다음과 같은 방법으로 선출 임명된다. 먼저 앞으로
3개월 동안의 학업에 대한 성취도를 보겠다. 성취도는 각 부분에 대해
세분화하여 볼 것이며, 조원들 간의 친화도, 리더십, 조원들의 지지도
역시 철저히 점수를 매겨 종합 점수에서 가장 높은 사람을 조장으로
임명할 것이다. 알았나?"

"네, 알겠습니다, 교관님!"

학생들의 우렁찬 대답을 들은 아카힐은 그 표정 그대로 지시를 내

렸다.

"지금부터 우선 연병장을 세 바퀴를 돈다. 첫째 바퀴는 전력 질주, 둘째 바퀴는 조금 늦게, 마지막 바퀴는 호흡을 조절하며 천천히 뛴다. 조장, 대열을 인솔하도록!"

"전체~ 뛰어갓!"

밀턴의 구령에 학생들은 일제히 앞으로 달려나가며 일사불란하게 대열을 맞췄다.

아카힐의 조금 전 협박 때문인지 학생들은 기를 쓰며 연병장을 달렸다. 하지만 거의 1킬로미터가 넘는 연병장을 전력 질주하기엔 학생들에게는 벅찬 일이 아닐 수 없었다.

아직 반 바퀴도 돌지 않았건만 벌써 뒤로 처지는 학생들이 생기기 시작했다. 대부분 왜소한 체구의 소년들이나 여학생들이었다. 시간이 지날수록 앞에서 달리는 학생들과는 조금씩 간격이 벌어지기 시작했다.

선두에서 달리던 학생들은 아카힐의 앞을 지남과 동시에 속도를 늦추며 겨우 가쁜 숨을 내쉴 수 있었다. 그들의 모습을 유심히 살피던 아카힐은 문득 그들의 모습 가운데 관심의 주인공이 모습을 보이지 않자 의아한 생각이 들었다.

몸만 어린아이지 실력은 이미 일부 교관들을 넘어선 카렌이 겨우 이 정도 거리를 뛰고 낙오했을 리는 없을 것이라 생각했기에 그의 의문은 당연한 것이었다. 그렇지만 자연적으로 그의 시선은 뒤로 처져 있는 후미 그룹으로 향했다. 역시 카렌은 후미 그룹에서 뛰고 있었다.

비록 들리지는 않지만 연신 뭐라 중얼거리는 것을 보면 아마도 학생들에게 무슨 이야기를 해주는 것 같았다. 조금 전까지 필사적으로 달리느라 하나같이 상기된 얼굴에 가쁘게 숨을 몰아쉬던 학생들의 상태가 훨씬 안정적이고 편안해 보였다.

잠시 후 자신 앞을 지날 때 자신도 모르게 카렌의 표정을 유심히 살핀 아카힐은 또다시 이해되지 않는 것이 있는지 고개를 갸웃거렸다.

카렌의 얼굴이나 옷에 가득 배인 땀 때문이었다.

소드 익스퍼트 상급이 넘는 실력을 가진 존재가 겨우 이 정도 거리를 뛰었다고 어째서 저렇게 많은 땀을 흘린단 말인가? 혹시 몸에 무슨 문제라도 생긴 것은 아닐까 하는 생각도 들었지만 그렇다고 보기엔 평소 카렌의 행동과 달라진 점이 없었다. 의문은 또 있었다.

혹시 자신이 잘못 본 것은 아닐까 하는 생각이 들었지만 불과 하룻밤 사이에 카렌의 분위기가 많이 달라졌다는 느낌을 받은 것이었다. 이해가 되지 않는 것은 그에게서 마나의 기운을 전혀 느낄 수 없다는 것이었다.

그도 지난 30여 년 동안 검을 수련해 왔기에 지금은 상대에게서 느껴지는 마나의 기운만으로 상대의 실력 정도를 평가할 수 있는 안목을 지니게 되었다. 그런데 어제까지만 해도 상당히 잘 정제되고 충만했던 마나가 불과 하룻밤 사이에 감쪽같이 사라져 버린 것이었다.

혹시 순간적으로 보았기 때문에 자신이 잘못 본 것은 아닐까 하는 생각에 카렌이 다시 자신의 앞을 지나칠 때 유심히 전신을 살펴보았다. 역시 자신이 본 것이 맞았다. 마치 갓난아이처럼 카렌의 전신에서는 미세한 마나조차 느낄 수 없었다.

그렇다면 마법으로 마나를 숨긴 것일까? 물론 현실적으로 가능한 방법이기는 하지만 카렌이 그래야 할 이유가 전혀 없다는 것이 문제였다. 그렇다면 카렌이 하룻밤 사이에 마나를 자유자재로 통제할 수 있는 소드 마스터 중급이라도 되었단 말인가? 그거야말로 드래곤이 슬라임에게 잡아 먹혔다는 말보다 더 실현 가망성이 없는 일이었다.

그럼 대체 이게 어떻게 된 일이란 말인가?

아카힐은 시간이 지날수록 자신을 점점 궁금중의 바다에 빠뜨려 허우적거리게 만든 카렌을 무지무지하게 예뻐해(?) 주고 싶어서 죽을 지경이었다. 마지막 바퀴를 돌고 들어와 숨을 고르는 학생들을 보고 있던 아카힐은 곧 지시를 내렸다.

"잘 뛰었다. 하지만 앞으로 조금씩 거리를 늘리고 속도 또한 높일 테니 항상 달리기를 연습해 두도록. 혹시 왜 이렇게 죽도록 달리기만 시키는 것일까 하는 멍청한 생각을 하는 놈들이 있을 것 같아 간단히 설명을 해주겠다. 이유는 아주 간단하다. 너희들은 기사가 아니기 때문이다. 이해하겠나?"

아카힐의 말에 찔끔하던 학생들은 그의 마지막 말에 대답도 하지 못한 채 멍한 표정으로 그의 얼굴만 쳐다보고 있었다.

"이럴 줄 알았다. 달리기는 모든 훈련의 기본. 잘 발달된 하체가 받쳐 주지 않는다면 상대에게 변변한 공격 한 번 해보지 못한 채 목숨을 잃게 될 것이다. 바로 그때 늘지 않는 검술 실력보단 평소 단련한 두 다리가 너희들의 목숨을 살릴 거란 말이다. 다시 말해 상대와 겨루다 도저히 당하지 못할 것 같으면 당장 도망을 치란 말이다. 멍청하게 명예가 어떻고 하며 자존심만 내세우다간 머리를 잃어버린 꼴로 들판에 누워 짐승들의 만찬이 될 뿐이란 말이다. 명예는 기사들이나 지키라고 하고, 너희들은 목숨이나 확실하게 챙기란 말이다. 도저히 이길 수 없을 것 같은 상대도 시간이 지나 실력이 늘고 경험이 쌓인다면 충분히 이길 수 있으니까 절대로 객기 부리지 말도록. 알겠나?"

"알겠습니다, 교관님."

강한 적을 만나면 도망가라는 아카힐의 말에 학생들의 태도는 맥이 빠질 수밖에 없었다.

"그럼 잠시 휴식을 취하고 다시 집합하도록. 그리고 카렌은 면담이 있다."

"해산!"

밀턴의 구령에 학생들은 일제히 주위에 흩어져 휴식을 취했고, 아카힐 앞으로 다가온 카렌은 영문을 모르겠다는 표정을 지었다.

"어떻게 된 일이냐?"

"예? 무슨 말씀이신지……?"

"네가 원래부터 가지고 있던 마나 말이다. 어떻게 했기에 제법 충만했던 마나가 하룻밤 사이에 감쪽같이 사라진 것이냔 말이다."

아카힐의 말에 카렌은 흠칫 놀라지 않을 수 없었다.

처음 자신을 봤을 때 붕대를 감은 팔만 신경을 써 마나를 봉쇄한 것을 모르는 모양이라고 생각했는데 그것이 아닌 모양이었다. 하기야 소드 익스퍼트 최상급의 실력을 가지고 있으니 자신의 변화를 눈치챈 것도 이상한 일은 아니지만, 소드 마스터가 아니라면 비교적 상대가 가지고 있는 마나를 감지하는 데 둔감한 사람들이 대부분이었다. 하지만 아카힐은 다른 사람에 비해 훨씬 민감하게 느끼는 모양이었다.

그렇지만 마나를 봉쇄시키는 방법이 전혀 알려지지 않은 뮤란 대륙에서 마나를 봉쇄시켰다는 말을 아카힐에게 하면 아마 자신을 미친 사람 취급할지도 모르는 일이었다. 굳이 아카힐을 속이고 싶은 생각이 없었던 카렌은 솔직하게 이야기했다. 물론 중요한 부분은 말을 하지 않았다.

"제 말을 믿으실지 모르지만… 아버지께 배운 것 중에 마법 도구 없이 마나를 봉쇄시키는 방법도 있었습니다. 해서 기초 체력을 키우는 앞으로 1년 동안 마나의 도움 없이 순수한 육체의 힘을 키우기 위해 마나를 봉쇄했습니다.”

“마나를… 봉쇄… 했단 말이냐?”

아카힐은 도저히 믿을 수 없다는 표정을 지으며 카렌의 얼굴을 쳐다보았지만 카렌은 그저 담담한 표정으로 고개를 끄덕일 뿐이었다.

“나에게… 내 마나도 봉쇄시킬 수 있느냐?”

“가능은 합니다만, 아직까지 익숙하지 않아 실수할 수도 있습니다. 실수할 경우 생명을 잃을 수도 있는 일이기 때문에 교관님의 마나를 봉쇄시킬 수는 없습니다.”

“그렇다면… 방법이라도 말해 보겠나?”

어떻게든 카렌이 말한 진위를 알아보려는 듯 아카힐의 질문은 집요했다. 잠시 난감해하던 결심을 한 듯 카렌은 곧 입을 열었다.

“이 방법을 이용하려면 인체에 대한 깊은 이해가 있어야 합니다. 사람의 몸에는 살짝 꼬집는 것만으로 상당한 통증을 유발하는 곳이 있는가 하면 어느 정도 타격을 받아도 거뜬하게 충격을 견딜 수 있는 곳도 있습니다. 조그만 자극에도 통증이 느껴지는 곳을 급소라고 하는데 인체에는 그런 급소가 수십 곳이 넘습니다. 마나 봉쇄는 그런 급소를 이용하는 방법인데 배꼽과 아랫배 주위의 서너 곳을 누르면 마나 봉쇄가 이루어집니다.”

카렌의 말을 가만히 음미하던 아카힐은 이해가 되는지 곧 고개를 끄덕였다.

확실히 인체에는 급소가 존재하고, 그 급소를 공격하면 손쉽게 승리를 거둘 수 있는 것도 사실이다. 하지만 그런 급소의 위치는 용병 생활을 오래한 베테랑 용병들이나 소드 마스터에 이른 실력자들만이, 그것도 어렴풋이 알고 있을 뿐 카렌 또래의 애송이들이 알고 있다는 것 자체가 말이 안 되는 소리였다.

그렇다고 보면 카렌의 아버지는 대체 어떤 존재이기에 마나 봉쇄 같은 고차원적인 방법까지 알고 있는 것일까? 아카힐은 시간이 지날수록 카렌의 아버지가 누군지 궁금해졌다.

"아버지가 누군지 정말 알려줄 수 없는 것인가?"

"죄송합니다, 교관님."

"그렇다면 할 수 없지. 그만 가보게."

"저어……."

"왜 할 말이 있는가?"

"그렇습니다. 사고 싶은 물품이 있습니다."

"뭔가?"

"손과 발에 찰 파워 밴드입니다."

"파워 밴드라면 투 핸드 소드를 익히기 전 팔 힘과 다리 힘을 키우기 위해 팔과 다리에 차는 가죽 밴드 아닌가? 강철 추를 넣어 무게를 늘릴 수 있게 만든."

"맞습니다. 파워 밴드 네 개와 1킬로그램짜리 추 40개가 필요합니다. 그리고 짧고 무거운 훈련용 검도 구할 수 있으면 좋겠습니다."

"좋아 1주일 안에 구해주도록 하지."

"감사합니다, 교관님."

"그만 가서 쉬도록."

아카힐의 말에 가볍게 목례를 취한 카렌은 곧 소란스럽게 떠들고 있는 학생들 사이로 파고들어 휴식을 취했다. 그렇게 학생들과 어울리는 카렌의 모습은 영락없는 장난꾸러기 또래의 소년 모습 그대로였다. 하지만 그가 알고 있는 지식이나 능력은 30년 이상 용병 생활을 해온 자신을 이미 넘어서고 있었다. 물론 카렌의 재능이 뛰어난 탓도 있겠지만 그를 가르친 아버지란 존재의 능력에 대해 다시 한 번 생각하지 않을 수 없는 일이었다.

아카힐이 생각에 빠진 동안에도 태양은 살인적인 열기를 계속 뿜어내고 있었다.

"교관님, 교육 준비가 끝났습니다."

"그래? 그럼 연병장을 천천히 한 바퀴를 돌라고 지시하고, 조장은 열 명 정도를 데리고 교보재 창고에 가서 훈련용 목검을 가져오도록."

"알겠습니다."

학생들이 뛰는 모습을 본 밀턴은 남은 학생들과 함께 목검을 가지고 왔다. 잠시 후 학생들이 구보를 마치고 돌아왔을 때 아카힐은 학생들을 충분한 간격을 벌리고 서게 지시했다.

"오늘부터 검술 훈련을 시작하겠다. 이곳에 들어오기 전에 검술 훈련을 받은 적이 있는 사람은 손을 들어봐라."

아카힐의 말에 몇몇은 자신만만한 표정으로 손을 들었고, 또 몇몇은 자신없는 표정으로 손을 들었다. 하지만 손을 든 사람은 겨우 20여 명에 불과했다.

"손 내려라. 검술 훈련을 받은 사람이 극소수밖에 안 되기에 모든 것을 기초부터 시작하겠다. 그럼 너희들이 배워야 할 검술에 대해 간단히 설명하겠다. 먼저 최상의 공격은 상대방이 도저히 막을 수 없는 방향으로 움직이면서 해야 하며, 그리고 최상의 방어는 상대방의 공격을 언제든 막아낼 수 있도록 낮게 중심을 잡고 즉시 반격할 수 있도록 최대한 간결한 동작으로 막으면 된다.”

아카힐의 말에 학생들은 기가 막히다는 표정으로 그의 얼굴을 빤히 쳐다보았다. 누가 그걸 모르는가? 하지만 아카힐은 태연한 얼굴로 말을 이었다.

“물론 방어할 수 없는 공격과 공격을 허락지 않는 방어를 하려면 체계적인 훈련을 쌓아야 한다. 검술이라는 것은 생각보다 간단하다. 찌르기와 휘두르기, 검술은 이 두 가지뿐이다. 이는 검술을 처음 배우는 소드 스컬러나 소드 오러를 마음껏 사용할 줄 아는 소드 마스터나 전혀 다를 바가 없다. 먼저 공격에는 베기와 찌르기가 있다. 베기는 다시 수직 베기와 수평 베기, 그리고 사선 베기로 나눠진다. 그리고 방어에는 막기와 피하기가 있다. 막기는 베기의 연장선에 있는 것으로 상대의 무기가 진행될 궤도를 미리 차단하는 것과 직접 공격을 막는 것, 그리고 피하기는 상대의 공격을 제외한 방향으로 몸을 피하는 것을 말한다. 이로써 너희들은 검술에 대한 모든 이론 교육을 마쳤다. 이제 남은 것은 몸에 익숙하게 만드는 것뿐. 흐흐흐, 그렇게들 기대했던 검술 훈련이 비로소 시작된 것을 진심으로 축하한다. 전체, 훈련 대형으로 벌렷!”

느닷없는 아카힐의 구령 소리에 학생들은 불안한 표정을 감추지 못한 채 훈련 대형으로 벌려 섰다.

피를 말리고 이가 갈릴 정도로 몸살을 앓게 될 악몽의 날은 그렇게 시작되었다.

〈2권에 계속〉